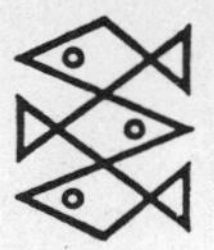

W0001225

Über dieses Buch »Gottlob verfrühte sich meine Geburt um einige Wochen, so daß Gil noch zum Clubfest zurechtkam. Ich bin sicher, dies war die einzige Freude, die ich ihr je im Leben gemacht habe!« resümiert Sara, das Kind, das im Schicki-Micki-Milieu aufwächst, außer Liebe und Vertrauen »alles« geboten bekommt, die elterlichen Erwartungen jedoch nicht erfüllen kann und sich in deren makellos durchgestyltem Vorzeigeleben als der einzige »Flop« erweist.

»Von Liebe spricht Mutter fast nie, sie kann das nicht so gut!« stellt auch ihre Schulfreundin Alexis fest, die als Arbeiterkind in einer kinderreichen Siedlung aufwächst und ebensowenig wirkliche Beachtung erfährt.

Sara, deren Mutter ein ausuferndes Club- und Gesellschaftsleben führt, und Alexis, deren Mutter sich, um im allgemeinen Konsumwettbewerb nicht nachzustehen, bis an die Grenze ihrer Leistungsfähigkeit abrackert, fassen, jede für sich, den Entschluß, den Absprung zu wagen und ihr Leben später einmal ganz anders zu gestalten.

Schnoddrig und unsentimental berichten Sara und Alexis aus der Welt, in der sie aufwachsen, von ihren Hoffnungen und Träumen, von den zum Scheitern verurteilten Versuchen, sich von ihren Müttern zu lösen, und jenem Entschluß, den schon so viele vor ihnen gefaßt haben: »Ich darf nicht so werden wie sie!«

Die Autorin Claudia Keller, Jahrgang 1944, schrieb neben Kurzgeschichten die Romane »Streitorchester« und »Du wirst lachen, mir geht's gut!«. Im Fischer Taschenbuch Verlag erschienen ihre Bücher »Windeln, Wut und wilde Träume« (Band 4721) und »Kinder, Küche und Karriere« (Band 10137).

Für die Kurzfassung des vorliegenden Romans »Der Flop« erhielt sie den Frankfurter Fabrikschreiberpreis und den Literaturpreis der Stadt Aachen.

Claudia Keller

Der Flop

Roman

Fischer Taschenbuch Verlag

Die Frau in der Gesellschaft
Lektorat: Ingeborg Mues

Originalausgabe
Veröffentlicht im Fischer Taschenbuch Verlag GmbH,
Frankfurt am Main, Juli 1991

Umschlaggestaltung: Friederike Simmel
Umschlagabbildung: Susanne Berner
Gesamtherstellung: Clausen & Bosse, Leck
Printed in Germany
ISBN 3-596-24753-5

Kinder lieben anfangs ihre Eltern.
Später beurteilen sie sie.
Manchmal verzeihen sie ihnen.

Oscar Wilde

Gottlob verfrühte sich meine Geburt
um einige Wochen, so daß Gil noch
zum Frühlingsball im Club zurechtkam.
Ich bin sicher, dies war die größte Freude,
die ich ihr je im Leben gemacht habe.

Sara

Anfangs war ich ein richtiger Hit! Ein Produkt der damaligen Saison im Club. Die Gruppe der Enddreißigerinnen, die sich bereits seit einigen Jahren gelangweilt hatte und das zu groß gebaute Haus »beleben« wollte, fand einen neuen Zeitvertreib: Wer es nur irgend fertigbrachte, bekam in dieser Saison ein Baby. Es sprach sich schnell herum, daß man in diesem Jahr außer bunten Tennishemden und bodenlangen Trenchcoats auch Kinder trug, und so machte sich jedermann eifrig ans Werk.

Auch meine zukünftigen Eltern, zufälligerweise Gil (von Gisela) und Mac (von Marcus), versuchten sich wieder in den vor geraumer Zeit für Tennis, Jogging, Sauna und Gruppensex aufgegebenen Spielen und entdeckten sogar einen gewissen nostalgischen Reiz. Im Frühjahr stellten sie sich dann bei Professor Neugebirne vor. Man entband damals bei Professor Neugebirne oder überhaupt nicht, und die ganz Etablierten durften ihn sogar vertraulich »Prof« nennen und in seinem Swimmingpool Sekt trinken. Soweit war Gil damals noch nicht, aber als sie, begraben unter Blumen und Glückwünschen, meine Geburt und gleichzeitig den einzigen wirklich gelungenen Tag meines Lebens feierte, war sie bereits auf dem besten Wege, dazuzugehören. Ich bekam den Namen »Sara«, weil einfache Namen »in« und »Anna« und »Hanne« bereits mehrfach vertreten waren. Kein Mensch, der wußte, worauf es ankam, hätte sein Kind noch »Camilla« oder »Tatjana-Damares« genannt, das war vollkommen unmöglich.

Gil hatte vorsorglich bei »Petit«, dem einzig denkbaren Laden, meine Erstlingsausstattung besorgt und das Kinderzimmer von einem »wirklich guten« Innenarchitekten gestalten lassen. Teddys und Bärchen lehnte er ab, statt dessen ließ er eine riesige Sonne an die Zimmerdecke malen. Sonst blieb alles weiß. Es war ein sehr geschmackvoller Raum, den man unbesorgt herzeigen konnte.

Gottlob verfrühte sich meine Geburt um einige Wochen, so daß Gil noch zum Frühlingsball im Club zurechtkam. Ich bin sicher, dies war die größte Freude, die ich ihr je im Leben gemacht habe.

Ihre Freundin Dorry, eine hervorragende Doppelspielerin übrigens, wäre eigentlich zuerst dran gewesen, aber der widerliche Balg, der auch später keine Spur von Rücksicht kannte und dazu neigte, vor allen größeren gesellschaftlichen Anlässen krank zu werden, nahm sich Zeit, und so saß Dorry noch mit ihrer Ballonkugel zu Hause herum, während alle anderen schon wieder mitmischen konnten. Sie hatte zu dieser Zeit bereits jegliche Lust verloren, das Kind überhaupt noch zu kriegen, aber es war nun nicht mehr rückgängig zu machen, und die ganzen ersten zehn Jahre mußten sie es behalten, bis sie es endlich in ein »wirklich gutes Internat« abschieben konnten.

Das Dumme an der ganzen Geschichte war nämlich, daß sich niemand so recht vorgestellt hatte, wie lästig so ein Balg ist, wenn es erst mal von »Petit« eingekleidet, dutzendmal fotografiert und dem dekorativen Kinderwagen entwachsen ist. Bei Dachheims ging es ganz besonders schief, denn der verfluchte Bengel wollte seine Mutter partout nicht beim Vornamen nennen, sondern plärrte unentwegt »Mama«, was Liz die Scham- und die Zornesröte ins Gesicht trieb, und bei Müller-Massens wollte sich das Mini-Biest Dennis, das zur Zeit der Medenspiele geboren war, doch partout nicht an die eigens zu seiner Betreuung ins Haus geholte Großmutter gewöhnen, sondern lief plärrend der eigenen Mutter nach, als ob man sich in den neun Monaten, die die gräßliche Schwangerschaft gedauert hatte, nicht schon genug geschunden hätte... Dorry kümmerte sich zum Schluß einfach nicht mehr um ihren unvernünftigen Sohn, und so stand er dann meist mit tränenverschmiertem Gesicht an dem Maschendrahtzaun, der die Plätze vom Kinderspielplatz trennt, und brüllte aus Leibeskräften. Dorry kaufte ihm schließlich einen Basset, mit dem er spielen sollte, aber er wollte den Hund nicht, der den ganzen Tag über ziemlich träge auf den Teppichen herumlag. Die Oma, die nun ziemlich nutzlos im Haus herumlief und nicht wußte, was sie eigentlich tun sollte, hatte Angst vor dem Köter, so daß auch er schließlich mit auf den Platz genommen werden mußte, und während Dennis brüllte, jaulte der Hund zum Gotterbarmen. Bald aber haben sich die anderen Clubmitglieder beschwert, denn die beiden heulten und jaulten auch bei den ganz wichtigen Spielen, bei denen es darum ging, wer wen in der nächsten Woche »fordern« würde, und so mußte Dorry zu guter Letzt die ganze Saison über ausfallen. Die Doppelmannschaft, deren tragende Säule sie war, fiel ganz auseinander, und Dorry hat den verpaßten Sommer nie wieder richtig aufholen können. Sie spielte hinterher bloß noch ein bißchen »Kaffeetennis«, wie man das Tennis nennt, bei dem die Kinnmuskeln ganz entspannt bleiben, aber verwunden hat sie es nie.

Der Schick, ein Baby zu bekommen, hatte die paar armen Kreaturen, die zu sehr aus der Übung waren, dann schließlich so weit getrieben, ein Kind zu adoptieren. Farbige waren besonders gefragt! Sie sahen in dem winzigen weißen Tennisdreß, den es rechtzeitig bei »Petit« zu kaufen gab, auch ganz allerliebst aus. Sie knatschten auch nicht soviel herum, und wenn, dann hatten sie gute Aussichten, von unbeschäftigten Clubmitgliedern gehätschelt und getröstet zu werden. Der dicke Sebastian von Rühls dagegen hatte von Anfang an nicht die geringste Chance, obwohl die Rühls außerordentlich »in« sind. (Er ist der einzig »wirklich gute Friseur« der Stadt, der das Haar so schneiden kann, daß es auch nach dem dritten Satz noch sitzt!) Aber ihr Baby war ein Reinfall! Es war von Anfang an dicklich, dumm, käsig und einfach nicht vorzeigbar. Sie führten ihn auch nur ganz zu Anfang ein paarmal vor, später blieb er eigentlich immer in der Villa und wurde vom Kindermädchen betreut. Die Rühls heben ihn auf, bis vielleicht noch mal ein guter Tennisspieler aus ihm wird, dann kommt es auf das Äußere nicht mehr so an!

Ich hätte ganz gern Geschwister gehabt, dann wäre es mir nicht mehr so schwer gefallen, den Stall zu Hause zu beleben, was allein eine ziemliche Tortur war, und zu zweit hätte man die Alten auch besser in Schach halten können. Aber als es an der Zeit war, daran zu denken, waren die beiden gerade in die erste Mannschaft aufgestiegen, und ein neuerlicher Ausfall von Gil hätte eine Katastrophe für den ganzen Club bedeutet. Jahrelang war ich dann hinter dem Alten her, daß er mir doch wenigstens ein Kind aus Afrika besorgen soll, wo sogar die Philips und die Schulze-Klönnighoffs eins hatten. Meine beiden hätten nichts dagegen gehabt, denn die ganze Frühjahr-, Sommer- und sogar noch die kommende Wintersaison führten die farbigen Kinder die Hitliste ganz oben an, aber der Alte vergaß ganz einfach, den Antrag zu stellen. Meine Mutter hatte sowieso keine Zeit, sich darum zu kümmern, denn zwischen all den Terminen, zwischen denen sie hin- und herjagte, blieb ihr kaum noch eine Minute Zeit zu entspannen. Das war ihr Lieblingssatz, daß sie kaum einmal eine Minute Zeit hätte zu entspannen, und wenn die Minute tatsächlich doch einmal gekommen war, dann klingelte bestimmt das Telefon. Ich fand meine Mutter übrigens recht nett, solange ich klein war, denn sie sah immer sehr hübsch aus, und nie war sie zwei Tage hintereinander gleich angezogen. Auch ihre Frisur war immer anders, und wenn sie mich hochhob, um mich zu küssen, dann merkte man, wie gut sie roch.

Mein Vater war eigentlich öfter zu Hause als sie, aber er arbeitete dann immer in seinem Büro, im hinteren Trakt des Hauses, in dem immerzu das Telefon läutete. Er sah genauso aus wie der große Sohn von unserem Nachbarn, der schon ziemlich lange irgend etwas studiert. Er trug auch dieselben saloppen Sachen und Jeans und Turnschuhe, und nur abends sah er manchmal aus wie ein ganz alter Mann, aber nur im Gesicht und nur, wenn er müde war.

»Geschafft« nannte er das!

Meine beiden sprachen übrigens fast nie miteinander, aber sie waren sich auch nicht böse, wie man vielleicht denken könnte. Wenn sie sich trafen, boten sie sich gegenseitig einen Drink an, oder wie man die Dinger nennt, die in großen Gläsern mit Zuckerrand serviert werden. Mein Vater mixte die Drinks übrigens immer selbst, das überließ er keinem anderen.

Gil und er führten ein recht geregeltes Leben: montags: Tennistraining, dienstags: Sauna, mittwochs: Tennistraining, donnerstags: er Handball, sie Gymnastik, freitags: Tennistraining, samstags: er Waldlauf, sie Shopping, nachmittags beide Tennis, und sonntags hatten sie dann endlich mal Zeit, den ganzen Tag im Club zu sein. Mir war es vollkommen egal, ob sie da waren oder nicht. Ich fand sie sowieso ziemlich langweilig und war eigentlich ganz froh, wenn ich allein war und in Ruhe Fernsehen gucken und Puffmais mampfen konnte.

Die erste große Enttäuschung bereitete ich ihnen, als ich mich im Alter von sechs Jahren weigerte, Tennis spielen zu lernen. Ich nahm den Schläger in die Hand, aber ich lief nicht nach dem Ball. Der Trainer hatte eine Affengeduld mit mir, aber ich rührte mich nicht vom Fleck. Ich wollte einfach dem Ball nicht nachlaufen. Meine Alten schluckten ein bißchen, aber sie rissen sich zusammen. Sie erzählten überall, daß ich mich frei entfalten solle und ohnehin eher musisch begabt sei. Ich wußte nicht, was das zu bedeuten hatte, und dachte, daß einer wohl musisch begabt ist, wenn er den ganzen Tag fernsehen und Puffmais fressen kann, ohne verrückt zu werden. Das war wirklich das einzige, wofür ich begabt war. Ich aß überhaupt entsetzlich viel und spülte es mit Cola runter, und schließlich fiel es sogar Gil auf, daß mein Hintern schon doppelt so breit wie ihr Racket war. Ich mußte ihr versprechen, nicht mehr soviel zu essen, wegen der Kalorien und so, vor allem keine Süßigkeiten, aber zum Zeichen ihres Vertrauens ließ sie den Barschrank doch immer unverschlossen, und wenn sie abends wegging, sagte sie manchmal: »Ich weiß, daß mein kleiner Schatz mein Vertrauen nicht mißbrauchen wird! Du bist doch meine kleine Freundin, nicht wahr?«

Mir war es scheißegal, ob ich ihr Vertrauen mißbrauchte oder nicht, und ihre kleine Freundin wollte ich erst recht nicht sein. Wozu auch? Es war gerade zu der Zeit der Medenspiele, und sie waren eigentlich kaum noch da und merkten nicht, daß ich munter weiterfraß.

In diesem Jahr quengelte ich in jeder Sekunde, in der ich sie zu Gesicht bekam, wegen des Negerkindes rum, und schließlich wurden sie es leid und kauften mir einen Hund, weil so ein Köter einfacher zu beschaffen ist als ein Negerkind und man ihn im Falle des Nichtgefallens auch leichter wieder loswerden kann. Ich hatte mir einen Collie gewünscht, weil ich den aus dem Fernsehen kannte, aber die Alten sagten, der würde zu viel Haare auf den Teppich werfen, und so bekam auch ich einen Basset. Mir kam er gleich vor wie eine uralte beleidigte Leberwurst, und nach zwei Tagen war ich ihn eigentlich schon leid. Er war übrigens nicht mehr jung, als wir ihn bekamen, denn der Alte kaufte ihn einem Clubmitglied ab, der ihn auch nicht mehr wollte, weil in der folgenden Saison Chihuahuas die große Mode wurden und kein Mensch mehr einen Basset hinter sich herzog.

Der Hund hieß Sascha, und das einzig Gute war, daß er es offensichtlich gewohnt war, unter dem Couchtisch zu liegen und Chips zu fressen. Ich mußte ihm das nicht erst beibringen, und so verbrachten wir zwei dann unsere Abende gemeinsam vor dem Fernseher, gelangweilt in die Glotze gaffend und tütenweise Chips zermalmend.

Zu dieser Zeit wurde es Mode, die Hits ebenfalls ins Sport- und Gesellschaftsleben zu integrieren. Gil, die für alles die rechte Bezeichnung hat, nannte es: »Förderung von Interessen.« Aber ich besaß keine Interessen, die man hätte fördern können. Nach der Pleite auf dem Tennisplatz war es den Alten schon ziemlich klar, daß sie mich auch nicht öfter als einmal auf einen Pferderücken kriegen würden, und von Judo, einer Sache, für die die anderen Hits angeblich alles stehen und liegen ließen, wollte ich erst recht nichts wissen. Gil meldete mich schließlich in einer Kinderballettschule an, zusammen mit zwei schwarzen Hits aus dem Tennisclub. Die beiden hatten außer den Ballettstunden noch Reitunterricht, Tennistraining und »kreatives Basteln« und besuchten einmal die Woche die Jugendmusikschule. Von Rechts wegen hätten sie von all den Verpflichtungen vollkommen erschlafft sein müssen, aber wie es schien, ertrugen sie den ganzen Scheiß mit ziemlichem Gleichmut, und es dauerte auch nicht lange und sie konnten sich auf Spitzen im Kreis drehen und durften beim Adventstanzen mitmachen.

Ich ging bloß zweimal hin, denn ich war wirklich zu fett für diesen Sport und sah in dem Tüllröckchen einfach idiotisch aus, und die Alten seufzten und sagten, es wolle mich ja niemand zwingen, und beschlossen, mir noch ein Jahr Zeit zu lassen, damit ich reifen und mich weiterentwickeln konnte, und dann würde man ja sehen. Ich fand den Vorschlag gut und hatte nichts dagegen, einen weiteren Winter auf dem Sofa zu liegen und Chips zu fressen und mich in Ruhe weiterzuentwickeln, derweil die anderen Hits, die es versäumt hatten, sich beizeiten dagegen zur Wehr zu setzen, bereits einen Terminkalender besaßen, der ebenso überfüllt war wie der der Großen. Nachmittag für Nachmittag ließen sie sich vor der Tür irgendeines Institutes absetzen, wo unter der Aufsicht von komisch-munteren Tanten ihre Interessen gefördert wurden. Ich war echt froh, daß ich keine hatte.

Zum Glück bekam ich zu dieser Zeit schon täglich mein Taschengeld, damit ich rechtzeitig lernte, mit der Kohle umzugehen, und so hatte ich Gelegenheit, meinen Bedarf an Süßigkeiten an der Trinkbude im Neubauviertel zu decken. Ich ging da gerne hin, weil da nämlich immer viele Jugendliche herumstanden und weil ich gern hörte, wie sie redeten. Ich fand schnell heraus, daß die Jugendlichen eigentlich von ganz denselben Sachen redeten wie meine Alten, wenn sie Gäste haben, aber es klang bei ihnen irgendwie lebendiger. Der Alte würde zum Beispiel nie sagen, daß er Gil umgelegt hat oder daß er 'n Bock auf Tennis hat. Die Jugendlichen hatten es viel mit dem Bock, das heißt, sie hatten keinen, und wenn man ihnen glauben durfte, dann gab es kaum Dinge, auf die 'n Bock zu haben sich lohnte, außer Alkohol, Tabak, 'n Trip und 'ner Schnalle vielleicht. Ansonsten fanden sie, daß alles beschissen wär', und da konnte ich ihnen nur recht geben.

Überhaupt das Neubauviertel! Damals, als wir den Bauplatz hier kriegten, das war noch vor meiner Zeit, als alle Häuser bauten, die dann zu groß gerieten, so daß man sich Kinder anschaffen mußte, um die Häuser zu beleben, obwohl man eigentlich keine Kinder brauchen konnte – damals, da war das hier 'ne richtige Elitegegend. Man sah auch wirklich irre viel Schmiedeeisen und überall die Supergarage mit den drei bis vier Türen. Hinten war Wald. Die Straße hieß auch gut: »Am Forst.« Am Forst 30 waren wir. Klang gut: Gerlach, Am Forst 30! Man konnte richtig merken, wie gern Gil das sagte, wenn sie Bestellungen aufgab. »Schicken Sie es bitte zu Gerlach. Ja, Am Forst! Richtig, 30!« Der Name gefiel ihr auch, es klang so nach Dr. Gerlach aus dem Ärzteroman. Einen Doktor hatte der Alte allerdings nicht. Er war irgendwie in der Textilbranche, und die Teppichböden bekamen wir umsonst! Wir bekamen auch sonst schrecklich viel umsonst, das fiel alles unter Verbindungen!

Aber ich schweife ab. Verbindungen... Ja, die Straße »Am Forst« wurde, kaum daß unser Häuschen fünf Jahre alt war (der Alte spricht immer von unserem »Häuschen«), Verbindungsstraße zum größten Neubaugebiet von W. Da, wo früher die Bäume des »Öckheimer Forstes« gestanden hatten, die die Grenze zwischen uns und den Neubauten bildeten, wurde alles niedergemacht. Die Alten versäumten eine ganze Tennissaison samt Medenspielen mit allem Drum und Dran und gründeten eine Bürgerinitiative. Aber sie konnten das nicht so gut. Jedenfalls wurde das Wäldchen aus der Welt geplant, und die Häuser für die Leute aus der Lederfabrik kamen dahin, wo früher »eine natürliche grüne Grenze« war, nämlich die Grenze zwischen den »Am-Forst-Leuten« und den anderen. Die Alten hielten sich übrigens gut. Als Gil merkte, daß nichts zu machen war, tat sie so, als ob es direkt ihrem Wunsch entsprochen hätte, daß sie das Neubauviertel fast bis an unseren Pool herangeklotzt hatten. Sie war direkt froh, nicht mehr so einsam wohnen zu müssen, und außerdem war sie schon immer sozial eingestellt.

Gil verkündete, sie sei geradezu erleichtert, nicht in einem Ghetto wohnen zu müssen, sozusagen in einem Ghetto für Reiche, das fände sie zum Erbrechen dekadent.

So wohnt nämlich zum Beispiel der Besitzer der Lederfabrik Harro Hatz, nach dem letzten gemeinsamen Skiurlaub für den Alten »der gute alte Harro«. Also der wohnt in einer Villa mit einem großen Park ringsum, der wiederum direkt in den Stadtwald übergeht, und von dem hat er sich auch noch ein Stück abgezwackt und das Ganze mit einer Mauer umgeben, damit keiner mehr reinkam. Das findet Gil einfach zum Erbrechen dekadent, und alle, die es nicht geschafft haben, sich öffentliches Grün unter den Nagel zu reißen, finden das auch. Außerdem, sagt Gil immer, sei es ja auch gefährlich, so zu wohnen. Erst mal wegen des bösen Blutes, das so was macht, und dann wohnt man einfach zu abgeschieden. Durch das Neubauviertel haben wir jetzt nämlich jede Menge Läden direkt vor der Tür, und man muß nicht mehr für jeden kleinen Mist in die City und ewig nach 'nem Parkplatz suchen, und der Alte fand plötzlich, daß das neue Viertel samt seines Einkaufcenters den Wert unseres Häuschens eher angehoben hat. Das sagt er wegen des Wiederverkaufswertes.

Gil beschäftigte das Thema mit dem niedergemachten Wäldchen und der geplatzten Bürgerinitiative noch eine ganze Weile. Wann immer die Rede darauf kam, tönte sie herum, daß es ihr ja gar nicht um ihr eigenes, sondern lediglich um das Wohl der armen Arbeiter ginge, für die das Wäldchen ein wichtiges Naherholungsgebiet gewesen sei. Daß man den Arbeitern dieses Wäldchen einfach abholzte, um neue Häuser zu bauen, die den anderen Licht und Luft wegnahmen, das war es, wogegen sie sich zur Wehr gesetzt hatte. Es klang richtig gut, wenn sie das sagte, denn jeder weiß, daß Gil sehr sozial eingestellt ist. Sie betont das immer, und außerdem sympathisiert sie mit den Linken. Gil meint, mit den Linken zu sympathisieren ist intelligenter. Nicht, daß sie zu irgendwelchen Demos gezogen wäre oder in der Fußgängerpassage Flugblätter verteilt hätte, das nicht, aber sie sagt immer, daß man sich für die Minderheiten und die Schwachen einsetzen müsse, weil die ihre Belange nicht so gut ausdrücken können, und wenn sie, Gil Gerlach, etwas zu sagen hätte, dann wäre vieles gerechter verteilt. Der Alte ließ sie reden, aber er vertrat den Standpunkt, daß jeder in diesem Lande die Chance hätte, etwas zu werden, jeder, und daß die, die ein Leben lang im Dreck sitzen, eben da sitzen, weil sie gar nicht woanders sitzen wollen oder zu faul sind, ihren Hintern mal woandershin zu bewegen.

Zu der Zeit der Bürgerinitiative sprachen sie viel von solchen Sachen, wenn sie Gäste hatten, aber mit der Zeit legte sich die Aufregung, und schließlich gerieten die Arbeiter mitsamt ihrem blöden Wäldchen in Vergessenheit. Sie sagten, daß man eben nichts machen könne, und dann mußten sie auch endlich wieder mit dem Training anfangen.

Kurz darauf wäre es eigentlich an der Zeit gewesen, mich für die Schule anzumelden, aber Gil hatte Schiß, daß ich den Test nicht kapiere, und so sagte sie, sie hätte irgendwo gelesen, daß man die Kinder nicht so früh dem Spielparadies entreißen dürfe. Es war das Jahr, in dem ich ohnehin reifen und mich weiterentwickeln sollte bis zu all den Interessen hin, die dann in irgendwelchen Ballett- und Judokursen gefördert werden sollten, und da konnte sich die Schulreife ja gleich mitentwikkeln.

Ich legte mich auf das Sofa vor den Fernseher und wartete gemütlich ab.

Ich hätte nichts dagegen gehabt, ein Leben lang so weiterzumachen, aber als ich sieben war, ließ sich die Sache mit der Schule nicht länger aufschieben. Gil brachte mich am ersten Tag hin. Sie gab der Lehrerin persönlich die Hand, was die Mütter aus dem Neubaugebiet nicht machten, und stellte sich vor. »Gerlach! Forst 30! Dies ist meine Tochter Sara!« Ich gab der Lehrerin die Hand, und sie begrüßte mich, wobei ich Gelegenheit hatte festzustellen, daß sie Zahnstein und einen schlechten Atem hatte.

Die Schule, in der sie mich angemeldet hatten, war übrigens keine von den sogenannten besseren Schulen. Sie war es mal gewesen, aber dann hatten die aus dem Neubauviertel alles kaputtgemacht: die Toilettenspülung und die Drehstühle und den Ruf!

Die Wände in den Waschräumen waren mit Zeichnungen und Sprüchen beschmiert. Die Sprüche konnte ich anfangs nicht begreifen, aber die Zeichnungen hatte ich bestimmt irgendwo schon mal gesehen. Meine beiden waren nicht ganz glücklich mit dieser Schule, obwohl sie so nahe an unserem Häuschen lag, daß ich bequem allein hingehen konnte, und »Schule Am Forst« hieß, aber wie gesagt, die aus dem Neubauviertel hatten alles kaputtgemacht. Gil und Mac hielten sich aber wie immer gut und tönten im Club, daß sie gerade das gewollt hätten, daß ich auf eine Schule käme, die auch von einfacheren Kindern besucht würde, nicht in ein Ghetto für Reiche. Später, wenn ich aufs Gymnasium käme, würde sich ja ohnehin die Spreu vom Weizen trennen.

Also meine erste Schulstunde war schon zum Brüllen komisch, denn die Lehrerin mit dem Zahnstein nahm mich sofort aufs Korn und sagte: »Sag mal, Sara, weißt du denn überhaupt, warum dich deine Eltern Sara genannt haben?« – und ich wurde puterrot, weil ich nicht gewohnt bin, daß mich jemand so intensiv ansieht und mir Fragen stellt. Schließlich sagte ich, daß der Name zu der Zeit, zu der ich geboren wurde, im Club eben beliebt gewesen sei, und wenn die Kinder anderer Clubmitglieder nicht schon so geheißen hätten, dann hätte ich den Namen unserer Putzfrau bekommen: Anna! Die Lehrerin sah mich richtig traurig an und sagte, Sara sei eine große Frauengestalt aus der Biblischen Geschichte gewesen – als ob das nicht piepegal wäre. Von der

Bibel war bei uns ohnehin nie die Rede, mit Ausnahme der Heiligen Schrift, die der Alte auf dem Antiquitätenmarkt in Holland aufgetrieben hat, in den Jahren, als sie alle meterweise Bücher kauften, um die Bibliotheken in ihren Häusern damit zu füllen. Die Bibel ist gut und gern zwei Mille wert, sagt der Alte immer, und auf dem schrägen Brett im Regal macht sie sich auch gut, ebensogut wie die Madonna, die neben dem Bartisch steht. Der Alte wollte noch 'ne zweite Madonna dazukaufen und beide mit einer Glasplatte verbinden und das dann als Bartisch nehmen, aber Gil sagte, das wäre geschmacklos. Der Alte gab den Gedanken dann auch sofort auf, in Sachen Wohnkultur baut er immer auf Gils sicheres Gespür. Was diesen Punkt angeht, da ist er froh, daß er sie hat. Gil hat auch die ganzen Ölschinken ausgesucht, auf denen irgendwelche alten Omas und Opas abgebildet sind, von denen Gil immer sagt, es wären ihre Eltern. Dabei hat sie die Omas alle im Antiquitätengeschäft gekauft, und von ihrer Mutter hat sie nicht mal 'n Foto irgendwo rumstehen, und der Vater ist schon gestorben, noch ehe er überhaupt alt genug war, um sich als Greis malen lassen zu können.

Ja, die Lehrerin hat mich dann sofort aufs Korn genommen. Ich war die einzige mit 'ner Villa im Genick, die anderen Kinder kamen alle aus dem Neubauviertel, und die Lehrerin kam auch von da, und dauernd erwähnte sie, daß der Alte mich so oft mit dem Wagen in die Schule brachte, obwohl ich die paar Meter natürlich auch zu Fuß hätte gehen können. Der Alte biederte sich übrigens richtig bei meinen Klassenkameraden an und bei der Lehrerin auch, er wollte sie mal mitnehmen, als sie gerade mit 'nem Packen Hefte beladen aus der Schule kam, aber sie wollte nicht, und dann hatte sie ja auch ihr Fahrrad dabei. Die anderen Kinder ließen sich dagegen gern mitnehmen und vor ihren Haustüren absetzen, aber hinterher lachten sie, wenn der Alte den Wagen wendete und abfuhr. Sie sprachen oft von ihm, und wenn ich hinsah, dann grinsten sie dreckig und ahmten den armen Mac nach. Die Lehrerin konnte mich nicht ausstehen und faselte oft etwas von meinen schwachen Beinchen, die den furchtbar weiten Schulweg nicht zurücklegen könnten, und wenn es etwas zu tragen gab, dann sagte sie zum Beispiel: »Alexis, könntest du mir vielleicht einmal helfen? Wir wollen Fräulein Sara nicht überfordern.«

Mir war es ziemlich schnurz, was sie von mir dachte, denn zu dieser Zeit hatte ich schon von allein gemerkt, daß mich die Leute nicht lieben. Ich habe keine Ausstrahlung, aber ohne Ausstrahlung muß man auch über die Runden kommen!

Irgendwann mit acht oder neun muß es dann angefangen haben, daß ich das Verlangen hatte, die Wände in unserem Bad mit den Zeichnungen zu beschmieren, die ich in den Schultoiletten gesehen hatte. Ich benutzte dazu Gils Lippenstifte und brauchte vier Stück, weil das Zeug auf den Kacheln nicht so gut haftet wie auf Wänden, die einfach gekalkt sind. Die Wände in unserem Bad sind bis unter die Decke gekachelt, und ich weiß auch nicht, warum der Alte anfangs, als wir das Haus neu hatten, jedem zeigte, wo wir badeten und wo wir unser Scheißhaus hatten, das neben dem Bad liegt. Nun gut, ich beschmierte also die Wände, so weit ich reichen konnte, und dann setzte ich mich in die Polstersitzgrube vor den leeren Kamin und wartete, daß etwas Schreckliches passieren würde. Es war Dienstag und der Saunaabend.

Sie gingen jetzt immer in die private Sauna zu Bergs, und der Alte überlegte schon, ob man nicht bei uns eine Sauna einbauen könne. Der Mist ist nur, daß der ganze untere Trakt durch den Swimmingpool versaut wird, der ihnen auch zu groß geraten ist, was Gil übrigens von Anfang an gesagt hat. Aber der Alte wollte unbedingt eine Bar neben dem Pool haben, weil er es eben schöner findet, tropfnaß an der Bar unten einen zu heben als trocken oben in der Polstergrube, ich weiß auch nicht warum. Anfangs waren die Poolpartys auch ein voller Erfolg, und es wurden sogar Bademäntel für Gäste angeschafft, weiß, mit braunen Paspeln und dem schwungvollen »G«, das bei uns alles schmückt, aber dann ließ die Begeisterung nach, und es kamen kaum noch Gäste. Der Alte sagte, der Pool sei eben nicht mehr attraktiv genug, und überlegte ernsthaft, eine Wendeltreppe von der Sitzgrube oben direkt hinunter an die Poolbar bauen zu lassen, aber Gil hatte Angst wegen der Dämpfe, die hochkamen und alles verderben würden. So ließen sie es dann, aber man merkte doch, daß so ein Pool mit Bar nicht mehr das ist, was er einmal war. Der Alte drehte schließlich morgens ein paar Runden, mit zusammengebissenen Zähnen, aber man sah ihm an, daß es ihm auch keinen Spaß mehr machte. Gil ging fast nie rein, wegen ihrer Haare, und ich überhaupt nicht. Keine zehn Pferde würden mich in den blöden Pool bringen, und wenn Gil mir erzählt, die Kinder früher hätten sich gar nicht vorstellen können, so etwas Schönes jemals zu haben, kann ich nur lachen. Die Kinder früher müssen schön blöd gewesen sein.

Also, an dem Abend, als ich die Idee mit den Schmierereien im Bad hatte, waren sie bei Bergs in der Sauna, und ich wußte, daß es wahrscheinlich wieder ziemlich spät werden würde, weil nämlich der Alte nie genug kriegen kann. Ich ging schließlich beruhigt ins Bett, in der schönen Gewißheit, daß sie mich schon tobend wecken würden, wenn sie *Das* sähen. Ich schlief sehr gut, und am nächsten Morgen saßen die beiden am Kaffeetisch und lasen die Zeitung, als ich herunterkam. Ich sah sie erwartungsvoll an und fühlte so ein kitzliges Gefühl, das ich gestern, als ich die Schmierereien anbrachte, auch hatte. Aber es geschah gar nichts. Gil legte den Arm um meine Schulter und sagte ganz normal: »Hast du denn heute keine Schule, mein Spätzchen?«

»Erst um zehn«, sagte ich.

»So, so, dann setz dich und trink deinen Kakao«, sagte sie und umarmte mich noch einmal, und ich fühlte, wie die Pelzmanschette ihres Ärmels meinen Hals kitzelte. Der Alte sah gar nicht hoch, sondern las mit gerunzelter Stirn die Wirtschaftsberichte, und plötzlich sprang er auf und rief: »Tschau, Liebling, ich sehe dich heute abend im Club!« Und noch *immer* hatten sie nichts von den Schmierereien im Bad gesagt.

Ich saß da wie gelähmt und hörte, wie das automatische Garagentor zufiel und der Alte wegfuhr und wie Gil aufstand und zum Telefon ging und Dorry anrief und sich über das Kleid unterhielt, das irgendeine Usch gestern getragen hatte, und dann palaverten sie darüber, was wohl Bergs Sauna gekostet haben mochte.

Ich schlich mich nach oben, wo das Bad zwischen den beiden Schlafzimmern liegt, die die beiden bewohnen. Sie haben getrennte Schlafzimmer, weil Gil immer nachts soviel liest und das den Alten stören könnte. Sie liest schrecklich viel, sagt sie, und immer bloß nachts.

In Gils Schlafzimmer werkelte schon die alte Mußmeier rum, ich sah ihren spitzen Hintern in die Luft ragen, während sie unter dem Bett staubsaugte, und öffnete die Badezimmertür – und da glänzte das Bad makellos!

Mich packte auf einmal eine Wahnsinnswut. Mir schien, als ob die Wut schon lange wie eine dicke, gelbe Lehmschicht in meinem Magen gelegen hätte und nun ballonartig nach oben käme.

»Frau Mußmeier, haben Sie hier irgend etwas abgewischt?« fragte ich in scharfem Ton, einem Ton, der mir hinterher leid tat. Ich finde die alte Mußmeier nämlich eigentlich richtig nett, und an den Tagen, an denen sie kommt, bin ich gern bei ihr in der Küche, und sie erzählt mir dann was von ihren beiden Enkeln und dem Goldhamster, den sie bei sich zu Hause haben.

Einmal hat sie mir sogar angeboten, daß ich sie duze und »Käthe« zu ihr sage, und Gil meinte, sie hätte an sich nichts dagegen, sie fänd's sogar süß, daß sie mir das angeboten habe, aber ich solle doch lieber bei dem »Sie« bleiben.

Eine Putzfrau oder besser eine Hilfe, das wär' ja heutzutage eine gleichgestellte Person, eben keine »Käthe« mehr so wie früher, das hätte sich ja gottlob alles geändert, es sei gerechter geworden, und wegen der Gerechtigkeit und der Gleichstellung blieb ich also beim »Sie«, und komischerweise fühlte man sich gerade dadurch eben nicht gleichgestellt. Auf jeden Fall war mein Ton schärfer, als er hatte sein sollen, aber Käthe nahm es nicht übel, sondern drehte mir nur das Gesicht mit den merkwürdig blassen Augen und den vielen roten Äderchen auf den Wangen zu und sagte, im Bad sei sie heute noch gar nicht gewesen. Ich sah es dann auch selbst, weil die Zahnbürsten noch in den Haltern steckten und die Sonnenbank nicht ausgeschaltet war.

Ich rannte die Treppe hinunter ins Wohnzimmer, wo Gil noch immer telefonierte, und als sie endlich den Hörer auf die Gabel gelegt hatte, sagte ich ganz ruhig: »Kann ich dich einen Augenblick sprechen, Gil?«

»Ja?« sagte sie.

»Ich hab' da gestern was für euch an die Wand im Badezimmer gemalt, etwas ganz Schweinisches, habt ihr es nicht gesehen?«

Sie fuhr fort, mich sanft anzusehen, und schließlich sagte sie: »Wohin meintest du?«

»An die Kacheln im Bad, vier Lippenstifte hab' ich dafür gebraucht«, sagte ich.

Sie drohte mir scherzhaft mit dem Finger und sagte, dafür müsse sie mich aber eigentlich bestrafen, vier Lippenstifte, wo ich doch einen so schönen Malkasten und einen so schönen teuren Aquarellblock hätte, aber sie habe nichts bemerkt.

Ich starrte sie an, und sie fuhr fort, mich gedankenverloren anzusehen, bis ich als erste den Blick senkte. In diesem Augenblick wußte ich, daß ich ihnen wirklich vollkommen gleichgültig bin. Ich kam weit hinter Bergs Sauna und weit hinter einer wirklich gut geschlagenen Rückhand, weit hinter unserem »Häuschen« und weit hinter all den Typen aus dem Club, die ihnen so wichtig waren, daß sie sich tagelang überlegten, wie alles ablaufen sollte, ehe sie sie einluden, und denen sie nicht mal irgendein Gästehandtuch und irgendein Toilettenpapier angeboten hätten, sondern nur ganz bestimmte Sorten in ganz besonderen, ständig wechselnden Farbkreationen.

Ich beschloß, ihnen noch eine Chance zu geben, und bemalte die Wände im Bad noch einmal, wobei ich diesmal sogar so weit ging, unter zwei ganz besonders gemeine Zeichnungen »Der Alte« und »Die Alte« zu schreiben, aber am nächsten Morgen war das Bad wieder spiegelblank wie gewöhnlich, und die beiden begrüßten mich, als ob nichts geschehen sei.

Gil, die jedes Problem dadurch regelt, daß sie in irgendeinen Laden geht und irgend etwas kauft, nahm mich nachmittags mit in die Stadt und kaufte mir einen kleinen Brennofen für Emaillearbeiten. Ich wette, daß die anderen Modehits auch alle einen hatten, denn von selbst fiel meinen beiden nichts ein, und ich wollte den Ofen auch gar nicht, denn viel lieber hätte ich einen Motorradhelm gehabt wie die anderen aus meiner Klasse. Motorradhelme waren groß in Mode, und jeder, der etwas auf sich hielt, stülpte sich nach Schulschluß so ein Ding über den Kopf und tat so, als ob er schon Mitglied bei den »Black flowers« wäre. Aber ich konnte nicht so tun, weil ich keinen Helm hatte und statt dessen diesen albernen Ofen für Emaillearbeiten bekam.

Meine Wut ließ erst nach, als mir das Mädchen, das seit neuestem neben mir saß, ihren Helm gegen meinen silbernen Drehbleistift anbot. Es war ein guter Tausch, denn der Helm war fast neu und die silbernen Drehbleistifte liegen bei uns überall rum, der Alte kriegt sie umsonst, es ist gar nichts Besonderes. Das Mädchen hieß Alexis Tetzlaff. Sie kam aus dem Arbeiterviertel und sagte, wenn ich ihr noch mehr Bleistifte brächte, dann würde sie mir noch einen Motorradhelm mit Totenkopf besorgen! Es kam dann leider nicht mehr dazu, weil Gil mir verbot, überhaupt mit so einem Helm über dem Kopf herumzulaufen. Sie sagte, es würde Zeit, daß ich aufs Gymnasium käme, aber ich könne diese Alexis doch ruhig einmal zu uns einladen, und den Drehbleistift, den solle ich ihr so geben. Ich habe sie dann auch mal eingeladen, aber sie ist nicht gekommen, und so trafen wir uns dann nachmittags an der Trinkbude, zusammen mit den anderen Jugendlichen aus dem Neubauviertel. Es war viel lustiger, und was hätten wir bei uns zu Hause auch schon groß machen sollen. Es ist einfach zu langweilig.

Irgend etwas schien sich in der kommenden Zeit dann aber zu verändern. Gil blieb jetzt öfter mal zu Hause. Da hatte ich mir eine schöne Scheiße eingebrockt. Sie schaltete den Fernseher ab und sagte in einem ganz unnatürlichen, komisch-munteren Ton: »Na, wollen wir zwei nicht was Schönes spielen? Eine Partie Rommé vielleicht? Das kannst du doch schon, nicht wahr?«

»Nee«, sagte ich.

»Aber das kann man doch ganz schnell lernen!« rief sie voller Begeisterung und lief und holte die Karten. Aber ich tat so, als würde ich das Spiel nicht begreifen, und starrte sie immer nur an, bis sie sagte: »Ach, lassen wir doch die blöden Karten und spielen wir eine Partie ›Fang den Hut‹!«

Sie baute auch gleich ihre Hütchen in gespielter Begeisterung auf und begann wie besessen zu würfeln, wobei sie ständig »Gleich hab' ich dich, renn was du kannst, gleich hab' ich dich« und ähnlichen Unsinn von sich gab. Ich ließ meinen Turm jedoch genau vor ihrer Nase stehen, so daß sie ganz schnell gewonnen hatte und wir das öde Spielchen beenden konnten.

Sie war zu diesem Zeitpunkt schon ziemlich abgekämpft,

doch ein echter Sportgeist gibt niemals auf, und so schlug sie noch dies und das vor. Aber einerlei, was immer sie auch meinte, das wir spielen könnten, ich sagte immer, daß ich keinen Bock darauf hätte, wobei ich freudig bemerkte, daß ihre Augen schon ganz glanzlos waren und ihr die Hände zitterten.

»Ach, laß doch endlich dieses gräßliche Wort«, schrie sie mich schließlich an, und danach saßen wir nur noch so da, sie vollständig erschlafft, ich voller Spannung, was ihr als nächstes einfallen würde. Es fiel ihr aber nichts mehr ein, und so resignierte sie und gab die Partie geschlagen, so daß wir endlich den Fernseher einschalten konnten. Es lief ein Western von der ganz blöden Sorte, wo der Held immerzu ruft: »Keine Bewegung, Jimmy, oder ich knall dich nieder!« Und sie fragte, ob mir denn so was gefiele, und ich sagte, neuerdings würden mich alle Western langweilen, weil ich die Dialoge auswendig kann. Ich sagte den Typen in dem Film dann in gewissen Szenen auch die Sätze immer vor, und meistens traf ich genau ins Schwarze, und Gil saß mir gegenüber, aber anstatt den Film anzusehen, sah sie immerzu mich an. Hinterher sagte sie, daß sie, wenn ich schon den Film unbedingt sehen wollte, gern mit mir über den Inhalt diskutieren würde. Das hatte sie bestimmt irgendwo gelesen, daß man mit den Kindern über den Schwachsinn diskutieren soll, damit sie ihn besser verdauen. Ich war aber schon so daran gewöhnt, daß ich gar nichts mehr verdauen mußte, sondern selbst nach den schlimmsten Horror- und Gruselfilmen gähnend in mein Bett schlüpfte. Solche Filme gab es leider nur selten, sie hatten doch einen gewissen Reiz und manchmal Überraschungen und waren nicht so triefend langweilig wie die anderen. Ich sagte Gil, daß ich keinen Bock hätte, mit ihr zu reden, und schließlich hielt sie die Klappe.

So saßen wir dann nur so da, und Sascha und ich fraßen Puffmais, und Gil knabberte an ihren Chips herum, an denen herumzuknappern zur Zeit Mode war. Es war eine ganz besondere Sorte von Chips, aber ich fand, sie schmeckten wie ranzige Pappe, und rührte die Dinger nicht an, obwohl neuerdings ganze Kartons davon im Schrank herumlagen.

Wir saßen uns gegenüber und wußten nichts zu sagen, und zum erstenmal fiel mir auf, wie laut die Dielenuhr tickt. Bloß nichts zu sagen war auch schwierig, und so begann ich schließlich gedankenlos in der Programmzeitschrift zu blättern.

Endlich hielt Gil es nicht länger aus, sprang gereizt auf und mixte sich einen Drink. Ich beobachtete sie, wie sie die Flaschen nacheinander in die Hand nahm und das Zeug in den Mixer goß und schüttelte und ihr Glas füllte und trank, und zum erstenmal fiel mir auf, daß sie im Grunde eine ganz fremde Frau ist, die mich nicht das Geringste angeht.

Endlich kam der Alte, und Gil lebte sichtlich auf. Sie flog ihm entgegen und fragte, wie sie denn heute gespielt hätten und ob er einen Drink wolle und was Mara über Bergs Sauna gesagt habe und so weiter, daß man meinen konnte, sie sei drei Jahre lang eingesperrt gewesen, derweil alle anderen in dieser Zeit richtig gelebt und ununterbrochen Tennis gespielt hätten.

Ich machte, daß ich in die Falle kam, und der blöde Sascha wußte nicht, ob er mich wie immer begleiten oder bleiben sollte, da es ja selten vorkam, daß sie da waren, wenn ich ins Bett ging. Und blöd wie er war, ging er bis in die Halle mit und legte sich dann vor den Garderobenschrank.

In den kommenden Wochen merkte ich, daß die Alten ein Komplott geschmiedet hatten, daß nämlich nunmehr immer einer von ihnen an mehreren Abenden in der Woche zu Hause bleiben sollte, immer abwechselnd, aber sie gaben sich keine besondere Mühe mehr, mich zu unterhalten. Gil fragte niemals mehr, ob wir zusammen Rommé oder »Fang den Hut« spielen oder erst fernsehen und dann diskutieren wollten.

Wenn der Alte das Haus verlassen hatte, mixte sie sich einen Drink und legte sich auf das Sofa, um stundenlang mit ihren Freundinnen zu telefonieren. Ich hatte es nicht besonders gern, wenn sie da war, weil ich dann den Fernseher immer ganz leise drehen mußte, um sie nicht zu stören.

Ich hatte es lieber, wenn der Alte zu Hause blieb. Dann war es eigentlich wie immer, denn er verschwand gewöhnlich sofort in seinem Büro, nachdem er etwas wie: »Machen wir uns einen schönen Abend, ja?« gemurmelt hatte.

Manchmal saßen wir allerdings auch zusammen in der Polstersitzgrube und machten es uns gemütlich, das heißt, Sascha machte es sich unter dem Tisch gemütlich, derweil Mac und ich schweigend in die Glotze guckten. Meist stand er dann so gegen zehn unvermutet auf und sagte, daß er noch mal wegmüsse, um Gil irgendwo abzuholen.

Am schönsten waren die Abende, an denen Fußballspiele übertragen wurden. Dann hatte ich richtig das Gefühl, daß er gern da war, ich meine, so richtig *da* und nicht in Gedanken ganz woanders, und daß wir wirklich zusammen was machten. Ich kannte die Tabelle der Bundesliga auswendig und wußte, wann wer spielte, und lernte die Namen der Stars und erkannte jeden einzelnen an der Art, wie er den Ball übers Spielfeld schoß. Ich hatte mit Mac richtige Gespräche an solchen Abenden, und wenn Gil dann kam, störte es mich, daß sie da war. Sie hatte keine Ahnung von Fußball, und was diesen Punkt angeht, da glaube ich, daß Mac ganz froh war, daß er mich hatte.

Pünktlich zu meinem Geburtstag war die Teichanlage im Garten fertig, die Gil sich schon so lange gewünscht hatte, und sie zwangen mich, ein Fest zu geben und all die Hits, die weißen und die schwarzen, einzuladen. Gil hatte gesagt, ich könnte auch ruhig Kinder aus meiner Klasse einladen, damit nicht nur die Typen aus dem Club da wären, mit denen ich ja eigentlich nichts mehr zu tun hatte. Da ich mich nach wie vor weigerte, meine Interessen fördern zu lassen, und weder zum Reiten noch zum Judo oder doch wenigstens zum Blockflöteunterricht ging, sah ich sie eigentlich kaum, und sie waren eher Gils Gäste als meine, zumal die Alten auch alle mitkamen.

Ich wußte aber nicht, wen ich denn für mich hätte einladen können, die Jungs von der Trinkbude würden nicht kommen, und sie gingen auch nicht in meine Klasse, und in der Schule hatte ich eigentlich auch gar keine Freundschaften. Das einzige Kind, das ich ein bißchen kannte, war die, die neben mir saß, Alexis Tetzlaff. Ich hatte sie gern, sie lachte viel, sie war schlau, die Lehrerin bevorzugte sie ein bißchen, aber sie war deshalb doch kein Streber. Im Unterricht sagte sie mir oft vor, und wenn die Lehrerin sie dabei erwischte, daß sie mir Zettel zuschob, dann lachte sie die Lehrerin bloß aus. Sie lachte alle Leute immer bloß aus, auch über sich selbst lachte sie oft, und sie konnte gut Aufsätze schreiben, aber leider hielt sie nie, was sie versprach. Dreimal habe ich sie eingeladen, mich nachmittags zu besuchen, und sie hat's jedesmal versprochen und gesagt, daß sie anrufen werde, wenn sie nicht käme, aber sie ist weder gekommen, noch hat sie angerufen.

Später hat sie dann gesagt, sie hätte es ganz einfach vergessen, aber das habe ich ihr nicht geglaubt. Wenn sie irgend etwas nicht tun, aber auch nicht direkt lügen wollte, dann vergaß sie es einfach. So war sie eben. Ich fragte sie, ob sie zu meinem Geburtstag kommen wolle. Ein Geschenk hätte sie nicht mitzubringen brauchen, das hatten Gil und die anderen Mütter abgeschafft, das mit den Geschenkmitbringseln zu den Geburtstagsfeiern. Die Sachen lägen hinterher nur rum, sagten sie, und es sei eher eine Belastung. Alexis sagte, sie würde gern kommen, aber dann kam sie natürlich nicht. Mir war es jedoch ganz recht, ich meine hinterher, es wäre bloß peinlich gewesen. Sie schoben alle schon am frühen Nachmittag an, die Alten mit ihren Hits, um dann später im Club weiterzufeiern, nämlich den Sieg der Doppelmannschaft über die Rot-Weißen. Meine Geburtstagsfeier war nur so ein Einstieg, so ein Nachmittagsdrink zur Einstimmung auf das Fest abends im Club, und ich hatte das Gefühl, daß die Alten die Amüsiererei besser im Griff hatten als die Kinder.

Die Kinder standen bloß gelangweilt herum, und Gil hatte ziemliche Mühe, sie dazu zu bewegen, all die kleinen Gesellschaftsspiele, die sie vorbereitet hatte, auch durchzuführen. Aber sie hatten weder Lust, weiße Tücher mit Fingerfarbe zu bemalen und sich dann damit zu verkleiden, noch bei einem Tanzwettbewerb mitzumachen, bei dem man einen kleinen Flipperautomaten gewinnen konnte, den die meisten von uns aber schon hatten oder nicht brauchen konnten.

Wir hätten am liebsten drin im Wohnzimmer nur ferngesehen, aber weil mein Geburtstag war, mußten wir uns im Garten amüsieren. Wir haben uns dann zwar die Kostüme bemalt und uns verkleidet, aber man merkte doch, daß keiner so recht Lust dazu hatte und daß wir es blöd fanden und jeder froh war, als der Nachmittag zu Ende war und man wieder gehen und etwas anderes machen konnte. Im ganzen gesehen, war der Geburtstag ein richtiger Flop, und wenn man sah, wie die Alten uns manchmal anguckten, wie wir so lustlos mit den Farben rumschmierten und später dann in den selbstbemalten Kostümen im Garten rumstanden, dann konnte man richtig sehen, daß sie uns insgeheim auch für Flops hielten und gar nicht wußten, wie sie an solche Nieten gekommen waren. Gil rief am Schluß in diesem blöde munteren Ton, den sie für diese Fälle parat hat, daß jeder sein Kostüm mit nach Hause nehmen könne, als Erinnerung, aber die meisten wollten wohl gar keine Erinnerung an diesen blöden Nachmittag haben und ließen die Kostüme einfach liegen. Eigentlich hatte Gil das schönste Kostüm noch prämieren wollen, aber dann hatte sie es gelassen. Sie sah ziemlich erschlafft aus, als sie sich später für den Club umzog. Ich war froh, als sie und Mac auch endlich weg waren und die ganzen Modehits sich verabschiedet hatten, denn trotz der Interessenförderung, der sie sich unterzogen, waren sie fast noch langweiliger als ich selbst.

Nun, jedenfalls war ich froh, als ich es hinter mir hatte und wieder allein war, aber dann gab's zur Entspannung nicht mal was Gescheites im Fernsehen! Im ersten lief 'ne politische Debatte und im zweiten ein Film, den sie schon dreimal wiederholt haben, und ich hatte ihn jedesmal gesehen!

Zum Glück wurde Mac es leid, daß er immer wieder mal die Fußballspiele verpaßte, wenn er geschäftlich oder sonst unterwegs war, und er beschloß, ein Videogerät anzuschaffen. Es konnte aber leider nicht gleich sein, weil dafür die ganze Wand, in die der Fernseher eingelassen war, umgebaut werden mußte. Gil bestand nämlich darauf, daß auch künftig keiner merken dürfe, daß überhaupt Fernsehen im Haus ist, weil sie meint, kein Fernsehen zu haben ist intelligenter. Jedenfalls kam dann ziemlich bald unser Innenarchitekt und entwarf eine tolle Geschichte, in der die gesamte Technik einfach verschwindet, und zu Weihnachten würden wir die Anlage dann haben. Ich war richtig selig bei dem Gedanken, daß ich bald nur noch Filme gucken konnte, die ich wollte, und nicht mehr die, die gerade gebracht wurden. Kurz danach kam dann der Knall, daß die Rippelbeck mich nicht reif für die Oberschule fand. Fünfzehn Kinder aus dem Neubauviertel wurden für reif befunden, aber bei mir hieß es: »Sara ist passiv, destruktiv im Denken und zeigt an nichts Interesse. Sie beteiligt sich nicht am Unterricht. Ihre mündliche Ausdrucksfähigkeit steht hinter dem Niveau der Klasse weit zurück. Sara ist für den Besuch einer weiterführenden Schule nicht geeignet.«

Gil ging fast in die Luft, als sie davon hörte. Sie ohrfeigte mich mit einer Intensität, daß ich beinahe Respekt vor ihr bekam, und schrie mich an, ob ich ihr vielleicht einmal sagen könne, womit sie das verdient habe. Mac sagte wie gewöhnlich gar nichts, aber er ging in sein Büro, und da hörte ich ihn den ganzen Morgen telefonieren. Es war aber nichts zu machen, und die Rippelbeck schlug den Alten vor, wenn sie unbedingt wollten, dann sollte ich doch die fünfte Klasse machen oder noch besser die vierte wiederholen und dann vielleicht die Realschule besuchen. Noch besser wäre es vielleicht, ein wirklich gutes Internat ausfindig zu machen. Ich stellte übrigens fest, daß fast alle eine weiterführende Schule besuchen durften, bis auf zwei, die aus 'nem sozial schwachen Milieu kamen, wie Gil das nannte, und die paar, deren Eltern gar nicht wollten.

Weihnachten war in diesem Jahr auch ein Reinfall, weil die Videoanlage nämlich nicht geliefert wurde, obwohl es uns ganz fest versprochen worden war. Der alte Fernseher war schon abmontiert, und so mußten wir den ganzen Heiligabend über Spiele machen und am ersten Feiertag spazierengehen. Die Alten kriegten fast genauso Krämpfe wie ich. Am zweiten hatten sie ihren Weihnachtsskat im Club, aber ich war zu Hause und kriegte das heulende Elend. Ohne Fernsehen kam mir das Haus so leer und so fremd vor, und dauernd dachte ich, daß sich oben etwas ganz Schreckliches über den Flur schleppte und daß sich eben die Gardinen bewegt hätten. Es war furchtbar, aber dann wurde die Anlage geliefert, und am Anfang waren die Alten so begeistert davon, daß sie beide zu Hause blieben und wir richtige Filmabende veranstalteten, und ich fand's toll, wie wir zu dritt so dasaßen und plötzlich etwas hatten, was uns allen Spaß machte. Doch dann ließ die Begeisterung nach, und es war mit dem Video genauso wie vorher ohne. Sie gingen in den Club und gaben mir den Auftrag, die Filme, die sie gern sehen wollten, für sie aufzunehmen, um sie dann an einem anderen Tag in Ruhe angucken zu können. Anfangs legte ich mich mächtig ins Zeug und nahm alles auf, was sie in der Programmzeitschrift angestrichen hatten, aber dann fanden sie immer seltener Zeit, die Filme, die ich aufgenommen hatte, auch anzusehen, und schließlich ließ ich es bleiben. Im Grunde war das ganze Video nicht der Rede wert. Im Gegenteil, nach einiger Zeit wäre ich sogar froh gewesen, wenn wir es gar nicht angeschafft hätten, denn Mac ließ sich neuerdings auch die Fußballspiele aufzeichnen, die wir früher immer zusammen angeguckt hatten. Er sah sie sich dann nachts allein an, wenn ich schon im Bett lag, und am nächsten Morgen war die Begeisterung bereits ziemlich verpufft, und er hatte keine Lust mehr, noch groß darüber zu reden. Ich fing ihn morgens immer am Kaffeetisch ab und versuchte, das Thema auf das Spiel zu bringen, und er sprach dann auch ein bißchen über die Torchancen und den Einsatz der Spieler, aber man konnte doch merken, daß er es nur tat, um mir einen Gefallen zu tun, und daß es ihn im Grunde langweilte.

In der kommenden Zeit wurde das Leben ziemlich schwierig. Der Schock, daß ich nicht aufs Gymnasium gekommen war, hatte den Alten ziemlich zugesetzt. Besonders Gil konnte sich gar nicht beruhigen. In einem Leben, in dem alles bis auf das kleinste durchgestylt und absolut vorzeigbar war, war ich der einzige Flop! Gil, die für alles eine Erklärung findet, fand zum erstenmal keine.

»Kannst du mir vielleicht mal verraten, was ich den Leuten im Club sagen soll, wenn sie mich fragen?« schrie sie mich an. Ich sollte ihr auch sonst allerlei verraten. Ob ich nicht endlich mal ein bißchen Dankbarkeit zeigen wolle und womit sie das verdient habe und wieso ich nicht mal meine Hausaufgaben ordentlich machen könne, wo man mich doch schon mit den Reitstunden und dem Ballettunterricht in Ruhe gelassen habe, Sachen, die die anderen Kinder *spielend* nebenbei erledigten.

Die anderen Hits waren tatsächlich fast alle auf das Gymnasium gekommen, wo sie sich ein, zwei Jahre hielten, ehe sie in Internate abgeschoben wurden. Zu diesem Zeitpunkt waren sie in der Regel so mürbe, daß sie gern hingingen. Man mußte nur abwarten, und sie ließen sich freiwillig abschleppen, weg von zu Hause in Internate, die in internatseigenen Parks lagen, wo man sie behielt, bis sie zwanzig waren oder länger. Ich wäre zu diesem Zeitpunkt liebend gern ins Internat gegangen, lebenslänglich, wenn es sein mußte, aber Gil schrie, das könne mir so passen, mir meine Faulheit auch noch bezahlen zu lassen. Ich hätte genügend Intelligenz, die Schule auf normalem Wege zu schaffen, und wenn ich diese Intelligenz und all das, was ich in meinem Elternhaus mitbekommen hätte, nicht endlich einsetzte, dann würde sie persönlich dafür sorgen, daß ich Putzfrau würde, acht Mark die Stunde, wenn ich Glück hätte!

Abends, wenn sie aus dem Club zurückkamen und dachten, daß ich schon schlief, machten sie sich gegenseitig Vorwürfe. Sie bellten sich an, wessen Schuld es sei, daß ich eine solche Niete sei. Macs Mutter war schuld, wegen der Vererbung, und Gils Vater, der auch so ein fauler Sack gewesen sein soll.

»Was von deiner Familie zu halten ist, das habe ich ja von Anfang an gewußt«, gellte Gil, und der Alte brüllte zurück, sie sei ja fein raus, daß sie nie ihre eigene schulische Laufbahn unter Beweis stellen müsse, die doch bei Quarta ihr Ende gefunden habe, und sie keifte, das sei etwas ganz anderes gewesen, damals, ihr habe ja niemand eine Chance gegeben. Und so schrien sie, bis sie müde waren, doch am nächsten Morgen war alles vergessen, und Gil gab mir wieder die alleinige Schuld an meinem Versagen. Sie teilte mir nahezu täglich mit, daß selbst die blödesten Kinder, die allerblödesten, solche, deren Eltern nicht mal ihren eigenen Namen buchstabieren konnten, ohne daß ihnen vor Anstrengung der Schweiß ausbrach, daß selbst die heutzutage das Gymnasium besuchten, und das, obwohl, sie nicht mal 'n eigenes Zimmer und 'n eigenen Tisch hatten, an dem sie in Ruhe arbeiten konnten, von der fehlenden Konzentration und dem fehlenden Vokabular ganz zu schweigen. Ich dachte, daß das Vokabular von Alexis eigentlich nichts zu wünschen übrigließ, obwohl sie aus dem Arbeiterviertel kam und vier Geschwister und mit Sicherheit kein eigenes Zimmer und keinen eigenen Tisch hatte, an dem sie lernen konnte. Sie war mit Glanz auf das Gymnasium gekommen, und ich sah sie nur noch manchmal an der Trinkbude. Alexis war gut in der Schule, es schien ihr Spaß zu machen. Sie erzählte, daß sie nachmittags immer zusammen mit ihrem großen Bruder am Küchentisch sitze und Schularbeiten mache. Vielleicht, dachte ich, ist das ganze Elend leichter zu ertragen, wenn man einen Bruder hat und einen Küchentisch, an dem man zusammen sitzen und lernen kann.

Zu dieser Zeit hatte ich manchmal das Gefühl, daß Gil das Leben gar nicht so viel Spaß machte, wie sie immer tat, und daß sie mir die Schuld für ihre gereizte Laune ganz einfach in die Schuhe schob.

Sie telefonierte ständig mit Ärzten, die ihr irgend etwas verschreiben sollten, was sie nicht wollten, was Gil aber so nötig brauchte wie ich die Süßigkeiten. Sie rauchte jetzt oft zwei Schachteln am Tag, und wenn sie nach Hause kam, dann mixte sie ihre verdammten Drinks schon, noch ehe sie den Mantel ausgezogen hatte. Manchmal beobachtete sie den Alten mit schmalen Augen, wobei sie den Rauch ihrer Zigarette so tief einzog, daß sich die Backen richtig nach innen stülpten. Manchmal machte sie komische Anspielungen, die ich nicht verstand und auf die er mit diesem neuen ironischen Schweigen reagierte, das er sich zugelegt hatte. Er war zu dieser Zeit noch seltener zu Hause anzutreffen als gewöhnlich, und wenn er da war, dann klingelte manchmal das Telefon, ohne daß sich jemand meldete, und Gil sagte dann mit ihrem komischen Lächeln, das sie für diese Fälle parat hatte: »Ach, unser erotisches Schweigen!«

Interessant war, daß Mac nach einem solchen Anruf gewöhnlich noch so zehn, fünfzehn Minuten sitzen blieb und dann abjagte und Gil ihm durch das Fenster nachsah, die Augen zu zwei schmalen Schlitzen verengt. Ich schloß mich zu dieser Zeit mehr an Mac an, auch wenn er nie mehr mit mir Fußball gucken wollte so wie früher und kaum noch abends allein mit mir zu Hause blieb, aber er quälte mich nicht so wegen der Schule, wie Gil es tat, und wenn sie wieder davon anfing, dann warf er mir heimliche Blicke zu und gab mir zu verstehen, daß er sie ebenso blöd fand wie ich. Ich glaube, er hätte es vorgezogen, mit mir allein zu wohnen und sie zum Teufel zu schicken, und ich dachte, daß es schon toll wäre, wenn sie endlich die große Karriere machen würde, die sie angeblich der Familie zuliebe aufgegeben hatte. Leider dachte sie gar nicht daran. Im Gegenteil, sie blieb jetzt ziemlich oft zu Hause und bespitzelte den armen Mac, und ich fand's schon toll, wie er sich zur Wehr setzte und wie er es ihr zurückgab. Ganz leise, ganz unauffällig, ohne viele Worte, es strengte ihn gar nicht an. Aber es wirkte.

Echt grauenvoll zu dieser Zeit war die Langeweile!

Nachmittags war es am schlimmsten!

Die Langeweile lastete wie ein brütendes Schweigen auf dem Haus, auf jedem einzelnen Zimmer und auf jedem einzelnen Gegenstand. Jetzt, auf der Hauptschule, hatte ich überhaupt keine Freundin mehr. Die Mädchen waren einfach zu blöd, noch blöder als die Hits aus dem Club, zu denen ich den Kontakt auch verloren hatte, weil sie in ihrer Freizeit alle irgend etwas taten. Die meisten spielten Tennis und trainierten täglich für die Jugend- und Clubmeisterschaften, doch für mich schlichen die Stunden zwischen Schulschluß und Abend unerträglich öde dahin. Die Schulbücher auf meinem Schreibtisch glotzten mich ebenso dämlich an wie das ganze Haus und sämtliche Gegenstände, die darin waren. Ich brachte es einfach nicht fertig, die Bücher zu öffnen und mich auf den Inhalt zu konzentrieren. Ich habe es wirklich versucht, aber ich schaffte es nicht. Es war mir unerklärlich, wie die anderen Kinder das machten, die kaum, daß die Schule aus war, nach Hause eilten und gleich mit den Schularbeiten anfingen, sie mußten irgend etwas in sich haben, das mir vollkommen fehlte.

Eines Nachmittags, es war eigentlich bloß eine Folge dieser grauenhaften Langeweile, entdeckte ich das Spiel mit den verschlossenen Schubladen. Es gab verschiedene Schubladen und Schränke im Haus, die immer verschlossen waren, wegen der Putzfrau und der Handwerker, die ewig bei uns was zu tun hatten. Man konnte sich ja nicht gut daneben stellen und ihnen auf die Finger gucken, also schloß Gil die wirklich wertvollen Sachen lieber weg.

Ich wußte längst, was in der Kommode im Schlafzimmer war und in dem kleinen Eckschränkchen im Wohnraum, und kannte den Inhalt des Dielenschrankes und sogar den des Tresors – was mich dagegen wirklich faszinierte, war die linke Lade von Macs Schreibtisch. Sie war, solange ich denken konnte, verschlossen, und Mac hatte einmal gesagt, daß gar nichts darin sei und er den Schlüssel verloren habe. Er hatte das in einem Ton gesagt, daß man's nicht glauben konnte, und ich wurde richtig besessen davon, einen Schlüssel zu finden, der zu dem Fach paßte. Nachmittags schlich ich durch das Haus und suchte es nach Schlüsseln ab und probierte sie der Reihe nach aus, aber kein einziger paßte. Anschließend saß ich dann auf dem kleinen Ledersofa dem Schreibtisch gegenüber und fixierte die Lade aus dem glatten braunen Holz mit dem kleinen schwarzen Loch in der Mitte, und eines Tages entdeckte ich rein zufällig, daß genau der Schlüssel des Faches paßte, das direkt darunter lag. Es war der einzige Schlüssel im ganzen Haus, den ich noch nicht ausprobiert hatte, weil man's oft nicht glauben kann, daß es etwas gibt, das so einfach sein soll, wo alles sonst so kompliziert ist. Mehr als Spiel hatte ich ihn in das Schlüsselloch gesteckt und gedreht – und die Lade sprang auf. Einfach so, es geschah wie von selbst! Es hakte nicht einmal ein bißchen. Vollkommen verblüfft sah ich hinein.

Es lag ein Päckchen Pornobilder darin.

Sonst nichts, die ganze Lade war vollkommen leer, nur die Pornobilder lagen da, ein ganzes Päckchen, mit einem Gummiband zusammengehalten. Ein schöner Stapel, mindestens zwanzig bis dreißig mochten es sein.

Ich starrte sie fassungslos an, meine Hände zitterten. Aber es lag nicht an den Bildern, ähnliche hatte ich schon gesehen. Die Jungs von der Trinkbude konnten nicht genug haben von diesen Sachen, sie zeigten sie offen herum, es war gar nichts dabei. Doch hier, in Macs Schreibtisch, da war was dabei, das brachte etwas zum Einsturz. Ich meine die Erkenntnis, daß die dämlichen Jungs von der Trinkbude, die man gar nicht richtig ernst nehmen konnte, und Mac was Gemeinsames hatten.

Ich sah die Bilder an. Meine Hand zitterte ein bißchen. Sie waren verdammt scharf, schärfer als die von den Jungs, und ich betrachtete sie eins nach dem anderen, und dann versteckte ich sie in meinem Zimmer oben auf dem Kleiderschrank, um sie am Abend noch einmal anzusehen und in Ruhe darüber nachzudenken.

Ich hatte sie gerade gut verstaut, als Gil nach Hause kam. Es war sechs Uhr abends. Sie bereitete ein kleines Abendessen für uns und saß mir gegenüber und redete belangloses Zeug, und anschließend stellte ich den Fernseher an und tat so, als ob ich mir den Film ansähe, innerlich voll Spannung, wann sie sich endlich umziehen und in den Club gehen würde. Die Spannung machte mich völlig fertig. Ich beobachtete Gil, wie sie im Raum hin und her ging und in Zeitschriften blätterte und sich Drinks eingoß und telefonierte, und schließlich ging sie hinauf und ließ sich ein Bad ein. Mir wurde klar, daß sie ausgerechnet heute beschlossen hatte, zu Hause zu bleiben, aber ich konnte nicht länger warten, bis sie sich endlich in die Falle legen und pennen würde, das konnte bis Mitternacht dauern oder länger, und so sagte ich, daß ich müde sei und ins Bett gehen wolle. Es war halb neun!

Sie guckte mich an, mit diesem Röntgenblick, den sie manchmal hatte, wenn Mac ihr was von Geschäftsreisen erzählte oder von Verabredungen mit irgendwelchen Leuten, die sie nicht kannte, und schließlich sagte sie: »Ist gut, Schätzchen, schlaf schön!«

Ich wartete, bis sie in der Wanne lag, und dann holte ich den Hocker und trug ihn zum Kleiderschrank und stieg hinauf und angelte nach den Fotos, wobei mir klarwurde, daß ich keine einzige Minute länger hätte warten können, aber als ich mich reckte, um das Päckchen zu fassen, kippte der Hocker um, und ich krachte runter und landete auf dem Teppich, alle Bilder um mich herum verstreut.

Gil stand augenblicklich im Zimmer.

Sie hatte nichts an, wenn man von dem Badeschaum einmal absieht, der in kleinen Flöckchen an ihrem Körper klebte, und ich dachte, wieso die Weiber auf den Fotos so scharf wirken, wogegen Gil eher lächerlich aussah. Sie griff nach einem Handtuch und wickelte sich hinein und bückte sich nach dem Hocker und trug ihn vor den Toilettentisch, wo er hingehörte. Dann bückte sie sich nach den Fotos, hob sie auf und sah sie an. Ich senkte den Blick. Wir schwiegen. Schließlich sagte Gil: »Aha, anstelle von Schularbeiten?«

»Ich habe sie bei Mac gefunden«, sagte ich zornig, wobei ich das unangenehme Gefühl hatte, daß ich ihn verriet.

»Sie lagen in der Lade seines Schreibtischs, ich hatte da etwas gesucht!«

Sie warf mir einen Blick zu, einen schnellen, harten, ähnlich der schnellen, harten Ohrfeigen, zu denen sie sich neuerdings manchmal hinreißen ließ, und dann inszenierte sie ein

Lächeln. Sie betrachtete die Bilder noch einmal, sehr langsam, eines nach dem anderen, in bewußt gespielter Ruhe, scheinbar gleichgültig, als ob gar nichts dabei wäre, gab das makellose Lächeln, mit dem sie die Fotos betrachtet hatte, dann an mich weiter, strich mir über das Haar wie einem verirrten Schäfchen und sagte: »Du brauchst dich gar nicht zu rechtfertigen und den armen Mac zu bemühen. Solche Bilder fallen irgendwann einmal jedem Kind in die Hände, früher oder später, es ist gar nichts dabei, nur weißt du, wenn man sie ein paarmal gesehen hat, läßt der Reiz nach, und man vergißt es und findet Dinge, die schöner sind und einen länger befriedigen als das da.«

Sie machte eine Pause, und ich bemerkte das leichte Flattern ihrer Hände.

»Nur, weißt du«, sagte sie jetzt, »du solltest solche Bilder nicht mit dir herumtragen! Es könnte schließlich jemand sehen, der nicht so viel Verständnis aufbringt wie die Mutter, die du dir klugerweise ausgesucht hast. Deine Lehrerin zum Beispiel, die dann denken muß, daß du mit Leuten verkehrst, mit denen ein Mädchen wie du nicht verkehren sollte.« Wir sahen uns schweigend an. Schließlich sagte Gil: »Du hast die Bilder von den Jungs aus dem Neubauviertel, nicht wahr? Ich habe dich doch bereits mehrmals gebeten, da nicht mehr so oft hinzugehen, das hört jetzt mal für eine Weile auf, versprichst du mir das?«

Es gab nichts zu versprechen, und sie wußte es genau, aber wie immer war sie mir überlegen mit ihrer verdammten Selbstbeherrschung, die sie nur ganz selten im Stich ließ und von der ich neuerdings manchmal dachte, daß sie sich in Form kleiner weißer Pillen vom Arzt verschreiben ließ.

»Weißt du«, sagte sie jetzt und legte mir die Hände auf die Schultern und sah mich mit diesem gut einstudierten, mütterlich-liebevollen Blick an, »es gibt Menschen, die in Verhältnissen aufwachsen, in denen es wenig Schönes und sehr wenig Freude gibt, sie haben nicht so viel Anregung, wie sie in deinem Elternhaus selbstverständlich ist, verstehst du? Sie haben niemals etwas anderes kennengelernt als das Miese und Brutale, man muß sie deswegen natürlich nicht verachten, eher vielleicht ein wenig bedauern, aber wir wollen uns doch nicht mit Menschen dieser Art auf eine Stufe stellen, hm?«

Ich schüttelte ihre Hände unwillig ab und trat einen Schritt zurück. »Ich hab' sie nicht von den Jungs«, schrie ich sie an. »Sie lagen alle in Macs Schreibtisch, in der linken Lade, in der, die er immer abschließt!«

Sie warf mir einen dieser scharfen Blicke zu, mit denen sie so gut zu treffen wußte, und schob die Bilder in einen Umschlag, und während sie das tat, sagte sie leichthin: »Mein Herzchen, ich glaube nicht, daß ein erwachsener Mann wie dein Vater Freude an solchem Kram hat!« – und lachte ihr unnatürliches, gurrendes Partylachen, dieses Plastiklachen, mit dem sie sonst Gesprächspausen füllt, strich mir noch einmal über den Kopf und ließ zum Zeichen ihres Vertrauens das Päckchen mitten auf dem Tisch liegen. An der Tür wandte sie sich noch einmal um und sagte, daß sie ja wisse, daß ich im Grunde ein vernünftiges Mädchen sei, das diese Bilder schleunigst, am besten gleich, dorthin brächte, wo sie hingehörten, wobei sie eine rasche Kopfbewegung in Richtung Klotür machte.

Die Pornobilder habe ich eine gewisse Zeitlang behalten und täglich angeschaut, ganz in Ruhe, egal, ob Gil im Haus war oder nicht, und ich muß sagen, daß sie recht behielt, denn mit der Zeit ließ der Reiz tatsächlich nach. Ich bot sie schließlich Alexis zum Tausch gegen einen Motorradhelm an, denn auf der Hauptschule waren solche Helme nach wie vor Mode, das ändert sich bei denen nicht so schnell. Alexis sagte, daß sie Jungs kenne, denen die Bilder gut und gern zwei Helme wert seien. Die Bilder waren schärfer als die, die die Jungs gewöhnlich so hatten, und sie konnten nicht genug davon kriegen und brauchten immer neue und andere. Jedenfalls nahm Alexis die Bilder und brachte mir dafür einen knallroten Helm, der so gut wie neu war, und mit der Zeit kam mir die ganze Sache ziemlich lächerlich vor.

Was mich noch lange beschäftigte, war das Rätsel, das Rätsel, wieso Mac solche Bilder hatte, und ein noch größeres Rätsel war, wieso Gil ihn in Schutz nahm. Sie war zur Zeit stocksauer auf ihn, und sie wußte genau, daß die Bilder nicht von den Jungs kamen, und doch ging sie hin und nahm ihn in Schutz. Sie muß ihn sogar gewarnt haben, denn die bewußte Lade stand seitdem immer offen, und es lagen irgendwelche bedeutungslosen Papiere darin.

Ich spürte, daß es da irgend etwas geben mußte, das mit den Fotos gar nichts zu tun hatte. Irgend etwas Dunkles, Unausgesprochenes, das Gil mit Mac verband. Es war eine Erkenntnis, die mich echt umhaute, denn bis jetzt hatte ich immer angenommen, daß sie gar nichts miteinander verband außer ihrem Club und ihrem dämlichen Haus und all den Leuten, die sie kannten, und den Geldstreitereien, die sie neuerdings miteinander hatten. Es gab da also noch etwas, etwas Starkes, etwas aus ihren Anfängen vielleicht, als sie sich neu hatten und toll fanden und eine tolle Zukunft planten. Etwas, das stark genug war, daß Gil sich an Macs Stelle schämte.

Ich wartete eine Zeitlang, daß Mac mich vielleicht auf die Sache mit den Pornobildern ansprechen würde, zumindest in dem Sinne, daß man nicht in fremden Schreibtischen herumwühlt, daß jeder Mensch ein Recht auf Geheimnisse hat oder so, doch er sagte nichts. Aber er schenkte mir auch niemals mehr dieses komplizenhafte Lächeln, mit dem er anzudeuten pflegte, daß er mich im Grunde seines Herzens lieber hatte als Gil, und unsere Fußballgespräche morgens am Kaffeetisch hörten gänzlich auf. Ich begann, Mac mit anderen Augen anzusehen. Er war nicht der, für den ich ihn gehalten hatte. Er war ein vollkommen fremder Mann. Im Grunde war er nicht besser als Gil.

Wieso Mütter?
Ich kenn' bloß Weiber, die Kinder kriegen.
Alexis

Ich war das fünfte Kind und eine Fehlplanung!

Der Alte warf mir das mit der Fehlplanung so lange und so oft vor, bis ich's selbst zu glauben anfing, nämlich, daß ich mich tückisch und ungebeten in ihr Leben eingeschlichen hatte.

Mit dreien hatten sie noch ganz gut gelebt. Mit Marc-André, der der vierte und überdies ein Schwachkopf war, hatte ihr Abstieg begonnen, und ich machte sie endgültig zum sozial schwachen Fall. Mein dreistes Erscheinen brachte es mit sich, daß ihnen plötzlich alles zu klein wurde. Es fing mit der Bratpfanne an, breitete sich über die Wohnung und den Wäschetrockner aus und hörte bei dem alten Opel auf, in den der Alte Mutter und sich und die vier Gören gerade noch hineingequetscht hatte. Aber ich paßte dann einfach nirgends mehr hin.

Ich war einfach zuviel. Nicht, daß ich das nicht eingesehen hätte, aber wie, bitte schön, macht man seine eigene Fehlplanung rückgängig? Als ich geboren wurde, war Mutter schon ziemlich fertig, und ich hatte ihr mit meinem schmerzhaften und zögernden Eintritt in diese Welt vollends den Rest gegeben. Das war eine Zeitlang ihr Lieblingsthema.

»Alexis hat mir den Rest gegeben. Schon Marc-André war 'ne reine Schinderei, aber Alexis hat mir den Rest gegeben.«

Sie hatte seit mir eine Organsenkung, und ich stellte mir unter einer Organsenkung etwas ziemlich Widerliches vor, obwohl ich nicht behaupten kann, daß sie mir deswegen besonders leid getan hätte. Es fiel mir überhaupt ziemlich schwer, diese Frau zu lieben. Sie hatte etwas Leidendes, Graues, ein grauer Jammerlappen, der die linke Hand seufzend gegen das Kreuz preßte und mit der Rechten ziemlich wahllos Ohrfeigen austeilte. Zudem war ihr Schoß immer besetzt, denn kaum setzte sie sich einmal hin, war er auch schon von den anderen Gören belagert. Mir schien, als ob sie mich noch weniger liebte als die anderen, vielleicht konnte sie sich einfach nicht damit abfinden, daß ich da war.

Ja, also wie war das mit der Fehlplanung?

Anna Tetzlaff war mit der Pille nicht zurechtgekommen, was ihr Doktor Thorwald übrigens sofort gesagt hatte. Er hatte prophezeit, daß sie vergessen würde, die Pille regelmäßig zu nehmen, und prompt hatte er recht behalten. Schon nach Marc-Andrés Geburt hatte Doktor Thorwald den Vorschlag gemacht, ihr einfach alles rauszunehmen, damit der Fall ein für allemal erledigt sei, und müde und abgewrackt wie sie war, schien es wirklich das Beste zu sein.

Aber der Alte hatte gebrüllt, ein ausgenommenes Suppenhuhn wolle er in seinem Bett nicht haben, er nicht... mit so etwas könnte sich der ehrenwerte Herr Doktor selbst amüsieren – und so hat sie's dann halt mit der Pille versucht, das Resultat dieses Versuches war ich!

Ich kam im Heilig-Geist-Krankenhaus zur Welt, in das sie uns alle zum »Auspacken« geschleppt hatte, und sie kam gerade noch zurecht, denn mit der Rechnerei hatten sie es beide nicht. Sie hatten geglaubt, sie schafften's noch vor dem Umzug in die größere Wohnung, nämlich vom Häuserblock A rüber zu C, drei Zimmer statt zwei, Küche, Bad. Die Küche allerdings kleiner, dafür Balkon. Und wenn der Alte Mutter mit ihrer Ballonkugel und ihrem ewig schmerzenden Kreuz nicht in all dem Dreck allein hätte sitzen lassen, dazu die beiden Kleinen mit Keuchhusten und die zweite wie immer erkältet – also dann hätte sie es vielleicht noch geschafft, die ganze Bagage irgendwo unterzubringen und auf Vorrat für ihn zu kochen und die Hemden wegzubügeln. Aber da ich mich plötzlich meldete, gerade als Mutter dabei war, die erste Umzugskiste auszupacken, kam es so, daß *Er* plötzlich im Dreck saß und zusätzlich noch die beiden Kleinen am Hals hatte – und dann die Wäscheberge, die sich bei uns sofort ansammeln, sobald man ihnen auch nur einen Tag Gelegenheit dazu gibt – und so fing das mit mir schon äußerst schlecht an. Ja und dann wieder ein Mädchen, bei bloß zwei Jungen, von denen einer nicht richtig funktionierte, man sagte, er gehöre eigentlich in ein Heim... blieb ihnen als Sohn nur noch Adrian, und ob der mal was würde, war damals noch fraglich – und dann kam ich – alles schlecht, schlecht, schlecht!

Eine Fehlplanung von Anfang an.

Mutter genoß die beiden Wochen im Krankenhaus, auch wenn der Alte täglich kam und jammerte, daß sie ihn in all dem Dreck habe sitzen lassen und daß die Frauen früher zum Entbinden in gar kein Krankenhaus gingen, sondern sich, wenn es soweit war, einfach irgendwo hinlegten und dann allez hopp – und anschließend gleich wieder ins Geschirr, so wie sich das gehörte. Die heutigen Methoden verweichlichten die Frauen bloß, aber die Ärztin, die Mutter diesmal betreute, sagte, sie hielte eine weitere Woche Schonung für unbedingt erforderlich.

»Ihre Frau ist am Ende!« sagte sie eindringlich zu dem Alten. »Hören Sie, Herr Tetzlaff, am *Ende*!«

Der Alte hatte sie bloß wütend angesehen und war mit hochgeschlagenem Mantelkragen den gebohnerten Korridor entlanggestürmt, seinen ungebügelten Hemden, den Geschirrbergen und seiner plärrenden Nachkommenschaft entgegen. Er war der Meinung, daß Mutter ihren Zustand schamlos ausnutzte. Jawohl, schamlos ausnutzte.

Am Ende! Was hieß das schon! Die Frau Doktor in ihrem gestärkten weißen Kittel sollte ihn einmal fragen, was *er* war! Er würde es ihr schon sagen. So was von Ende gab's nicht.

Als ich in diese fremde Familie hineingeboren wurde, weil Zufall und verfehlte Planung es so wollten, war Christamaria gerade zehn und bereitete sich auf den Besuch des Gymnasiums vor, eine Tat, die den Alten eher erschreckte. Carmen war sechs und besuchte die erste Klasse. Sie war von Anfang an dünn, kränklich, blaß und verheult und machte ihrem Namen keine Ehre. Von Carmen hieß es immer, daß es überhaupt ein Wunder sei, daß man sie durchgebracht habe, so mickrig und krank, wie sie von Anfang an war. Carmen war ein Siebenmonatskind und hatte ihr Leben im Brutkasten begonnen, eine Tatsache, auf die alle sehr stolz waren und mit der Mutter nicht genug herumprahlen konnte. Carmen wollte die Geschichte mit dem Brutkasten, und wie sie fast gestorben und dann wie durch ein Wunder doch nicht gestorben war, immer und immer wieder hören. Sie konnte nie satt davon werden. Es war das einzig Bemerkenswerte, das sie hatte, und mußte für ein ganzes Leben reichen.

Dann kamen die beiden Jungs, Adrian und Marc-André.

Sie waren gerade zwölf Monate auseinander, und es scheint, als ob es für Marc-André nicht mehr so ganz gereicht hätte, denn er war schwach im Kopf, und der Alte zeigte ihn nicht gern her. Solange er im Kinderwagen verpackt war, ging es ja noch, aber jetzt, wo er größer wurde und frei herumlief, da tat der Alte gern so, als ob er ihn nie gesehen hätte. Mutter versuchte, ihn Christamaria anzuhängen, wenn sie zum Spielen ging, aber sie weigerte sich und verlor ihn immer, so daß man schließlich beschloß, ihn in ein Heim abzuschieben. Die Kinder sind da gut aufgehoben, sagte der Alte, gut geschultes Personal, Pflege, und so, wie sie waren, merkten sie den Unterschied wahrscheinlich gar nicht. Man konnte sie in den Heimen besuchen, sooft man wollte, und auch immer mal nach Hause holen, aber der Alte sagte, das wär' am Ende gar nicht so gut, vielleicht erinnere er sich ja dann doch!

Ich bekam also den Namen »Alexis«. Mutter hatte ihn ausgesucht. Sie selbst heißt Anna, aber sie schwärmt für Namen, die eine große Zukunft versprechen. Alexis Tetzlaff ist ein bißchen schwer auszusprechen wegen der vielen scharfen »S«, aber Mutter meinte, ich würde ja ohnehin einmal heiraten und die Chance, daß mein neuer Name dann prima zu Alexis paßt, sei immerhin gegeben.

Als ich geboren wurde, war tiefer Januar. Frost! Wir hatten jetzt eine Zentralheizung, aber Vater hatte sie nur in der Küche angedreht, und die übrigen Räume, mit Ausnahme des Wohnzimmers, in dem abends ferngesehen wurde, waren kalt wie zuvor.

Mutter, der ich den Rest gegeben hatte, schleppte mich mit letzter Kraft auf den Küchentisch, um mich zu windeln, und gab mich dann an Christamaria weiter, die ihrerseits still für sich schon lange beschlossen hatte, diese Sippschaft zu verlassen und ein großer Star zu werden, irgendwo, weit weg von der Siedlung und derer von Tetzlaff und ihren unerträglichen Nachkommen. Sie war gerade froh gewesen, daß man die Jungs so gut wie groß hatte. Adrian ging demnächst zur Schule, und der Schwachkopf würde in einem Heim verschwinden, und Carmen, verheult und feige wie sie war, konnte man mit irgendeiner Drohung rasch in die Ecke zwingen. Also man hatte gerade begonnen, Licht zu sehen, und prompt fing der Kram mit der Brüllerei und den beschissenen

Windeln wieder von vorne an, dazu Mutter mit ihren ewigen Kreuzschmerzen und ihrer Organsenkung.

Christamaria betrachtete mich ohne Liebe. Aber geliebt wurde bei uns ohnehin nicht viel, sie konnten das nicht so gut!

Da ich ihr den Rest gegeben hatte und die Organsenkung dazu kam, gab Mutter den Job in der Fabrik auf und blieb zu Hause. Sie putzte die Wohnung. Sie putzte von früh bis spät. Sie putzte mit einer wilden Besessenheit, die sich bis zur Raserei steigern konnte. Vor allem das Wohnzimmer. Seitdem wir die neue Couchgarnitur hatten, wurde es noch schlimmer mit ihr. Sie putzte das Wohnzimmer, als ob wir den Heiligen Geist zu Besuch erwarten würden. Wenn sie das letzte Stäubchen entfernt hatte, warf sie einen allerletzten Blick auf ihr Heiligtum und schloß dann die Tür hinter sich ab.

»Kleine Leute können sich keinen Dreck erlauben«, sagte sie, wenn der Alte gelegentlich gegen die ewige Putzerei aufmuckte. Ich habe nie begriffen, was sie eigentlich damit meinte, und der Alte wohl auch nicht. Nachdem sie sich genug erholt hatte, sah sich Mutter wieder nach einem Job um. Sie ging hinüber ins Villenviertel und putzte da! Schöne, große Häuser. Ich hätte mir das liebend gern mal näher angesehen, aber sie nahm mich nie mit. Sie nahm keinen von uns mit. Wahrscheinlich war sie froh, uns eine Weile los zu sein. Sie ging lieber zu fremden Leuten putzen, als ihre plärrende Nachkommenschaft zu ertragen.

Zu dieser Zeit ging ich voll in Christamarias Besitz über. Ich fing frühzeitig an, sie als meine eigentliche Mutter anzusehen. Sobald sie das Haus verlassen wollte, hing ich jaulend an ihrem Ärmel. Ich schrie das ganze Haus zusammen, so daß sie mich schließlich fluchend in die Kinderkarre packte. Als ich größer wurde, stellte sie mich einfach auf dem Kinderspielplatz ab und rannte davon. Meist kam sie erst ziemlich spät wieder, es dunkelte schon, und die anderen Kinder waren längst nach Hause gegangen. Ich saß dann auf einer der Bänke und fror und heulte. Aber ich hatte schnell heraus, daß Heulen nicht viel nützt. Man reizt damit nur seine Umwelt. Christamaria reizten meine Tränen so sehr, daß sie mir augenblicklich eine klebte. »Damit du Grund zum Heulen hast«, setzte sie als Erklärung hinzu. Merkwürdigerweise versiegten meine Tränen sofort. Je mehr Grund mir

Christamaria zum Heulen gab, desto weniger heulte ich. Mit fünf gab ich das Heulen auf. Es brachte nichts ein.

Auf dem Rückweg versäumte sie dann nie, mir die beiden großen Schäferhunde zu zeigen, die sich unser Metzger im Zwinger hält. Sie reizte sie so lange, bis sie mit rasendem Röcheln an dem Gitter hochsprangen, die Ohren flach angelegt, den Rachen aufgerissen, daß man das Wolfsgebiß sah. Christamaria schilderte anschaulich, was die beiden Bestien mit mir machen würden, wenn ich zu Hause auch nur mit *einem* Wort erwähnte, wie ich den Nachmittag verbracht hatte.

»Du warst den ganzen Nachmittag mit mir auf dem Spielplatz, sprich mir nach!« »Ich war den ganzen Nachmittag mit dir auf dem Spielplatz!« Das war unsere Konversation auf dem Nachhauseweg.

Ich nahm mir vor, blutige Rache zu üben, wenn ich erst groß und stark genug wäre, aber leider wurde ich nie groß und stark genug. Ich blieb immer die Kleinste.

Der Scheiß war nämlich, daß die Alten nach mir die Produktion einstellten. Ich weiß nicht, wieso das kam. Vielleicht lag es daran, daß ich ihr den Rest gegeben hatte, oder es hatte mit der Organsenkung zu tun, oder vielleicht hatte man ihr doch heimlich alles rausgenommen, und der Alte ahnte gar nicht, daß er es nun doch mit einem ausgenommenen Suppenhuhn zu tun hatte – man sieht's den Weibern ja nicht an –, jedenfalls blieb ich die Kleinste. Ich hätte mir sehnlichst noch ein Kleineres gewünscht, das ich dann hätte hinter mir herzerren und auf Kinderspielplätzen abstellen und herumkommandieren können, aber so war es halt, wie es war. Ich wartete eine Zeitlang ab, und dann gab ich die Hoffnung auf.

Ich nahm Carmen als Ersatz.

Sie war sechs Jahre älter als ich, aber den Rückstand mit den zwei Monaten, die ihr fehlten, hat sie nie wieder aufgeholt: Sie war und blieb die Flennerin vom Dienst. Das ganze Mädchen war eine einzige feuchte Träne. Sie heulte schon, noch ehe man sie überhaupt angefaßt hatte, sie heulte immer, sie heulte wie ein Profi. Ihr Tränenstrom mischte sich mit ihrem Schnupfen, der zu ihr gehörte wie das feuchte Taschentuch, daß sie immer irgendwo hervorzog. Sie war ein einziger Schnupfen auf zwei dünnen Beinen, der Schnupfen wirkte wie eine Wand, er erschwerte die Annäherung.

Die Lehrerin machte übrigens kurzen Prozeß mit ihr. Sie sah sich die Heulerei zwei Jahre mit an und steckte Carmen dann in eine Schule für Lernbehinderte. An sich gehörte sie da gar nicht hin, denn so blöd war sie eigentlich nicht, aber die ewige Flennerei hatte die Lehrerin bis aufs Blut gereizt. Ich konnte das gut verstehen, dieses triefende Kind reizte einen unglaublich. Wenn man sie in einem ihrer wenigen Augenblicke erwischte, in denen sie einmal nicht heulte, dann mußte man sie an den Haaren zerren oder ihr wenigstens einen kleinen Schubs in den Magen geben, nur um zu sehen, ob sie heulen würde, und es klappte jedesmal!

Meine ersten Jahre bei den Tetzlaffs waren die, die Mutter später mit »unsere schweren Zeiten« bezeichnete. Es wurde nämlich besser. Nachdem Marc-André erst mal im Heim untergebracht war, wurde es schon ruhiger. Die Pfanne, die Betten, der Wäschetrockner und der alte Opel reichten plötzlich wieder aus. Christamaria besuchte die Mittelstufe des Gymnasiums, und nachmittags hatte sie immer irgendwelche Kurse oder traf sich mit Jungs im Eiscafé. Um sich Klamotten kaufen zu können, erteilte sie den Kindern aus der Nachbarschaft Nachhilfeunterricht. Adrian schloß die vierte Klasse als Bester ab und konnte ebenfalls das Gymnasium besuchen. Der Alte war nicht dafür und nicht dagegen. Er war jetzt Vorsitzender im Taubenverein, und der Posten schien ihm mehr Freude zu machen als der Posten in der Lederfabrik. Er war nur noch selten zu Hause. Mutter hatte sich ein bißchen erholt und sah jetzt besser aus als in früheren Zeiten. Es machte jetzt nicht mehr ganz so viel Mühe, die Sauberkeit zu erhalten, auf die sie so großen Wert legte. Adrian und ich machten nach der Schule am Küchentisch gemeinsam unsere Hausaufgaben. Es war jetzt nachmittags immer still in der Wohnung, seitdem Carmen eine Ganztagsschule besuchte. Weiß der Teufel, wie die Alte das fertiggebracht hatte, daß sie sie den ganzen Tag über behielten. Im Ersinnen von Möglichkeiten, ihre Brut loszuwerden und sie in irgendwelchen staatlichen Instituten unterzubringen, darin war sie groß, da machte ihr keiner so schnell etwas vor. Carmen heulte jetzt nicht mehr so viel wie zuvor. Dafür war sie vollkommen verstummt. Sie hatte etwas Versteinertes bekommen. Adrian nannte sie »Carmen, unser Fossil«!

Adrian war ein schlauer Bursche, dem man die Schlauheit nicht sofort anmerkte, weil er zu Hause sehr wenig sprach. Wir alle waren ihm zu blöd. Es lohnte sich nicht für ihn. Freundschaften mit den Jungs aus unserem Viertel hatte er nicht. Notfalls boxte er sich den Weg frei, wenn er über die Straße wollte und die anderen ihn nicht ließen, aber das kam selten vor. Er wollte sich nicht die Hände beschmutzen, sagte er immer. Er ging allein die Straße entlang, die Fäuste in den Taschen, mit langen Schritten, den Kopf leicht gesenkt, schnurstracks – mir kam's immer so vor, als ob er geradewegs nach Kansas City unterwegs wäre. Er war ein etwas komischer Junge, er las Bücher, er tat so, als ob die Alten mit ihren ewigen Geldstreitereien ihn nichts angingen. Er hatte früh kapiert, daß er rein zufällig in diese Sippschaft geraten war, daß ihn niemand vorher gefragt hatte und die paar Jahre, die er mit ihnen zu verbringen gezwungen war, vorübergehen und ihm keinerlei Verpflichtung auferlegen würden. Er war nun der einzige Sohn, der Stammhalter, wie der Alte zuweilen etwas zweifelnd sagte, aber er nahm die Ehre nicht an. Er hatte mit den Alten nicht das geringste zu tun. Wenn es erst soweit wäre, dann würde er beide ohne mit der Wimper zu zucken in irgendeinem Heim unterbringen, geschultes Personal, Pflege, täglich Besuchszeit. Mochte hingehen, wer wollte.

Manchmal fing er an zu spinnen! Es hing mit den Büchern zusammen. Er wollte Architekt werden. Er wollte Häuser bauen, Städte, richtige Städte für richtige Menschen. Er meinte, die Siedlung und ihre Bewohner paßten zusammen, es wär' alles aus Plastik, alles zum Wegwerfen, die ganze Siedlung samt ihren Bewohnern. Wenn er so sprach, dann hatte ich manchmal Angst vor ihm. Er war dann weit weg, mindestens bis Kansas City. Mir gefiel unser Viertel, ich kannte kein anderes. Es war ganz neu. Man sagte, es sei besonders menschenfreundlich, ein ganz neuer Versuch in seiner Art, lobenswert, nicht so uniform. Man hatte viel getan, damit sich die Arbeiter in der Siedlung wohl fühlten. »Was muß man tun, damit sie sich wohl fühlen?« hatte man die Experten gefragt, die sich mit solchen Problemen beschäftigen. Und dann hatten sie Häuser gebaut, hoch, licht und sauber. Grün. Bäume, eine Ladenstraße. Vielfalt, damit nicht alles so uniform wirkt. Ein paar Wohntürme, unterschiedlich in der Farbe. Die Balkone leicht versetzt. Ein paar Vierstöckige dazwischen, eine Zeile mit Reihenhäusern. Die Verbindungswege mit rotem Klinker belegt, in der Ladenstraße ein Kommunikationscenter. Schön war das. Es ging dann zwar niemand in dieses Kommunikationscenter, aber es war schön, daß man es hatte.

Die Läden und der Supermarkt lagen zentral in der Mitte. Gerecht ging das zu. Keiner mußte weiter laufen als höchstens fünfzehn Minuten. Alle konnten auf bequemen Wegen in dieses Ladencenter kommen. Sie trugen die gleichen Plastiktüten mit dem gleichen Inhalt in die gleichen Wohnungen und fraßen die gleichen Chips vor den gleichen Fernsehern. Vorbei an den Auslagen, vorbei an dem Bolzplatz, vorbei an den Kinderspielplätzen, vorbei an den Grünflächen, vorbei, vorbei...

Die Grünflächen waren eingezäunt. Vierecke, Quadrate, gleichmäßig zwischen den Häusern verteilt. Anfangs hatte man sie einfach so gelassen, so frei wie Wiesen, aber die von der Stadt haben schnell gemerkt, daß man bei uns alles einzäunen muß, was man erhalten will. Sie haben kleine Bäume gepflanzt, ganz kleine, schutzlos in die Rasenfläche gestellt.

Das erste Frühjahr haben sie schon nicht mehr erlebt. Die Jungs haben sich drangehängt und Wetten abgeschlossen, wem es gelänge, mehr Äste abzureißen und sogar den Stamm zu erledigen. Am Schluß standen nur noch die geborstenen Stümpfe da. An sich war es uns ziemlich egal, wir brauchten keine Bäume, aber die Experten sind sture Burschen. Sie hatten nun einmal beschlossen, daß es bei uns Grün geben sollte, viel Grün, erholsames Grün, städtisch beaufsichtigtes Grün, und dann sind sie gekommen und haben neue Bäume gepflanzt, größere, die Stämme mit Maschendraht umwikkelt, die Rasenflächen eingezäunt, Schilder aufgestellt: Das Betreten der... Aber erst als sie den Bolzplatz eingerichtet haben, hat der Baummord aufgehört. Die Jungs haben die Bäume vergessen.

Genau da, wo jetzt unser Haus stand, war früher ein Wäldchen. Öckheimer Forst. Die Häuser hier waren nämlich ganz neu. Anfangs hatten hier nur ein paar Fünfstöckige gestanden, aber dann haben sie die Lederfabriken vergrößert, und die Häuser für die Arbeiter kamen dahin, wo früher das Wäldchen war. Christamaria hatte die Zeit noch miterlebt und konnte sich nicht genug tun zu prahlen, wie sie früher, als sie noch die Prinzessin war, immer mit Mami und Papi spazierengegangen ist, allein mit Mami und Papi, sonntags, im Wäldchen...

Da gab es viele Wege, kreuz und quer, man konnte ganz hindurchgehen, bis man am anderen Ende in der Villengegend wieder herauskam, in der Straße »Am Forst«. Eine vornehme Straße: Villen, Gärten und Ruhe. Diese Straße muß der Prinzessin schon mit zwei Jahren imponiert haben, denn sie konnte sich nicht genug tun zu schildern, wie sie da immer durchgegangen sind, in ihren Sonntagskleidern, auf ihrem Sonntagsspaziergang, und sich die schönen Häuser beguckt haben, die groß, still und leer in ihren Gärten ruhten. Daß die herrlichen Häuser leer waren, daß scheinbar niemand darin wohnte, daß man niemals jemanden hineingehen oder herauskommen sah, daß auf den Terrassen keiner saß und die Terrassenmöbel und der Springbrunnen nur so für sich da waren, daß niemand auf dem Rasen herumtrampelte, der auch nur so für sich da war, so wie die schmiedeeisernen Gitter und die bepflanzten Blumenkübel, darüber konnte sie sich gar nicht beruhigen.

Daß die Häuser doch irgendwem gehörten, daß jemand darin wohnte, das merkte man plötzlich, als das Wäldchen niedergemacht werden sollte. Sie kamen plötzlich heraus und gründeten eine Bürgerinitiative. Das Wäldchen war nämlich ein Naherholungsgebiet, wichtig für die einfachen Leute, die hinter dem Naherholungsgebiet wohnten. Sie traten für die einfachen Leute und ihr Sonntagswäldchen ein, aber sie konnten es nicht so gut. Das gesamte Wäldchen wurde niedergemacht, und statt dessen bekamen wir die Grünflächen mit den eingezäunten Jungbäumen.

Da, wo früher ein Stück natürliche Heide gewesen war, auf der die Prinzessin immer Blümchen gepflückt hat – zu jenen paradiesischen Zeiten, als sie noch nicht ahnte, was die Alten ihr an Konkurrenz vor die Nase setzen würden –, steht heute das Haus, in dem wir wohnen. Vom achten Stock aus gesehen, wirkt das Villenviertel übrigens ziemlich gewöhnlich. Man sieht große Bäume mit Dächern dazwischen, sonst sieht man nichts. Die Straßen sind still und leer. Mir schien es von Anfang an ziemlich langweilig zu sein, aber das mochte auch daran liegen, daß Christamaria immer davon schwärmte und so tat, als ob es nicht mehr lange dauere, bis sie auch so wohnte. Christamaria Tetzlaff, »Am Forst«! Da konnte die Straße noch so toll sein, wenn erst ein Fettwanst wie Christamaria dort einzog, war das ganze Viertel entwertet.

Als wir die Ladenstraße bekamen, war Christamaria gar nicht davon wegzukriegen. Immer lungerte sie in der Nähe herum, weil sie nämlich spitzgekriegt hatte, daß die reichen Schicksen aus dem Villenviertel dort einkauften, wenn sie schnell mal was brauchten, weil nämlich die Parkplätze, die davor lagen, immer frei waren. Dann fielen der Prinzessin fast die Augen aus dem Kopf, wenn so eine Am-Forst-Tante lässig vorgefahren kam. Ich fand eigentlich, von den Autos einmal abgesehen, nichts Besonderes an ihnen, denn im Sommer trugen sie meist bloß Jeans und Blusen und offene Sandalen und hatten Tücher um das Haar gebunden, aber Christamaria sagte, es seien eben ganz besondere Tücher, von Hermès, und wer den Blick dafür habe, der könne es sehen. Sie hätten sie auch bloß umgebunden, weil ihr Haar heute nicht so richtig sitze, und mit schlecht sitzendem Haar gingen sie sonst eben gar nicht aus dem Haus. Die Haare unter den Tüchern sahen auch aus wie alle anderen. Meist waren sie einfach glatt und hingen runter, oder sie hatten sie krausen lassen, so daß sie ballonartig vom Kopf abstanden wie das Haar von unserer Alten, wenn die Dauerwelle zu stark ausgefallen war. Christamaria sagte, sie würden extra nach Rom fliegen, damit die Haare in dieser einzig richtigen Art runterhängen und in dieser einzig richtigen Art vom Kopf abstehen, in dieser natürlichen Art, das wär' ja grade das Teure.

Ich konnt's nicht recht auseinanderhalten, aber daß die Schicksen, obwohl sie bloß Jeans und Bluse trugen und krause Haare hatten und an heißen Tagen sogar manchmal barfuß kamen, anders aussahen als die Weiber hier, das sah ich doch. Toll fand ich, daß sie ihre schicken Kisten nie abschlossen, sondern einfach den Schlag so lässig hinter sich zuschlugen, wie die Kerle bei uns das nie machen, die immer sorgfältig alle Türen abschließen und sich im Weggehen noch dreimal nach der Karre umdrehen. Also, wie die Schicksen das machten, das war was. Und dann kauften sie auch immer nur wenig ein und trugen allenfalls eine Tüte raus und nicht fünf wie die Weiber hier, und das, obwohl sie doch soviel Geld hatten.

Ich verstand das nie, und Christamaria mochte ich nicht fragen, weil ich nicht wollte, daß sie wieder die Augen verdrehte und mir sagte, daß ich nie was kapier' und den »Blick« nicht habe und nie »nach oben« komme, und wenn ich zehnmal »Alexis« hieße.

Wenn es etwas gab, um das mich Christamaria beneidete, dann war es meine Freundschaft zu Sara Gerlach! Sie kam aus dem Villenviertel und saß in der Schule neben mir. Sie war die einzige, die aus dem Villenviertel kam, und schien ziemlich dämlich zu sein. Sie war fett und dämlich! Aber um Christamaria zum Wahnsinn zu treiben, hielt ich unsere Freundschaft aufrecht. Sara hatte mich gern, wahrscheinlich, weil ich öfter im Unterricht vorsagte oder Zettelchen mit den richtigen Antworten rüberschob und weil ich ihr einen Motorradhelm besorgte, den sie sich sehnlichst wünschte, auch wenn ihre Mutter ihr dann verbot, ihn auch zu tragen. Sara lud mich ein, sie einmal bei sich zu Hause zu besuchen, und ich versprach ihr zu kommen, weil ich wußte, wenn ich sage, ich kann nicht, lädt sie mich für ein anderes Mal ein, und es gibt ein Hin und Her ohne Ende! In Wirklichkeit war es mir peinlich, hinzugehen. Ich wußte nicht, wie das wohl ist bei denen »Am Forst« und ob ich sie zurückeinladen muß und was sie denkt, wenn sie Carmen, unser Fossil, und den Jammerlappen sieht und daß wir in der Küche essen.

Der Prinzessin hab' ich natürlich erzählt, ich wäre dagewesen, schon um das Feuerchen zu schüren, und sie hat nach hundert Details gefragt, und ich hab' ihr alles so geschildert, daß sie ganz zittrig wurde, denn ich wußte, was sie sich ersehnte. Sie hing an meinen Lippen wie eine Ertrinkende, konnte sich gar nicht beruhigen und fragte mich aus, und auf alles bekam sie genau die Antwort, die sie brauchte. Ich schilderte ihr, wie schön die Eltern von Sara sind und wie sie sich jedesmal, bevor sie in ihrem Eßzimmer zu Abend essen, extra dafür umziehen und schöne Gespräche haben und fast nie fernsehen und wie sie über Kunst und Literatur reden und das Mädchen leise die Teller rausträgt und neue bringt. »Haben sie auch einen offenen Kamin?« fragte Christamaria, und die Gier funkelte in ihren Augen.

»Zwei Kamine«, sagte ich, »mit hohen Spiegeln drüber, die sich gegenseitig anspiegeln!«

Wenn ich meine Schularbeiten gemacht hatte, ging ich beinahe täglich an die Trinkbude. Ich wußte nicht, was ich sonst machen sollte. Zu Hause war nichts los, man war froh, wenn man abhauen konnte, und jeder machte, daß er wegkam, sooft es nur möglich war. Der Alte ging zu dieser Zeit fast ganz in seinem Taubenverein auf, es erinnerte ihn an früher, als er noch in der Zechensiedlung am Hain wohnte und selbst Tauben hielt. In den Neubauten war das natürlich nicht mehr möglich, aber er konnte in dem Vereinshaus doch wenigstens die Gespräche von früher haben und mit den Taubenvätern reden. Zu Hause hockte er schweigend vor dem Fernseher. Er schwieg meistens, er schwieg aus Gewohnheit, es schien nichts zu geben, was sich zu sagen lohnte. Die Alte begann zu dieser Zeit wieder mehr zu arbeiten. Sie war hinter einem neuen Schlafzimmer her, mit verspiegeltem Kleiderschrank, so eines, wie unsere Nachbarn es hatten, und dann wollte sie die ganze Bude mit Teppichboden auslegen lassen.

Der Alte hatte nichts dagegen, daß sie jetzt viermal die Woche putzen ging und samstags Aushilfe im Kaufhof machte, denn er seinerseits war verrückt nach einer neuen Karre. Er holte haufenweise Prospekte und blätterte mit gierigen Augen darin herum und versuchte Adrian für die Sache zu begeistern. Aber wie üblich versagte Adrian und zeigte keinerlei Interesse. Mit Mutter zankte der Alte sich jetzt immer häufiger um Geld. Sie hatten sich schon immer um Geld gestritten, man fragte sich, über was sie reden würden, wenn sie dieses eine Thema nicht gehabt hätten. Es ging ihnen niemals aus, denn egal, wie sie es auch anstellten, es war immer zu wenig. Jetzt brüllten sie sich an, was denn nun wichtiger sei, die neue Karre oder die Teppichböden und das Schlafzimmer, denn alles zusammen, das schafften sie nicht, und wenn sie zehnmal die Woche putzen ging und er sich den Job im Taubenverein bezahlen ließ. Ich saß am Küchentisch und hörte ihnen zu und dachte, wie sehr manche sich verändern können und daß sie nicht mehr die allergeringste Ähnlichkeit mit ihrem Verlobungsfoto hatten, auf dem sie sich gegenseitig schöntun und jung sind und lachen, so daß man richtig merken kann, daß sie einander toll finden und der Zukunft getrost ins Auge sehen, einer Zukunft, die jede Menge toller Sachen für sie parat hat. Das war hundert Jahre her.

Heute war sie fade und grau wie ihr Spültuch, und das einzige, das noch ein bißchen Schwung in ihre müden Knochen bringen konnte, war die Aussicht auf ein neues Schlafzimmer.

Er ging meist schweigend seiner Wege. Es war immer so was Beleidigtes um ihn, so, als ob er uns allen und dem Leben als solchem etwas Unverzeihliches vorzuwerfen hätte.

Carmen konnte man auch vergessen. Wenn sie zu Hause war, saß sie in irgendeiner Ecke und häkelte meterlange Schnüre aus bunten Garnen, die zu nichts nütze waren, so wie sie selbst zu nichts nütze war. In der Schule, die sie besuchte, machte man sich viel aus solchen Dingen. Die manuelle Geschicklichkeit sollte gefördert werden, frag nicht wozu!

Adrian vergrub sich immer mehr in seinen Büchern. Meist war er nach Kansas City unterwegs, er unterhielt sich nicht mehr so viel mit mir wie früher, und wenn ich ihn fragte, warum nicht, dann sah er mich abwesend an und sagte: »Darum nicht!« Und er drehte sich um und ging weg.

Christamaria lebte zu dieser Zeit schon ihr eigenes Leben. Sie war wenig zu Hause, so wenig wie möglich. Ihre häuslichen Pflichten, wie Abendbrot richten und Mülleimer ausleeren, erledigte sie schnell und routiniert, es ging ihr echt flott von der Hand, und dann knallte sie den Abwaschlappen ins Becken und schloß sich stundenlang im Bad ein, um irgendwelche Kosmetiksachen auszuprobieren. Sie versuchte sich anzuziehen wie die Schicksen, die sie in der Ladenstraße sah, aber soviel sie auch an sich herumprobierte, sie schaffte es nie. Sie hatte kurze Beine und einen richtig dicken Weiberbusen, und egal, was sie sich auch um den Hintern wickelte, sie sah doch immer bloß aus wie Christamaria Tetzlaff aus der Öckheimer Straße.

Ich sah Sara zu dieser Zeit nicht mehr so oft, weil sie nicht aufs Gymnasium gekommen war, sondern die fünfte Klasse auf der Hauptschule machte. Ich hätt's ihr gleich sagen können, daß ihr die Rippelbeck eins auswischen würde, so wie die Sara gehaßt hat, das konnte man richtig merken, und dann war sie ja auch wirklich kein helles Licht. Außerdem war sie fast immer ohne Hausaufgaben in die Schule gekommen, was ich gut verstehen konnte, denn bei all der Ablenkung, die sie zu Hause sicher hatte, da hatte sie natürlich keinen Bock, sich mit den blöden Aufgaben zu befassen. Ich tat's ja auch nur, weil ich nicht wußte, was ich sonst tun sollte, und wenn ich die Bücher zur Seite legte, dann kam sofort die Alte und drehte mir irgendeinen Mist an, den ich machen sollte, darin war sie groß. Sie lauerte geradezu, daß man fertig wurde mit Lernen, um einen zum Einkaufen oder sonstwohin zu jagen, und deshalb war's besser, daß man nicht zu früh fertig wurde. Sara sagte, das mit der Ablenkung, das würde nicht stimmen, bei ihnen zu Hause wär' meist gar keiner, die Häuser waren also wirklich so leer, wie die Prinzessin vermutet hatte, als sie sie auf ihren Sonntagsspaziergängen zum erstenmal sah. Sie bauten also die großen Häuser, um dann woandershin zu gehen. Ich kriegte das gar nicht so recht auf die Reihe.

Sara traf ich zuweilen an der Trinkbude, zu der sie manchmal noch kam, wenn sie es einrichten konnte, obwohl ihre Alten neuerdings dagegen waren, und eines Nachmittags zog sie mich zur Seite und bot mir einen Stapel Pornos an, die sie bei ihrem Alten im Schreibtisch gefunden hatte. Ich war nicht sonderlich erpicht darauf, sie zu sehen, denn die Jungs hatten immer solche Bilder, und am S-Bahn-Kiosk gab's auch welche in Zeitungen. Man ging einfach rein und schnappte sich ein Blatt und blätterte drin rum, und dann legte man es zurück und nahm sich ein anderes. Es war gar nichts dabei, aber diese hier, die waren doch 'ne Nummer schärfer. Solche gab's nicht am Kiosk, und ich wette, daß auch die Jungs keine hatten, die es mit diesen hier hätten aufnehmen können. Sara verlangte einen Motorradhelm dafür, und der Preis war auch gerechtfertigt. Ich sah mir die Bilder noch einmal an und dachte, daß ich zwei rausschlagen und einen für mich behalten könnte, die Jungs waren so scharf drauf, daß sie ihr Hemd dafür gäben, und wenn es ihr letztes wäre. Ich wollte sie am nächsten Tag in den höheren Klassen anbieten, aber blöderweise ließ ich sie in meiner Schultasche, und prompt fielen sie der Prinzessin in die Hand, als sie nach einem Bleistift suchte. Der Alte war zum Glück in seinem Verein, aber Mutter war da, und Christamaria hatte nichts Besseres zu tun, als hinzueilen und ihr die Bilder zu zeigen und rumzujaulen.

»Bei einer Zwölfjährigen, bei einer Zwölfjährigen!«

Sie winselte, daß ich frühreif sei und eine Schande für die ganze Familie, und Mutter packte mich und prügelte mich, daß ich zum erstenmal seit Jahren wieder heulte. Ich versuchte, aufzuhören, aber es ging nicht. Christamaria stand neben mir und schrie, daß ich über mich selbst heulen müsse, nur über mich selbst, und daß ich mir selbst ganz allein die Schuld geben solle, und die Alte schrie, daß ich dem lieben Gott auf Knien dafür danken könne, daß mein Vater grad' nicht da wär', denn der würde mich so windelweich prügeln, daß ich nicht mal mehr Spaß an 'nem Mickimausbild hätte, sie *könnte* es ihm gar nicht sagen, weil nicht abzusehen wär', was er dann täte, und außerdem würde sie sich vor ihm schämen, so eine Tochter großgezogen zu haben.

»Es sind diese widerlichen Typen von der Trinkbude«, keifte Christamaria, »mit denen sie immer rumsteht und schöntut, die haben's ihr beigebracht, von denen hat sie auch die Bilder und schämt sich nicht, diesen Dreck anzunehmen und in ihrer Schultasche mit sich rumzutragen.« Sie duckte sich und krümmte die Finger zu Krallen, rollte mit den Augen, kam auf mich zu und sagte in drohendem Ton: »Weißt du, wo solche wie du landen? Auf dem Strich landen die, aber direkt, ohne Umweg!« Und Mutter richtete mir schon um sieben mein Bett auf dem Sofa, wo ich immer schlief, und schubste mich hinein und schrie, das hätte sie nun davon, daß sie sich abrackere, damit wir es schön hätten.

Ich heulte noch ein bißchen, bloß so, zum Ausklang, und dann sammelte ich meine Gedanken und überlegte, daß das Schlimmste eigentlich der Verlust der Bilder war, die sie beschlagnahmt hatten, und konnte mir gar nicht vorstellen, wie ich das mit Sara klarkriegen und ihr den Helm besorgen sollte, den ich ihr versprochen hatte. Aber ich hätte mich gar nicht aufzuregen brauchen, denn am nächsten Morgen fand ich den ganzen Packen im Abfalleimer. Die Bilder waren ein bißchen feucht an den Rändern, aber sonst noch gut zu gebrauchen, und ich tauschte sie noch am selben Tag gegen zwei Helme, von denen ich einen für mich behielt. Alles in allem war es ein gutes Geschäft, trotz der Prügel, die ich für meine eigene Dummheit bezogen hatte. Aber Dummheit kommt einen halt immer teuer zu stehen, das ist so im Leben. Die Doofen müssen immer leiden, obwohl sie für ihre Doofheit nicht können, aber irgendwie kommt es mir doch gerecht vor.

Die Prinzessin nutzte die Situation natürlich sofort aus. So was entsprach ihrem miesen Charakter. Bei jeder Gelegenheit rieb sie mir unter die Nase, daß ich der schwarze Fleck auf der weißen Weste derer von Tetzlaff sei, und schilderte mir anschaulich, was der Alte mit mir machen würde, wenn er erst Wind von der Sache bekäme. Dann begann sie mich schamlos zu erpressen.

»Wenn du heute nicht für mich spülst, *könnte* ich mich heute abend bei Vater versprechen«, hieß es zum Beispiel. Die Mühe, sich nicht zu versprechen, erforderte bald ihre gesamte Energie. Für irgendwelche sonstigen Tätigkeiten blieb keine Kraft übrig. Nach und nach zwang sie mir ihre sämtlichen Haushaltspflichten auf, zu denen, die ich sowieso schon am Hals hatte. Bei Adrian hatte ich auch so ziemlich ausgeschissen. Zwar sprach er mich niemals auf die Geschichte hin an, aber in seiner Gegenwart hatte Christamaria sich mehrmals versprochen, mit Wiederholungen, damit er es ja nicht vergaß.

Er erwähnte die Sache nie, aber es war ihm deutlich anzumerken, daß ich neuerdings zu jenen Leuten gehörte, die er nicht wiederzusehen wünschte, wenn er erst mal auf dem Weg nach Kansas wäre. Bis jetzt hatte ich immer gedacht, daß er mich vielleicht ein bißchen lieber habe als die anderen, aber aus der Traum. Es war in der Tat alles ganz schön beschissen.

Doch dann wendete sich das Blatt! Man soll nie vor der Zeit aufgeben. Ich fand einen Packen Pornos in der Jackentasche vom Alten, als er nach der Adventsfeier im Taubenverein besoffen nach Hause kam. Er soff sehr selten und konnte es nicht so gut und kannte die Tricks nicht, wie man noch halbwegs ordentlich ins Bett kommt, auch wenn man kaum noch stehen kann. Jedenfalls warf er sich angezogen und so, wie er war, mit Schuhen und allem auf das Sofa und pennte ein, und als er sich umdrehte, da fiel mir das Päckchen direkt vor die Füße! Ein Geschenk Gottes für brave Kinder! Erst guckte ich drauf wie die Dreijährigen auf ihren Weihnachtskalender, ein Wunder war geschehen. Es waren andere als die, die Sara mitgebracht hatte, solche, die man mit einer eigenen Kamera macht, wo die fertigen Bilder sofort oben rauskommen, jedenfalls war's 'ne großartige Sache. Zuerst dachte ich, sie sofort als Tauschobjekt zu nutzen. Durch den ewigen Geldkram, den die Alten zu ihrem Lebensinhalt gemacht hatten, war ich auch schon so fixiert auf den Zaster, daß mir neuerdings bei allem automatisch einfiel, ob man es zu Geld machen könnte und wieviel man rausschlagen würde. Aber dann dachte ich, daß es besser sei, der Alten und Christamaria-Schätzchen mit Hilfe der Bilder das Maul zu stopfen, so daß sie künftig noch froh und dankbar sein müßten, wenn *ich* mich nicht versprach, bei den Nachbarn und so.

Ich beschloß, eine gute Gelegenheit abzuwarten, bei der ich sie beide zu fassen kriegen würde, und am nächsten Abend war's dann soweit. Der Alte hatte sich so weit erholt, daß er sich wieder in den Verein schleppen konnte, und Christamaria war im Bad, und die Alte saß in der Küche und löste das Rätsel in der Drogistenzeitung. Ich setzte mich zu ihr und sah ihr zu. Es sieht immer komisch aus, wenn sie mal was nur so für sich macht, nicht für uns oder für Geld, sondern nur so für sich. Ganz komisch sieht das bei ihr aus, es fällt einem immer gleich auf.

»Hör mal«, sagte ich.

Sie hob den Blick, strich sich das Haar aus der Stirn und sagte in ihrer unwilligen Art: »Was ist denn schon wieder?«

»Ich hab' da gestern abend was bei Papa gefunden«, sagte ich. »Als er sich auf das Sofa geworfen hat, da sind sie ihm rausgefallen, aus seiner Jacke.« Ich legte die Fotos auf die Tischdecke.

Sie starrte das Päckchen an wie das Kaninchen die Schlange!

Das oberste Foto zeigte noch gar nichts Besonderes, bloß eine Tischgesellschaft, wahrscheinlich auf einem Fest, jedenfalls hatten die Tanten tiefe Ausschnitte und hielten Sektgläser in der Hand und lächelten so komisch, wie sie immer lächeln, wenn sie wollen, daß die Kerle gaffen. Eine der Frauen, so eine dicke, blonde, die hatte ich, glaub' ich, schon mal im Taubenverein gesehen, wo sie an der Theke die Bedienung machte, aber ich kann mich auch täuschen, denn im Vereinshaus hat sie nie so ausgesehen und auch nicht so komisch gelächelt.

Mutter glotzte auf das Foto. Man konnte richtig merken, daß sie Angst hatte, es anzufassen.

Ich gab ihr einen aufmunternden Puff in die Rippen.

»Los, guck doch«, sagte ich einladend.

Sie faßte das Foto mit spitzen Fingern an, als ob es mit Strom geladen wäre, und darunter kam dann gleich eins, auf dem die dicke Blonde ihre Bluse mit nichts darunter aufknöpfte.

Doch das Foto war noch nichts Besonderes, die wirklich scharfen kamen erst später, das entwickelte sich so von Bild zu Bild wie ein ganz langsamer Striptease. Aber schon bei diesem einen bekam die Alte hektisch rote Flecken am Hals, wie sie sie immer kriegt, wenn sie sich aufregt, und sie blätterte die Fotos bloß einmal schnell durch, indem sie sie wie Skatkarten durch die Finger schnippen ließ. Ich stand neben ihr, sehr zufrieden mit mir und der Wendung, die die Dinge genommen hatten, und überlegte gerade, daß es am besten wäre, wenn sie die Fotos genau wie die anderen in den Abfalleimer werfen würde, und daß ich dann zwei Fliegen mit einer Klappe geschlagen hätte, als sie mich mit schmalen Augen ansah und mit ganz trockner Stimme sagte: »Wo hast du diese Bilder her?«

»Von Papa«, sagte ich, »sind aus seiner Jacke gefallen, als er gestern besoffen nach Hause kam, fielen direkt auf meine Füße...«

»Du verdammter Lügenbalg«, flüsterte sie beinahe tonlos und sah aus wie eine, die gleich den Verstand verlieren wird, stand ganz langsam auf und schlug mir so unerwartet ins Gesicht, daß ich vor Überraschung umkippte und mir an der Tischkante die Lippe aufriß.

Die Alte stand über mir, leicht vornübergebeugt, und guckte mich an, wie man nur jemanden angucken kann, den man aus tiefster Seele haßt. Das Gesicht aschfahl und noch eingefallener als gewöhnlich. Sie stieß mich mit der Fußspitze an und sagte sehr leise: »Behaupte so etwas nie wieder!«

Sie war jetzt ganz ruhig, vor Erschöpfung wahrscheinlich, und ich hörte, wie sie ins Bad ging und sich einschloß, wie sie es immer tut, wenn sie heulen will, und diesmal blieb sie ziemlich lange drin.

Ich rappelte mich hoch und wischte das Blut ab, das am Küchentisch klebte, und kühlte mein Gesicht, das durch den Auftritt nicht schöner geworden war, ohne daß mir diese Tatsache besonders viel ausgemacht hätte. Ich legte die Decke, die heruntergerutscht war, wieder auf den Tisch und hob die Bilder vom Boden auf, und dann setzte ich mich hin und beguckte sie ganz in Ruhe noch einmal. Es stand eindeutig fest, daß die Blonde die aus dem Vereinshaus war. Ich erkannte sie jetzt an ihren Ohrringen, sie hatte so komische kleine Kinderkorallenherzchen, und ich erinnerte mich jetzt, daß ich mir früher auch solche gewünscht hatte. Es war kaum zu glauben, daß sie, die sonst niemand groß beachtete, jetzt nur, weil sie ihre Bluse aufknöpfte und dazu so komisch guckte, einen solchen Aufruhr erzeugte, daß Anna Tetzlaff beinahe durchdrehte.

Als ich den Kopf hob, sah ich Christamaria im Flur stehen. Sie stand genau in der Mitte, wo sie die verschlossene Badezimmertür sehen konnte und gleichzeitig mich in der Küche, und sie starrte mich unbeweglich an wie etwas Fremdes, vor dem man Angst hat, weil es unheimlich ist, und dann schrie sie plötzlich: »Du bist so gemein, so gemein!«, stampfte mit dem Fuß auf und rannte in ihr Zimmer.

Ich glotzte ihr nach, und mein Herz fing an, wie wild zu klopfen, und ich spürte, daß es da irgend etwas geben mußte, das mit den Fotos gar nichts zu tun hatte, irgendein seltsames, dunkles Geheimnis, das den Alten mit dem Suppenhuhn verband. Es war eine ungeheure Erkenntnis, die mir angst machte, denn ich hatte immer angenommen, daß sie gar nichts miteinander verbindet, außer ihrer blöden Nachkommenschaft vielleicht, die sie sich auf den Hals geladen hatten, und ihren Geldstreitereien, und daß sie gemeinsam ackern gingen, um sich verspiegelte Kleiderschränke und Autos kaufen zu können, und vielleicht auch, weil sie trotz allem einfach das Gefühl brauchten, irgendwohin zu gehören.

Ich war ihnen da auf ihr Geheimnis gekommen, auf irgend etwas Schreckliches, das sie vor uns verborgen hielten. Vielleicht hatte es mit früher zu tun, mit ihren Anfängen, als sie sich kennenlernten und mutig waren, sich gegenseitig toll fanden und glaubten, daß sie was Besonderes wären und gemeinsam was Besonderes schaffen könnten. Zu dieser Zeit muß etwas gezündet haben, etwas Starkes, etwas so Starkes, daß die Alte den Verstand verlor, wenn man aus Versehen dran stieß.

Und noch etwas hatte ich erfahren: Ganz einerlei, wie oft sich beide auch anbrüllten und wie oft sie im Bad verschwand und sich einschloß, um heimlich zu heulen: wenn es darauf ankam, würde sie immer zu ihm halten. Um sein bißchen Ehre zu retten, war sie bereit, sich selbst und ihre gesamte Brut auf der Stelle zu verraten.

Wir gingen in der folgenden Zeit eher schweigsam miteinander um. Sie warf mir manchmal heimliche Blicke zu, in denen eine stumme Warnung brannte, und ich beobachtete sie heimlich, wenn sie gebückt vor ihrem Spülbecken stand und mit dem feuchten Arm ihre Haarsträhne zurückstrich oder sich bei Tisch in den Ausschnitt langte und irgend etwas an ihrem Büstenhalter zurechtrückte, an dem es immer etwas zurechtzurücken gab.

Ich betrachtete sie ganz sachlich, so wie man eine gänzlich fremde Frau betrachtet, und dachte, daß es im Grunde nur eine einzige Sache gab, bei der man wirklich auf der Hut sein mußte: Ich durfte niemals so werden wie sie!

Gil ahnte nicht, daß es mir immer
besser gelang, sie zu durchschauen.
Noch wußte ich nicht, wie man zustach,
aber allmählich kannte ich wenigstens
die verwundbaren Stellen.

Sara

Die Zeit verging, mir schien sie zäh wie Lehm.

Ich war nach wie vor schlecht in der Schule, und Gil behauptete nach wie vor, daß es nur Faulheit wär' und ich sehr wohl könnte, wenn ich nur wollte.

Aber ich wollte ja nicht! Das hatte Gil ganz klar erkannt.

Ich hatte beschlossen, mein Leben als Putzfrau zu verbringen, jawohl, vielleicht sogar als Klofrau im Bahnhof... da konnte ich den ganzen Tag auf einem Hocker sitzen und anderen Leuten beim Pinkeln zuhören, möglicherweise fand ich ja einen verständnisvollen Chef, der mir ein eigenes Fernsehgerät erlaubte, das konnte ich dann auf das kleine Tischchen neben den Groschenteller stellen...

Nach der fünften Klasse gelang mir dann aber doch der Sprung auf die Realschule. Gil schöpfte sofort neuen Mut. Mit Glück und Nachhilfe in den Hauptfächern konnte ich den Sprung auf das Gymnasium letztendlich vielleicht auch noch schaffen. Die anderen sprangen geradeaus, ich sprang im Zickzack hinterher, wer würde später danach fragen? Die Typen aus dem Club hatten das Fragen jetzt schon so gut wie eingestellt. Die meisten hatten ihre Hits bereits in Internate einliefern lassen, in wirklich erstklassige Häuser, in denen wirklich erstklassige Pädagogen die besonderen Begabungen nicht nur erkennen, sondern auch fördern würden.

Die Villen, zu deren Belebung die Hits einst angeschafft worden waren, standen nun wieder leer wie zuvor. Aber im Gegensatz zu früher schien es den Alten nichts auszumachen. Sie traten auch nicht mehr paarweise auf, sondern gingen getrennt ihren diversen Interessen nach und nutzten ihre Häuser bloß noch als Aufbewahrungsstätte für die Geräte und Klamotten, die sie für ihre Aktivitäten brauchten. Manche ließen sich auch scheiden und brachten ihre neuen Errungenschaften mit, die sie auf Partys stolz vorführten, obwohl es mir nie gelang, einen erkennbaren Unterschied zu denen zu entdecken, die sie vorher hatten.

Jedenfalls brauchte sich Gil meiner verzögerten schulischen Laufbahn wegen nicht länger ausfragen zu lassen. Man war die Hits glücklich losgeworden, und sie bildeten mitsamt ihrer Schulnoten kein Thema mehr.

Kurz nach meinem vierzehnten Geburtstag traf ich unvermutet Alexis wieder. Ich hatte sie schon seit längerer Zeit nicht mehr gesehen, und nun sah ich sie plötzlich auf der Terrasse des Eiscafés in der Ladenstraße des Neubauviertels. Sie saß mit einem Jungen da, der älter war als sie und anders als die Jungs, die man sonst in dem Viertel so sieht, und er war auch anders als die Hits aus dem Club. Er hatte einen Blick, der richtig was aufnahm, und ein Lächeln, das das, was die Augen aufgenommen hatten, wiedergab. Ich sah ihn ganz überrascht an und dachte, woher Alexis ihn wohl kannte.

Sie lachte gleich los, wie sie es immer tat, und sagte, der Junge wär' ihr Bruder, der, mit dem sie früher immer Schularbeiten gemacht hatte, nachmittags, am Küchentisch – und zog mich neben ihn auf das kleine Bistrostühlchen.

»Er heißt Adrian«, sagte sie. »Bist du noch immer so schlecht in der Schule? Wenn du mal einen Nachhilfelehrer brauchst... Adrian spart auf Kansas City!«

Sie lachte. Ich lachte auch. Ich sah Adrian an. Er hatte dasselbe dicke, dunkle Haar, das mir bei Alexis so gefiel, trotziges Haar, das in Wirbeln seine Stirn bedeckte.

»Wir wär's morgen nachmittag um vier?« fragte er.

Ich nickte. Es war alles so einfach!

Wir saßen in dem Bistro in der Ladenstraße, die Leute liefen vorbei, Kinder schrien. Die Kellnerin brachte Eiscremesoda. Die Sonne schien. Er fragte: »Morgen um vier?« Und ich nickte. So einfach!

Unsere Arme lagen nebeneinander auf der kühlen Marmorplatte des Tischchens, ganz dicht, kaum ein Zentimeterchen Platz dazwischen, und ich spürte voller Verwunderung meinen ganzen Körper und eine große Lust zu leben genau in diesem einen Zentimeterchen.

»Frag deine Eltern«, sagte Adrian. »Zehn Mark die Stunde

und zweimal die Woche, mindestens, sonst hat es keinen Sinn.«

Er sah mich an und lachte, und ich dachte, daß ich jetzt sofort aufstehen und gehen müßte, denn da war eine Gefahr, die Gefahr, daß ich jetzt gleich etwas ganz Blödes sagen oder tun und alles kaputtmachen würde.

Alexis umarmte mich zum Abschied, und ich lief durch die Straßen wie im Traum. Zweimal die Woche waren mir sicher, mindestens.

Wie eine kostbare Beute schleppte ich die Erinnerung an die vergangene Stunde in meinen Bau. Zu Hause ging ich sofort in mein Zimmer hinauf und legte mich auf das Bett. Ich schloß die Augen und versuchte, mir Adrians Gesicht und seine Stimme vorzustellen.

»Zweimal die Woche, sonst hat es keinen Sinn!« – und ich fühlte sein Lächeln auf meinem Gesicht und das süße Zentimeterchen Raum zwischen seinem Arm und meinem Arm. Es war ein ungeheuer lebendiges Gefühl, es erinnerte mich an damals, als ich den Schlüssel zu Macs Geheimfach fand, nur viel süßer. Und vielleicht, dachte ich, würde es ja bleiben und sich nicht abnutzen wie das andere, und man hätte etwas, das einem hilft, weiterzumachen, und etwas zum Drandenken an den Nachmittagen.

Es dauerte noch eine Weile, bis die Nachhilfestunden bei Adrian fest in meinen Wochenplan aufgenommen wurden. Ich mußte erst Gil davon überzeugen, daß dies die einzige Möglichkeit war, den Sprung auf das Gymnasium zu schaffen, und dann mußten wir die beiden Nachhilfelehrer, die bis jetzt um mein Wohl besorgt gewesen waren, ja auch erst loswerden. Gil sagte schließlich, ich solle diesen jungen Mann einmal einladen, damit sie ihn unter die Lupe nehmen könne. Daß er aus dem Arbeitermilieu kam und dennoch der Beste seiner Klasse war und daß Alexis ebenfalls zu denen gehörte, die die Schule »mit links« meisterten, das verwirrte und beeindruckte sie gleichermaßen.

Gil war zu dieser Zeit besonders unzufrieden mit sich und dem Haus und dem Clubgeschehen, und man hatte, wenn man sie reden hörte, das Gefühl, daß sie jede einzelne ihrer Freundinnen wie die Pest haßte und diese ihrerseits ihr Leben damit verbrachten, Dinge auszubrüten, die Gil das Genick brechen sollten.

Wenn sie morgens mit einer der wenigen Auserwählten telefonierte, dann merkte man richtig, wie sie den Haß abließ. Sie sprühte förmlich vor Haß.

Mac führte zu dieser Zeit ein ziemliches Schattendasein. Er war kaum noch zu Hause und wenn, dann war er von einer seltsamen, fremden Höflichkeit, wie Gäste sie haben, die wissen, daß sie das Haus ja gleich wieder verlassen werden. Ich dachte, daß er wahrscheinlich eine andere hatte und daß Gil deswegen so gereizt und so voller Haß war gegen alles und jeden. Richtig sicher war ich mir jedoch nicht, denn Gil sprach ihren Verdacht niemals wirklich aus. Sie ließ ihn nur ständig so im Raum schweben wie ein schwelendes Gift, so daß man ihn immerzu spürte, aber nie richtig zu fassen kriegte.

Genau in diese bodenlose Leere, in der sich Gil zu dieser Zeit befand, fiel Adrians erster Besuch, so, wie ein Stein in einen Teich fällt und die harmlos glatte Oberfläche erst kräuselt und dann in einen saugenden Strudel verwandelt.

Adrians erster Besuch fand zwei Wochen nach unserem Kennenlernen statt. Ich lebte in der Zwischenzeit ausschließlich von der Hoffnung, von der Süße der Erinnerung und dem Zukünftigen, dem ich mich Tag um Tag näherte. Zweimal hatten wir miteinander telefoniert, ich wußte nicht, ob es ihm ähnlich ging wie mir, er zeigte seine Gefühle nicht gern, aber als er dann kam, an einem Donnerstag, nachmittags zur Teestunde, da merkte man gleich, daß er nur so gleichgültig tat und daß unser Schuppen ihm schon imponierte.

Man konnte richtig sehen, wie gespielt gelangweilt er seine Blicke herumwandern ließ und wie sie dann so zufällig an den Ölgemälden und dem Kamin und den sechs Metern verglaster Terrassenwand hängenblieben. Es sah aus, als ob seine Augen mit einer Sofortbildkamera im Kopf verbunden seien, die alles blitzschnell aufnimmt: Klack-klack-klack, auf daß er die Bilder parat und für immer gespeichert hatte, falls unsere Beziehung nach dem ersten Besuch beendet sein sollte. Später merkte ich, daß Adrian überhaupt zu denen gehörte, die einfach nicht an den guten Ausgang einer Sache glauben können.

Er ging immer davon aus, daß etwas gleich wieder zu Ende ist, wenn es angefangen hatte, schön zu sein.

Gil war auf Adrians ersten Besuch gut vorbereitet. Ich hatte ihr ausgiebig geschildert, wie klug und verständig er schon als kleiner Junge gewesen war und wie er immer mit seiner kleinen Schwester Schularbeiten gemacht hatte, nachmittags in der Küche, und daß Alexis' gute Noten zum größten Teil sein Verdienst waren. Dann erzählte ich, daß sie vier Kinder sind, für die sich der Vater in der Lederfabrik abrakkert, und daß die Mutter trotz der schwierigen Lage nicht arbeiten geht, sondern zu Hause bleibt und sich um die Kinder kümmert und sich müht, damit sie es später einmal besser hätten.

»Nun ja«, hatte Gil gesagt und sehr distanziert gelächelt. »Wir werden es sehen!«

Dann kam Adrian und Gil sah. Sie sah, wie er so jung und voll trotzigen Mutes im Salon stand, mit diesen merkwürdig wachen Augen unter den schwarzen Haaren, diesen Augen, die alles registrierten, alles wahrnahmen, die auch an Gil alles wirklich wahrnahmen, Gil wirklich ansahen: das schmale, geschminkte Gesicht, das blondgestreifte, straff zurückgenommene Haar mit der Schildpattspange im Nacken, das weichfallende sandfarbene Kleid mit der seitlichen Raffung und die Naturlederpumps.

Gil erhob sich aus ihrem Sessel und ging auf Adrian zu. Sie reichte ihm beide Hände und bat ihn mit gewinnendem Lächeln in die Polstergrube, wobei sie ihn, die linke Hand leicht auf seinen Rücken gelegt, begleitete. Wir nahmen Platz, Gil ihm unmittelbar gegenüber, ich schräg hinter ihr. Mir war es recht.

Ich war aufgeregt, ich schwitzte ein bißchen.

Gil schaffte im Nu eine leichte, heitere Atmosphäre, eine angenehme Wohligkeit, eine komplizenhafte »Wir gegen die Welt«-Stimmung, in der sich Adrian sichtlich entspannte. Ich entspannte mich auch. Ich war froh, daß er froh war, daß alles glatt ging. Bei Gil wußte man nie so genau. Doch dann merkte ich, daß die komplizenhafte, wohlige Stimmung mich nicht mit einbezog. Gil hatte einen magischen Kreis gezogen, der sie und Adrian umschloß und den ich nicht durchbrechen konnte. Da unterhielten sich zwei gleichgestellte, geistreiche erwachsene Personen – derweil ihnen ein häßliches, pomadiges Gör dabei zusah. Ein störendes Gör, welches, in der dritten Person benannt, allenfalls als Gesprächsstoff diente.

Gil forderte Adrian im heiteren Plauderton auf, sich »Saras schleppender Schulkarriere« (ha ha ha ha) doch bitte ein wenig anzunehmen, da »unser kleines Fräuleinchen« (ha ha ha ha) leider ein bißchen faul sei, und fügte hinzu, daß ja nun ein einleuchtender Grund vorhanden sei, »sich ein wenig auf den Hosenboden zu setzen«, wenn ein junger charmanter Mann sich dafür einsetzte.

»Sara hat mir viel von Ihnen erzählt!« Sie streifte mich mit einem raschen, ironischen Blick, unter dem ich rot anlief. Ich merkte, wie die Röte von unten aufstieg und mein Gesicht überflutete, und ich zitterte, daß Gil den Zustand bemerken und Adrian darauf hinweisen könnte, aber sie war gnädig. Ihre Tücke hatte anderes zum Ziel.

»Sie scheinen ihr ja sehr imponiert zu haben, denken Sie, ehe Sie kamen, hat sie sich sogar dreimal umgezogen und sich die Haare frisiert! (Glockenhelles Gelächter) Wenn ich Sie nun so ansehe, dann weiß ich auch, warum!«

Nun war Adrian an der Reihe, ein wenig rot zu werden. Aber es machte ihm nichts aus. Es war nur ein leichter Hauch, der sein Gesicht überflog und auch gleich wieder verschwand. Er lächelte Gil an und sagte: »Danke!«

»Ja, Sara leistet leider nicht den zehnten Teil dessen, was sie spielend leisten könnte«, plätscherte Gils Stimme über den Teetisch, »aber mit gemeinsamer Anstrengung könnten wir es sicher schaffen!«

Wer wir? Sie und Adrian?

»Ja, sicher«, sagte er.

Gil warf mir einen Blick zu.

»Machst du uns eine schöne Tasse Tee?« Und zu Adrian gewandt: »Unsere gute Frau Mußmeier ist heute leider nicht da. Aber Tee macht Sara ganz ordentlich!« Wenigstens das!

Ich erhob mich und ging in die Küche. Ich kam mir dick und blöd vor. Dick, blöd und überflüssig.

Ich setzte das Wasser auf, gab den Tee in den Filter, wartete, stand am Fenster, starrte in den Garten hinaus.

Was zum Teufel war hier geschehen?

Gil nahm mir meine Träume ab, durchleuchtete sie und

stellte fest, daß sie sie selbst brauchen konnte. Sie konnte alles brauchen, wenn es nur dekorativ und kostbar war. Adrian war beides!

Ich trug die Kanne in den Salon und deckte den Tisch.

Adrian sah mich nicht an. Da kam jemand, der den Tisch deckte, es war nicht weiter beachtenswert, allenfalls ein bißchen störend.

Gil und er hatten das Thema gewechselt. Gil ertrug Schwierigkeiten mit ihrer Tochter, Adrian hatte es nicht leicht mit Geschwistern und Elternhaus. Er hatte Verständnis für sie, sie hatte Verständnis für ihn. Soeben durchleuchtete sie die schwierige Situation der Arbeiter, die sie als die Grundpfeiler unserer Gesellschaft bezeichnete. Ein Großvater aus dem Bergbau, den sie bislang geschickt unter sämtliche Clubtheken Europas gefegt hatte, wurde aus der Versenkung gezerrt. Ein Onkel, der Bauarbeiter gewesen war, tauchte überraschend auf. Ich hatte nie von ihm gehört. Auch Mac (Gil bot ihn unter der Bezeichnung »Saras Vater« an) hatte eine schwere Jugend gehabt und sein Studium selbst verdient. Unter härtesten Bedingungen.

»Ja, so war das damals!« Gil schickte ihrer entbehrungsreichen Vergangenheit einen Seufzer nach. Dann ein tapferes Lächeln.

»Sie sehen, Adrian, ich verstehe Sie!« Adrian gab das Geschenk dieses Lächelns dankbar zurück. Eine bildschöne, geistreiche Frau verstand ihn. Er fühlte sich sichtlich wohl. Es entstand ein kleines Schweigen. Sie griffen beide zu ihren Tassen und tranken und sahen sich über ihren Tassenrand hinweg an. Gil erhob sich und holte die Schachtel mit den Keksen. Sie schob sie mir zu.

»Nein danke!« sagte ich.

Sie warf mir einen ironisch-herablassenden Blick zu und zuckte gleichgültig mit der Schulter, gerade so, als ob das Ablehnen eines Kekses eine kindliche Trotzreaktion sei, der man selbst mit Gleichmut begegnete und die man am besten übersah.

»Aber wir, was Adrian?« fragte seine neue, lachende Komplizin. Er nickte, lachte auch. Lachte sie an und mich gleichzeitig aus.

Ich beobachtete die beiden, wie sie mit der gleichen Handbewegung den Keks betont langsam und betont genüßlich zum Munde führten und zwischen die Zähne schoben und dann im selben Takt daran herumknabberten, wobei sie sich über ihre Kekse hinweg einen langen, verstehenden Lächelblick zuwarfen, der nur sie beide etwas anging.

»Unser Fräulein Sara hat Probleme mit ihrer Figur«, sagte Gil plötzlich. »Oder besser gesagt, sie macht sich welche. Wenn die Pubertät vorbei ist, wird sie rank und schlank wie ein Reh, wetten?«

Ich sah sie an. Blutübergossen. Meine Feindin, die dummerweise gleichzeitig meine Mutter war und es bleiben würde, es ausnutzte und ihre Macht genoß.

Sie zwinkerte Adrian schelmisch zu.

Kein Zweifel, daß sie eine schöne Frau war. Ich sah es, Adrian sah es, jeder sah es. *Sie* war schon jetzt rank und schlank, ihre Pubertät war lange vorbei, und daß sie in den Wechseljahren steckte, diesen Umstand zu erwähnen fiel mir leider nicht ein.

Ich war dick und dumm und würde es bleiben, sofern kein Wunder geschah. Adrian hätte dieses Wunder sein können, durch das alles möglich geworden wäre.

Unerwarteterweise zog Gil noch ein Trumpfas, das sie sich wohlüberlegt aufgespart hatte. Sie stand plötzlich auf und reckte sich ein bißchen. Es sah familiär und anmutig aus.

»Ihr wollt sicher noch ein wenig allein sein, hm? Keine zwei Minuten und ihr seid mich los!«

Sie gab eine Kostprobe ihres bewährten perlenden Clublachens, das gleichzeitig die Möglichkeit bot, besonders viele ihrer schönen weißen Zähne blitzen zu lassen, und gab Adrian die Hand. Ich bekam einen kleinen Tätschler in den Nacken, wobei sie mir heimlich ins Ohrläppchen kniff, um mir zu zeigen, daß wir Komplizen seien und alles, was ich vielleicht im Moment dachte, Unfug sei. Dann verließ sie mit ihrem typischen schnellen Schritt den Raum.

Adrian sah mich unschlüssig an. Überrascht über die plötzliche Wende, die die Dinge genommen hatten. Er verspürte sichtlich nicht die geringste Lust, mit mir allein zu sein. Er hatte als intelligenter erwachsener Mann mit einer schönen Frau geistreiche Gespräche geführt und sollte mich nun als Ersatz nehmen. Er seufzte und blickte an mir vorbei hinaus in den Garten. Wir schwiegen. Das Schweigen wurde peinlich.

»Was habt ihr zuletzt in Mathe gehabt?« fragte er schließlich, wartete die Antwort aber gar nicht ab, sondern hob lauschend den Kopf. Draußen hörte man das Summen des Garagentors.

»Ist deine Mutter weggefahren?«

»Ja, eines ihrer Lieblingsspiele!«

»Was?«

»Das Wegfahren!«

Der Pfeil blieb wirkungslos. Adrian warf mir einen kurzen, verständnislosen Blick zu und sah unschlüssig auf die Uhr. Ebenso unschlüssig sah er auf mich. Er wirkte irritiert. Durch Gils unvermuteten Aufbruch war ihm schemenhaft zu Bewußtsein gekommen, was er sonst gar nicht bemerkt hätte: wie leer ein Raum wirkt, den Gil noch soeben mit Leben erfüllt hat!

Diese Leere hatte ich als Kind gespürt, wenn Gil mich abends zurückließ, nachdem sie erst ein bißchen mit mir herumgealbert und mich geküßt hatte – ich hatte die Glotze als Ersatz genommen, heute war ich kein Ersatz für Adrian.

Er erhob sich. Er wirkte ein bißchen verlegen. Ich brachte ihn zur Tür.

»Also morgen um vier!«

»Ja morgen!«

Ich sah ihm nach, wie er die Straße hinunterging, ohne sich noch einmal umzusehen. Er ging nach vorn geneigt, die Hände tief in die Taschen gebohrt. Zielsicher! Richtung Kansas City!

Wann hatte ich eigentlich zuletzt geweint? Mit fünf? Mit sechs? Es kamen auch jetzt keine Tränen, keine einzige.

»Ein reizender Junge«, sagte Gil, die wenig später zurückkam und sich mit keinem Wort darüber wunderte, daß Adrian bereits gegangen war. »Ihm zuliebe wirst du doch nun hoffentlich endlich etwas tun, wenn du es schon nicht meinet- oder deinetwegen tun willst. Vor ihm wirst du dich nicht blamieren wollen, hm? Bist du verliebt in ihn?« Kumpelhaft legte sie mir die Hand auf die Schulter. Ich drehte mich um und ging weg. Schon mit sechs Jahren hatte ich es abgelehnt, ihre Freundin zu sein. Sie erneuerte den Antrag von Zeit zu Zeit, wenn es ihr selbst günstig schien und die Zahl ihrer anderen Freundinnen abnahm. Dann wurden Plätze frei. Ich wollte in diesen Reigen nicht einsteigen.

In diesem Sommer wurde es unerläßlich, daß man seinen bisherigen Wagen aufgab und statt dessen einen hochbeinigen Landrover vor dem Clubtor parkte. Ein jeder machte damit deutlich, daß er geradewegs aus Afrika oder doch wenigstens von seinem Landgut in der Toscana »auf den Platz« geeilt war. Man trug die Farbe Khaki, edel zerknitterte Hemden zu lässig gegürteten Hosen und lud zu Rancherpartys ein. Die Gruppe der Endvierzigerinnen, die sich bereits seit einigen Jahren gelangweilt hatte und die Leere in ihrem Leben irgendwie ausfüllen mußte, suchte nach einem neuen Zeitvertreib. Nachdem Kinder und Hunde gänzlich versagt hatten und wieder abgeschafft worden waren, schmückte man sich nun mit jungen Männern.

Wer es nur irgend fertigbrachte, setzte sich einen Zwanzigjährigen zu Füßen. Ausländer waren besonders beliebt. Sie waren dunkelhaarig und glutäugig und unterschieden sich schon rein äußerlich wohltuend von jenem blaßrosa Typ, den man sich schon so lange satt gesehen hatte. Außerdem waren sie bescheiden und anschmiegsam, folgten aufs Wort und ließen sich gut im Haus halten, zumindest, solange sie weder über Sprachkenntnisse noch über eigenes Geld verfügten. Auch war ihre Haltung recht preiswert, denn wenn sie erst einmal neu eingekleidet waren, verursachten sie weniger Kosten als Putzfrau und Gärtner, und es war überdies leichter an sie heranzukommen.

Dorry zum Beispiel hatte sich einen aus Südspanien mitgebracht, und Liz hatte ihren frisch aus Afrika. Während ihres letzten Urlaubs servierte er ihr erst das Essen und war ihr dann auf der Stelle verfallen, nachdem sie seiner drängenden Leidenschaft ein einziges Mal nachgegeben hatte. Er war so verrückt nach ihr, daß er ihr nachkam, sich durch den europäischen Dschungel kämpfte und eines Tages vor der Tür stand: müde, ohne einen Pfennig in der Tasche und einfach unmöglich gekleidet – aber welche Leidenschaft! Sie nahm ihn auf und putzte ihn zurecht, indem sie ihn von Kopf bis Fuß neu ausstaffierte und ihm beim besten Friseur der Stadt das Haar fönen ließ. Schließlich durfte er sie in den Club begleiten, wo er große Liebe, gepaart mit stumm dienernder Höflichkeit und rasender Eifersucht zu demonstrieren hatte, rasende Eifersucht, die Liz »einfach entzückend« fand.

Leider kam recht bald der Zeitpunkt, an dem er plötzlich in seinen Bemühungen auffallend nachließ, woraufhin Liz *ihn* mit rasender Eifersucht verfolgte, vor allem an jenen Abenden, an denen er es ablehnte, sie in den Club zu begleiten, und statt dessen angeblich mit irgendwelchen Landsleuten zusammenhocken und reden wollte. Glücklicherweise hatte er kein eigenes Geld und keine Arbeit, und so konnte Liz ihn noch einige Zeit halten, zumal sie ihm keine Möglichkeit gab, an Geld zu kommen. Er durfte zwar immer im Club und im Restaurant bezahlen und den Rest einstecken, aber es reichte nicht aus, um ein eigenes Leben aufzubauen oder sich auch nur aus Liz' Klauen zu befreien.

Trotzdem mußte sie ihn nach kurzer Zeit bereits stark beaufsichtigen, und man hatte fast das Gefühl, daß *sie* ihm stärker verfallen war als *er* ihr. Ihr Blick bekam etwas Scharfes, und seiner war weniger feurig als zuvor!

Gil, die im allgemeinen Treiben nicht nachstehen wollte, schon aus dem Grunde, weil sie all ihren Feindinnen den Triumph nicht gönnen konnte, wurde ebenfalls tätig.

Den Landrover hatte sie bereits im vergangenen Jahr gefahren, als die anderen noch unschlüssig beratschlagten, ob man denn nun einen geschlossenen oder einen mit Plane nehmen sollte und welche Firma die besten für ihre Zwecke lieferte, denn schließlich sollte die Karre ja weniger im Schlamm als auf glattem Asphalt einsetzbar sein, alles Dinge, die vorher bedacht sein wollten. Den Wagen und die khakifarbenen Knitterklamotten hatte Gil bereits als eine der ersten besessen, aber dann holte Liz auf und führte bereits ihren Sammy herum, derweil der Platz zu Gils Füßen noch immer leer war.

Sie begann, Adrian prüfend zu betrachten.

Wie vereinbart kam er jetzt zweimal die Woche zum Nachhilfeunterricht, und ich fieberte den Stunden entgegen und suchte ängstlich nach einem Zeichen von Verliebtheit oder wenigstens nach einem bißchen Sympathie, aber er war immer freundlich, sachlich und korrekt.

Gil hielt sich nach dem ersten Mal übrigens auffallend zurück. Das gehörte zu ihrer Taktik. Sie ließ ihr Hähnchen schmoren. Zwar war sie immer zu Hause, wenn er kam, öffnete ihm die Tür, begrüßte ihn mit einem Scherzchen, hielt seine Hand vielleicht eine Sekunde länger als andere Hände, aber dann zog sie sich zurück. Wenn er Glück hatte, konnte er sie beim Weggehen noch einmal sehen, wenn sie zum Beispiel am Swimmingpool saß und sich sonnte oder bäuchlings auf dem Sofa lag und las. Ihre zurückhaltende Art verwirrte mich anfangs, aber dann bemerkte ich, daß sie ihm nachsah, wenn er wegging, mit schmalen prüfenden Augen, die jedes Detail aufnahmen.

Ich wußte es gleich, für Gils Ansprüche war er einfach scheußlich angezogen. Man sah seinen Hemden den Wühltisch im Kaufhaus immer an, aber so etwas läßt sich ja ändern. Immerhin war er gut gebaut, hatte klare Haut, kräftige Zähne, ein schön geschnittenes Gesicht und Haar, aus dem ein wirklich guter Friseur allerhand herausholen konnte. Man konnte Gil richtig ansehen, wie sie ihr Püppchen im Geiste bereits zurechtstutzte und vorzeigbar machte. Noch war er es nicht.

Der Sommer schleppte sich dahin. Es war schwül. Gewitterstimmung. Hinter den herabgelassenen Jalousien staute sich die Luft. Adrian und ich saßen uns gegenüber und kämpften mit unregelmäßigen Verben und der deutschen Grammatik. Ich hatte eine kleine Flamme in mir, die, zum Ersticken verdammt, in einer Art betäubendem Schmerz vor sich hin schwelte. Grünlich-giftig, würde sie mich zugrunde richten, wenn nicht endlich irgend etwas geschah.

Ich beobachtete Adrian, auf ein gnädiges Zeichen wartend, auf die kleine Linderung, wenn schon nicht auf die große Erlösung!

Adrian seinerseits wartete auch.

Er wartete auf den leichten Schritt, der zuweilen irgendwo in der Tiefe des Hauses hinter der geschlossenen Tür zu vernehmen war, auf die heitere Telefonierstimme, die aus der Diele zu uns hineindrang, und auf die Stille danach. Er saß atemlos und lauschte.

»Adrian?«

»Ja?« Er kam von weit her zu mir zurück, zu mir und dem in blaue Dämmerung getauchten Arbeitstisch mit den wild durcheinanderliegenden Büchern, Zetteln und Heften.

Ich berührte leicht seine Hand.

»Ich bin froh, daß gerade du es bist, der mir hilft!«

Er warf mir einen Blick zu, vielleicht ein bißchen amüsiert, geschmeichelt auf jeden Fall. Ich legte meine Hand auf seine. Er betrachtete sie erst, als ob er sie noch nie gesehen hätte, dann hob er sie unvermutet auf und küßte ihre Fingerspitzen.

»Und nun bitte noch einmal das Verb to go in sämtlichen Formen!«

Ich leierte das Verb in Blitzesschnelle herunter und fügte das Verb to love hinzu. Ein Schulmädchen übte die Liebe. Laienhaft, plump, einfallslos. Blöd! Ich wußte es nicht besser. Die grün-schwelende Flamme in meinem Inneren brauchte Nahrung, sie mußte einfach welche haben, und so bot ich ihr zum Fraße, was ich hatte.

»I love you!« Nicht gesagt, bloß geflüstert.

Die Tür öffnete sich und Gil erschien. Sie trug ihren azurblauen Bikini, das seidene Chinesenhemd offen und nachlässig darüber. Das Haar am Hinterkopf zusammengesteckt.

»Ihr verdurstet ja, ihr tapferen Krieger«, sie lachte und stellte einen Krug Limonade und Gläser auf den Tisch. Als sie sich hinüberbeugte, um den Saft einzuschenken, streifte die Seide ihres Hemdes ganz leicht Adrians Wange. Ein Hauch nur, aber genug für das Flämmchen, das Adrian in seinem Inneren verborgen trug. Es loderte augenblicklich auf und wurde in seinen Augen sichtbar.

»Macht heute früher Schluß«, sagte sie. »Und kommt ein bißchen hinaus. Es ist herrlich im Garten.« Auf nackten Füßen lief sie davon. Sie vermied es, die Tür hinter sich zu schließen. Man konnte ihr mit den Blicken durch den Salon bis in den Garten folgen und sehen, wie sie sich auf einer der gepolsterten Liegen niederließ.

Ich konjugierte to sigh.

Dann sagte Adrian, es sei genug für heute.

Er verließ eilig den Raum. Ich stellte die Bücher zurück ins Regal. Die schwelende Flamme in meinem Bauch war erloschen. Statt dessen spürte ich die gespaltene Zunge der Eifersucht und den Haß.

An diesem Nachmittag tobte Gil wie ein Teenager mit Adrian im Pool herum, sie jagten sich gegenseitig nach, versuchten sich unter Wasser zu drücken und kämpften miteinander um den blauen Plastikball. Ich saß am Rand und sah zu.

»Komm rein, Saramäuschen, sei kein Spielverderber!« rief Gil und versuchte mich vom Beckenrand zu sich herabzuziehen. Ich riß mich los und lief ins Haus. Ich war genau der Spielverderber, den sie im Moment brauchte. Ich wußte es, aber ich konnte nicht anders. Das Spiel stand gegen mich. Zehn zu null für Gil. Immer noch, immer wieder für Gil!

Im Herbst begann Adrian mit Fahrstunden.

Er hatte noch einen anderen Nachhilfeschüler und sich das Geld für den Führerschein zusammengespart. Als Gil davon hörte, erhöhte sie stillschweigend die geforderten zehn Mark auf zwanzig. Er sei es wert, sagte sie. Meine schulischen Leistungen hätten sich verbessert. Hatten sie das? Ich war mir nicht sicher. Fest stand, daß ich im Unterricht nahezu ununterbrochen an Adrian dachte. Fünfhundertmal schrieb ich seinen Namen in mein Diktatheft. Danach war die Deutschstunde um. Gott sei Dank. Adrian kam dienstags und donnerstags. Ich lebte ausschließlich für diese Nachmittagsstunden, obwohl ich nichts davon hatte. Sie taten mir nur weh.

Nach dem Zwischenspiel im Swimmingpool ließ Gil sich übrigens nie mehr blicken, wenn Adrian kam. Vielleicht, daß sie rasch durch die Diele ging und ihm im Vorübergehen zuwinkte. Sie wirkte beschäftigt und heiter. Adrian konnte sich immer schwerer auf den Stoff konzentrieren, den wir gerade durchsprachen. Ich sah ihn an, er blickte zur Tür. Aber die Tür öffnete sich nicht. Er atmete schwer, und seine Finger klimperten nervös auf der deutschen Grammatik herum.

Dann kam der Tag, an dem Gil ihm unvermutet anbot, in ihrem Wagen fahren zu üben, unter ihrer Anleitung selbstverständlich, auf einem Übungsgelände ganz in der Nähe. Von nun an überreichte sie ihm regelmäßig und lächelnd die Autoschlüssel. Sie überreichte noch mehr: ihr grenzenloses Vertrauen, jenes Vertrauen, das ihm sein eigener Vater verweigert hatte. Er rückte nämlich sein Auto nicht heraus, hielt Schlüssel und Wagen unter Verschluß... Gil schüttelte leise und bedauernd den Kopf. *Sie* rückte heraus... erst den Wagen, später mehr.

Gil war neunundvierzig, vielleicht schon fünfzig, möglicherweise noch älter, Adrian schien es nicht zu begreifen. So helle er sonst auch war, dies hier schien ihm nicht einzugehen, sooft ich die bedauerliche Tatsache auch erwähnte. Er sah mich dann mit leeren, vollkommen geistesabwesenden Augen an.

Gil war fünfzig, Adrian war noch keine zwanzig. Gerade richtig für Gil. Hätte man ihn in einer Boutique kaufen können, sie hätte jeden Preis gezahlt. Die Männer, die sich die Schicksen in diesem Sommer zu Füßen setzten, mußten farbig sein oder blutjung. Gil hatte auf blutjung gesetzt. Es mußte schnell gehen, die Moden wechselten über Nacht, und Adrian stand zur Verfügung.

Er sah verdammt schön aus in dem weitgeschnittenen Hemd aus weißer Fallschirmseide und den engen khakifarbenen Knitterjeans. So schön, daß einem ganz weh davon wurde. Gil hatte ihm beides zum Geburtstag geschenkt. Er trug den Blouson aus Handschuhleder dazu, als er uns zum Herbstfest ins Clubhaus begleitete.

Gil machte ihn bekannt: »Und das hier ist Saras Boyfriend!«

Dann forderte sie ihn mit einem kleinen ironischen Seitenblick zum Tanzen auf.

»Sara kann leider nicht tanzen, sie hat es nicht lernen wollen! Da müssen Sie schon mit mir alter Schachtel vorliebnehmen.«

Adrian antwortete etwas, ich konnte es nicht verstehen. Beide lachten. Ich beobachtete Gil. Sie war raffiniert einfach gekleidet und sehr attraktiv. Noch konnte sie es sich leisten, mit der alten Schachtel zu kokettieren, aber das Flackern in ihren Augen verriet, daß sie heimlich bereits die Sommer zählte, in denen es noch möglich war.

Ich hing ein bißchen an der Theke herum, derweil Gil mit meinem Boyfriend tanzte, weil ich zu blöd gewesen war, es zu lernen. Ich bestellte einen Gin Fizz, er schmeckte abscheulich. Der ganze Abend schmeckte abscheulich. Ich betrachtete mich gnadenlos in dem Spiegel, den man an der Wand hinter der Bar angebracht hatte: ein dickes, talgiges Gesicht zwischen Flaschen mit bunten Etiketten, ein dickes Gesicht auf einem kurzen, dicken Hals, ein dummes, käsiges Gör, das sich mit beiden Ellbogen auf die Theke stützte und in der linken Hand geziert ein Drinkglas hielt.

Am schlimmsten war das gelbe Kleid, das Gil für mich ausgesucht hatte und das sie mir seit einiger Zeit zu jedem größeren gesellschaftlichen Anlaß aufzwang. Das Kleid spannte über der Brust und hatte kindliche Rüschen am Vorderteil, die meinen viel zu großen Busen noch extra betonten und die viel zu niedlich für mich waren. Das Gelb biß sich mit dem fahlen Blond meiner Haare und ließ meine Haut beinahe grau wirken. Vielleicht wäre die ganze verfluchte Chose noch zu retten gewesen, wenn ich mich gegen Gil durchgesetzt und die schwarze Hose mit dem beigen Seidenhemd angezogen hätte, eine Kluft, in der ich mich gut fühlte und einigermaßen sicher bewegen konnte. Aber Gil hatte ihre schmalen Augen gekriegt, den Kleiderschrank ganz einfach abgeschlossen und nur das Rüschending herausgeholt, und ich hatte die Wahl, es entweder anzuziehen oder zuzusehen, wie Gil mit Adrian allein abzog. Es war ja möglich, daß das Kleid vielleicht gar nicht so entsetzlich war, wie ich meinte, aber bereits der Gedanke, das allerblödeste Kleid im ganzen Clubhaus auf dem Leibe zu haben und alle Blicke auf meinem gräßlichen Busen zu spüren, machte mich vollends unsicher. Ich kam mir im Clubhaus ohnehin immer irgendwie linkisch vor, und Gil wußte es genau. Sie selbst trug ein ganz schlichtes Kleid, das ihre Figur locker umspielte, so daß man sah, wie schlank sie war, ohne daß sich irgendwas direkt abzeichnete, und außer dem schmalen Goldreif, der ihre Halsfalten verdeckte, trug sie überhaupt keinen Schmuck. Sie hatte verdammt viel Geschmack und wußte genau, wie man sich zurechtmachte, aber nur wenn es um sie selbst ging.

Adrian und sie tanzten vorbei. Sie paßten zusammen. Gil hatte ihre Hände auf seine Schultern gelegt und ließ ihre Finger lustig und im Takt der Musik auf ihnen Rumba tanzen. Es sah irgendwie verrückt aus, und alle sahen hin und lächelten. Sie genoß es sichtlich, so beobachtet zu werden, und sie genoß das Gefühl, daß sie es sich leisten konnte, mit einem

Zwanzigjährigen zu tanzen. Adrian schien das Spiel ebenfalls zu genießen. Er lächelte in ihre Augen hinein.

Ich wandte mich ab und ging auf die Terrasse hinaus. Sie war leer bis auf einen übriggebliebenen Hit aus der Säuglingsepoche, unmodern geworden wie die bunten Tennishemden und die bodenlangen Trenchcoats. Das Mädchen hieß Lisa und war der Einlieferung ins Internat dadurch entgangen, daß sie sich bei der kürzlich verwitweten Oma einquartiert hatte. Die Oma hatte somit wieder eine Aufgabe und fiel ihrerseits nicht lästig. So schlug man zwei Fliegen mit einer Klappe und sparte überdies ein rundes Sümmchen Geld. Lisas Mutter, Catty, hatte zu dem Landrover, den sie als eine der ersten vor dem Clubtor parkte, noch ihren MG für Städtetouren halten können, was noch lange nicht allen gelungen war. Die Internate verschlangen eine Stange Geld, von dem man nicht einen Pfennig wiedersah, und wenn die Schulzeit endlich beendet war, hatte man ein endloses Studium zu finanzieren.

Bei einigen von den Alten gingen überdies die Geschäfte nicht mehr so gut wie früher. Sie waren gezwungen, Einschränkungen auf sich zu nehmen, eine peinliche Tatsache, die wiederum vor den anderen verborgen gehalten werden mußte, was lästig und anstrengend war – und dann die teuren Hits, die man dreißig Jahre und länger auf dem Hals hatte... Dem größten Teil der Alten war deutlich anzumerken, daß sie sich heute nicht genug darüber wundern konnten, wieso sie damals, als sie von dem Wahn besessen waren, unbedingt auch so eine Anna oder so einen Philip vorweisen zu müssen, eigentlich nicht an die Folgen gedacht hatten.

So gesehen, waren die Hits die größte Fehlinvestition ihres Lebens gewesen, und man durfte noch froh sein, wenn sie sich damit begnügten, zehn oder zwanzig Jahre lang zu studieren, und einen darüber hinaus nicht auch noch zur Oma machten.

Was Gil und die anderen Schicksen betraf, so legten sie jedenfalls keinerlei Wert darauf, im Club zu sitzen und Fotos ihrer Enkel herumzuzeigen. Zum Glück waren Babys schon seit Jahren völlig out, aber bei den unberechenbaren Hits wußte man nie. Schließlich hatten sie es vom ersten Tag ihres Lebens an darauf angelegt, einen zur Weißglut zu treiben.

Lisa und ich setzten uns an einen der herumstehenden

Tische und erzählten, wie es uns zuletzt ergangen war. Lisa beschäftigte drei Nachhilfelehrer, ohne daß die geringste Chance bestand, jemals zum Abitur zugelassen zu werden. Sie ließ ihre Alten nur in dem Glauben, damit sie ihre Ruhe hatte. Im letzten Jahr war sie sitzengeblieben, ohne daß es zu Hause überhaupt aufgefallen war. Ihr Alter war ebenso selten zu Hause wie Mac und kam eigentlich nur noch, um seine Anzüge und Sportklamotten zu wechseln.

Das war zur Zeit so eine Extramode. Es war ganz allgemein üblich geworden, die Villa bloß noch als eine Art Tankstelle aufzusuchen und dann sofort wieder zu verlassen, um sich Gott weiß wo rumzutreiben. Lisas Mutter machte zur Zeit eine Analyse, auch so ein neuer Tick, den sie alle mitmachen mußten und wodurch sie irgend etwas an sich entdecken und verändern wollten, ohne daß man ihnen die Veränderung eigentlich anmerkte. Sie hatte kürzlich die beiden afghanischen Windhunde, mit denen sie sonst immer durch die Stadt gegangen war, gegen einen Schwarzen aus Senegal eingetauscht, den sie jetzt anstelle der Hunde durch die Straßen führte. Lisa vertraute mir an, daß sie das ganze Leben mit dem ganzen Drum und Dran nach wie vor ganz schön beschissen finde. Sie sagte, daß sie am Tage ihres achtzehnten Geburtstages abhauen und irgendwo im Süden ein ganz anderes Leben anfangen wolle. Bis dahin müsse sie halt versuchen, irgendwie über die Runden zu kommen. Um die Oma täte es ihr ein bißchen leid, aber die müsse halt auch sehen… Außerdem war sie schon alt.

»Und was hast du vor?« fragte sie und musterte mein Rüschenkleid mit spöttischen Blicken.

Ich sagte, daß ich etwas ganz Ähnliches vorhätte, also auch am Tage meines achtzehnten Geburtstages Richtung Süden abhauen wolle und daß die Sache schon so gut wie geritzt sei und es bei mir zum Glück niemanden gebe, der mir deswegen leid täte. Ich malte die Geschichte noch ein bißchen aus und fügte interessante Details hinzu, wie zum Beispiel einen tollen Südländer, den ich schon kannte und der seinerseits dem Tage meines achtzehnten Geburtstages entgegenfieberte… Und die ganze Zeit log ich Lisa frech ins Gesicht, denn in Wirklichkeit hatte ich vor, Adrian zu heiraten. Ich träumte Tag und Nacht davon und malte mir die Einzelheiten der Hochzeit und unseres Zusammenlebens aus. Wir würden diese verdammte Elitegegend mit ihrem verdammten Elitegescheiß und ihrem hohlen Honey-Küßchen-Küßchen-Geschwätz verlassen und uns irgendwo eine kleine, einfache Wohnung suchen, am Rande der Stadt vielleicht, da wo die Wiesen anfangen, oder von mir aus auch im Neubauviertel. Im Grunde konnte ich mit Adrian überall hinziehen, alles war gut, wenn er dabei war. Wir würden Kinder richtig zum Liebhaben kriegen, und Adrian würde arbeiten gehen, und ich würde bei den Kindern bleiben.

Natürlich konnte ich Lisa nichts von diesem Traum erzählen. Sie gehörte zu den Mädchen, die einen auslachen und schlicht für verrückt erklären. Sie fand ihre Eltern und die Villa und das Leben, das sie führten, total beschissen, aber wenn man ihr so zuhörte, dann konnte man merken, daß sie sich im Grunde genau dasselbe Leben wünschte, nur mit 'nem tolleren Typen als ihrem Alten natürlich und 'ner Gegend, in der es nicht so oft regnete wie hier. Und statt Tennis spielen wollte sie Wellenreiten und segeln und auf einem ungesattelten Pferd einen leeren weißen Strand entlangjagen.

Lisa war sehr sportlich. Sie hatte kürzlich das Einzel bei den Jugendmeisterschaften gewonnen, und außerdem war sie sehr hübsch. Vielleicht war das der Grund, daß unsere Träume so verschieden ausfielen.

Jedenfalls fand ich insgeheim, daß Lisas Zukunftspläne allesamt total bescheuert waren, und ich dachte, einerlei, wie toll der Typ auch immer sein mochte, mit dem zusammen sie dann segeln und den Strand entlangreiten würde, an Adrian würde er keinesfalls heranreichen. Ich fand meinen Traum überhaupt besser als ihren und auch realistischer, denn ich hatte meinen Typ bereits gefunden und konnte ihn richtig ansehen, während ihrer bloß ein leerer Wahn war!

Nein, ich erzählte niemandem etwas von meinem Traum, er gehörte mir, er half mir zu überleben, ich hütete ihn wie einen Schatz. Und irgendwann würde es soweit sein. Wenn Adrian fünfundzwanzig war und sein Studium abgeschlossen hatte und ich zwanzig und Gil beinahe sechzig.

Es war mittlerweile ganz dunkel geworden. Lisa und ich saßen allein auf der leeren Terrasse, von niemandem beachtet, von niemandem vermißt, aber mit einer Zukunft vor uns, in der die Rettung lag. Drinnen spielten sie jetzt einen Blues.

Adrian tanzte vorbei. Gil hing lose in seinem Arm, wie ein weiches, seltsam leeres Kleid. Sie sah zerbrechlich aus und Adrian sehr schön und sehr fremd. Sechzig würde Gil sein, wenn wir heirateten. Sechzig, auf die Siebzig zueilend.

Mac würde dann vielleicht schon gar nicht mehr leben.

Erst in der letzten Woche hatte es wieder einen erwischt, der während des Freundschaftsspiels gegen die Rot-Weißen mitten auf dem Platz zusammengebrochen und noch auf dem Transport ins Krankenhaus gestorben war. Im Winter war einer in der Sauna umgefallen und einer beim Joggen im Wald. Als sie ihn gefunden hatten, war er schon erfroren, weil die Schickse, die zu ihm gehörte, ihn gar nicht vermißt hatte. Einer, das war um die Weihnachtszeit, krepierte am Steuer seines Wagens mitten auf der Autobahn. Die Typen fielen um wie die Fliegen. Man war immer ganz verblüfft, weil sie vorher gar nicht richtig alt waren, ich meine, sie blieben immer irgendwie große Jungs, und plötzlich fielen sie um und starben, noch ehe sie selbst oder sonst einer richtig gemerkt hatte, daß sie alt geworden waren. Die Schicksen lebten weiter. Sie drehten nach der Beerdigung meist gewaltig auf, ich glaube, sie hatten's ganz gern.

Wenn ich mir den guten Mac so betrachtete, dann rechnete ich mir keine großen Chancen für ihn aus, meine Hochzeit noch zu erleben. Vielleicht legte er aber auch gar keinen Wert darauf.

Lisa stand auf und holte uns an der Bar noch etwas zu trinken. Der zweite Gin Fizz schmeckte schon wesentlich besser als der erste. Ich trank das Glas schnell leer und holte mir ein neues. Es schmeckte gut, nach mehr. Ich saß zufrieden auf der leeren Terrasse und sah zu den verwaisten Tennisplätzen hinüber und dann zu dem Mond hinauf, der aussah, als ob er mir in allen Punkten recht gäbe.

Alles in allem sah meine Zukunft gar nicht so übel aus, wie Gil es mir in ihrer süffisanten Art immer ausgemalt hatte. Ich würde nicht als Klofrau im Bahnhof enden. Im Grunde kam es lediglich darauf an, noch ein paar Jährchen über die Runden zu kommen, dann würde sich schon alles regeln, dann würde alles gut. Man mußte bloß Geduld haben und abwarten. Das hatte ich immer gut gekonnt: in Ruhe abwarten!

Die Dinge kamen dann von selbst.

Zunächst kamen sie nicht in der gewünschten Form.

Gil brachte Adrian das Tennisspielen bei. Er begriff schnell, um was es ging. Gil bedauerte ein über das andere Mal, daß ich mich stets geweigert hatte, es zu lernen. Sie erzählte Adrian gern und ausführlich davon. Bereits mit sechs Jahren den besten Tennislehrer der Stadt... aber nein! Dann die Pleite mit dem Ballettunterricht... Reit- und Gymnastikstunden... aber nein! Gil hatte sich den Mund fußlig geredet, daß es mir eines Tages leid tun würde, daß ich immer von allem ausgeschlossen wäre. Nun, sie brauchte sich zumindest keine Vorwürfe zu machen. Oft genug und immer und immer wieder war es mir angeboten worden. Mit Engelszungen hatte sie auf mich eingeredet, aber ich hatte es ja vorgezogen, zu Hause zu sitzen, fernzusehen und Chips zu fressen. Das Resultat hatten wir ja nun!

Gil machte zumindest das Beste daraus. Mit großer Geduld nahm sie sich Adrians Einführung in das Clubgeschehen an, zumal sich Adrian als Naturtalent erwies. Nach zehn gezielten Trainerstunden konnte sich Gil mit ihm auf dem Platz sehen lassen. Sie wählte mit Bedacht Platz eins, der von der Terrasse her besonders gut zu sehen war, und servierte ihm die Bälle so gezielt direkt auf den Schläger, daß er sie leicht zurückschlagen konnte. Es sah gut aus, und außerdem machte es Spaß. Natürlich machte es Spaß, so rasch so vorzeigbar spielen zu können, sich hinterher den Pulli in der einzig richtigen Art über die Schultern zu hängen, sich an die Clubbar zu stellen und von den anderen Mitgliedern bewundern zu lassen. Auch Gil ließ sich bewundern, es tat ihr gut, sie lebte richtig auf und verjüngte sich täglich.

Ich stand gewöhnlich am Rande des Platzes, sah zu und hob die Bälle auf, die Gil ins »Aus« schlug, und trug sie zu Adrian, der sie blicklos in Empfang nahm, derweil er sich bereits auf den nächsten Aufschlag konzentrierte. Später saßen wir zu dritt auf der Terrasse und tranken etwas, und ich saß da, während die beiden sich über die verschiedenen Rückhandtechniken unterhielten und Gil meinem Boyfriend detailliert auseinandersetzte, worin der genaue Unterschied zwischen Hart- und Ascheplätzen lag und in welcher Weise man sein Spiel darauf einstellen mußte.

Inzwischen hatte Adrian die Führerscheinprüfung bestanden. Von nun an hielt er das Steuer in der Hand, wenn wir nach den Tennisnachmittagen nach Hause fuhren, damit er mir noch eine Nachhilfestunde geben konnte, für die er ja eigentlich überhaupt ins Haus gekommen war. Ich fieberte diesen Stunden nach wie vor entgegen und lebte nur für den Augenblick, in dem sich endlich die Tür hinter Gil schloß und ich mit Adrian in der blauen Dämmerung meines Zimmers allein war. Aber er schien sich mehr und mehr zu langweilen. Hatte er zu Anfang noch hin und wieder die Stunde verlängert und auch mal eine ganze drangehängt, so sah ich ihn jetzt ungeduldig auf die Uhr blicken und mit den Fingern auf der Tischplatte herumtrommeln. Die Trommelei machte mich ganz nervös. Er küßte nie mehr meine Fingerspitzen, und ich schämte mich, daß ich damals »to love« konjugiert hatte, ohne vorher von ihm gefragt worden zu sein.

Nach der Stunde hatte Gil stets einen kleinen Imbiß und ein Tablett mit Getränken auf dem Tisch im Wohnzimmer zurechtgestellt, und sie wußte es einzurichten, daß sie manchmal an dem Imbiß teilnahm und uns manchmal nur ein Zettelchen mit irgendeiner ulkigen Entschuldigung dazu legte. Diese Ungewißheit machte Adrian ganz fertig. Er wußte nie, ob es hinterher noch etwas gab oder ob er mit mir allein rumsitzen und an den kalten Hähnchenbeinen nagen mußte. Er wußte bei solchen Gelegenheiten nichts zu sagen, und ich wußte auch nichts zu sagen, und so saßen wir nur so da, und eigentlich war es ganz schrecklich, und wir waren beide erleichtert, wenn die halbe Stunde, zu der er sich gewöhnlich verpflichtet fühlte, vorbei war.

Was Gil anging, so bezeichnete sie Adrian nach wie vor als »Saras Boyfriend« und machte sich ganz öffentlich lustig über die Weiber im Club, die irgendeinen hübschen Grünschnabel als ihren eigenen Boyfriend ausgaben. »Nichts macht eine Endvierzigerin so alt wie ein zwanzigjähriger Liebhaber«, sagte sie zum Beispiel abends, an der Clubtheke stehend, und lachte schallend mitten in die Gruppe ihrer neidischen Konkurrentinnen hinein. Und während sie so lachte, kraulten ihre Finger ganz sanft Adrians Nacken. Nein, bei uns lief das ganz anders: Ich hatte einen Boyfriend, der sich um mein schulisches Fortkommen bemühte, was ganz reizend von ihm war, und der es einfach verdient hatte, daß Gil ihrerseits sich ein bißchen um ihn kümmerte. Schließlich war es nicht seine Schuld, daß er einem Elternhaus entstammte, in dem es nicht möglich war, ihn seinen Anlagen gemäß zu fördern. Wie jedermann wußte, war Gil schon immer für sozialen Ausgleich gewesen, und was konnte sie dazu, daß er sich in sie verliebt hatte, das arme, verirrte Schäfchen?

Zu dieser Zeit begann ich wirklich unmäßig zu fressen.

Ich hatte es noch nie ausgehalten, irgendwo zu sitzen, ohne mir irgend etwas in den Mund zu stopfen, aber jetzt brach ich meinen eigenen Rekord. Ich fraß und fraß. Ich konnte nichts dagegen tun. Jeden Tag nahm ich mir vor, gleich morgen mit dem Fasten anzufangen und so schlank zu werden, wie Gil es war, und auch endlich so schicke Klamotten anziehen zu können und toll drin auszusehen.

Aber die Gier war mächtiger als ich.

Mit der Zeit schaffte ich es zwar, mich bei den regulären Mahlzeiten zurückzuhalten und mich den Eßgewohnheiten von Gil anzupassen, die immer an allem nur nippte und dann ewig drauf rumkaute, als ob's doppelt so viel wär'. Ein ganz kleines Rehmedaillon nature ohne Sauce mit einer halben Tomate, ein Stückchen gegrillte Hühnerbrust, ein Schüsselchen Salat, bloß mit Zitrone und etwas Süßstoff angemacht – aber gleich hinterher rannte ich los und kaufte mir an der Trinkbude drei Tafeln Marzipanschokolade und Puffmais. Es passierte auch, daß ich gar nicht erst bis dorthin kam und schon auf dem Weg in der Pizzeria hängenblieb, eine Lasagne fraß und hinterher noch eine Pizza und ein großes Eis obendrauf.

Mein Zimmer glich zu dieser Zeit auch einem Saustall. Gil hatte mich mehrfach gebeten, es aufzuräumen, und schließlich der alten Mußmeier verboten, auch nur ein Ding dort anzufassen, weil sie es unwürdig fand, von einer alten Frau zu verlangen, daß sie sich zehnmal nach meinen Klamotten bückte, derweil ich auf dem Bett lag und zusah. So blieb es eben, wie es war, und ich fühlte mich eigentlich sehr wohl darin. Mein Bett wurde meine eigentliche Heimat. Auf den Regalen, die es ringsum einrahmten, türmten sich Zeitschriften, Apfelsinenschalen, Schokolade, Bonbontüten und alle möglichen Abfälle. Ich lag auf diesem Bett und las und stopfte mich mit Schokolade voll, oder ich machte das Licht aus, lag in der Dämmerung und dachte an Adrian und an unsere Zukunft, und je mehr ich aß, desto besser konnte ich den Gedanken ertragen, daß ich noch so viele Jahre warten mußte. Ich panzerte mich gegen die Möglichkeit, daß es ja vielleicht nie dazu kommen würde. Aber das erschien mir weniger wahrscheinlich, denn bis dahin würde ich schlank sein und hübsch aussehen, und er würde sich nicht zu schämen brauchen, sich irgendwo mit mir zu zeigen und mich seiner Familie und seinen Freunden vorzustellen.

Zu dieser Zeit las ich sehr viele Schicksalsromane. Ich kaufte sie an der Trinkbude, sie lagen dort gleich neben den Süßigkeiten, man brauchte nur hinzugreifen. Beim Lesen gelang es mir meist, mich selbst vollkommen zu vergessen und in die Rolle der Hauptdarstellerin zu schlüpfen. Der tolle Typ, um den es ging, hatte immer das Gesicht von Adrian. Es kam oft vor, daß der Mann der Frau, die er insgeheim anbetete, seine Liebe nicht eingestehen konnte. Er bildete sich ein, daß sie ihn nicht wollte, und malte sich gar keine Chancen aus. Und doch verzehrte er sich vor Sehnsucht nach ihr und konnte ihre Nähe kaum ertragen, weil er sie immer nur ansehen, aber niemals berühren durfte. Doch nach außen ließ er sich nichts anmerken oder flirtete sogar mit einer anderen rum, um von seinem wirklichen Verlangen abzulenken.

Ich lag auf dem Bett und malte mir aus, daß es bei Adrian genauso sei und daß er sich mit aller Gewalt zurückhalte, weil er denke, daß ein Mädchen aus meinen Kreisen ihn womöglich auslachen und Gil ihn wohl als »Saras Boyfriend«, aber noch lange nicht als Schwiegersohn akzeptieren würde. Und daß dies der Grund sei, warum er nicht mit mir allein sein wolle: weil er es nämlich einfach nicht aushalte.

Beim Schein meiner kleinen roten Bettlampe stopfte ich die Geschichten in mich hinein, wie ich die Süßigkeiten fraß. Es tat gut, so zu liegen und zu lesen, man wurde wie besoffen davon, es war besser als alles andere.

Eines Tages traf ich Alexis wieder. Ich hatte sie schon ein paarmal in dem Bistro sitzen sehen, in dem ich sie zum erstenmal mit Adrian getroffen hatte, und ich war immer schnell vorbeigegangen, weil ich nicht wollte, daß sie mich ansprach.

Aber diesmal prallten wir direkt an der Trinkbude gegeneinander, an der ich Süßigkeiten und Romane und sie Bier für ihren Vater kaufen wollte. Sie lachte mich an und schrie ganz laut, daß ich mich ja wohl bald in einem Zirkus ausstellen lassen könne, sie hätte das mal gesehen, die dickste Frau der Welt, es sei ein prima Job, man brauche bloß zu tun, was man ja ohnehin am liebsten tue: nämlich rumzusitzen und pausenlos zu fressen, man bekomme die Fressereien sogar gebracht und brauche sie sich nicht selbst zu holen. Während sie so rumschrie, legte sie mir den Arm um die Schulter und zwinkerte mir zu, um anzudeuten, daß sie bloß Spaß mache. Sie machte ja immer bloß Spaß, es war gar nichts dabei, aber mir fiel es doch schwer, ebenfalls zu lachen und auch so zu tun, als wenn's bloß Spaß wär'.

Seit ich denken kann, höre ich mir von allen Seiten an, daß ich zu fett bin, und eigentlich hat's mir nie was ausgemacht. Im Gegenteil, ich fraß nur noch mehr, extra, um zu beweisen, daß mich ihr Spott gar nicht treffen konnte. Aber diesmal hatte ich das Gefühl, daß in Alexis' Worten ein Stachel versteckt war, der sich langsam durch all die Fettmassen hindurch direkt bis ins Herz bohrte.

Sie merkte es wohl, denn sie guckte ganz betreten, entschuldigte sich und fragte dann in ganz normalem Ton, wie es denn in der Schule gehe und ob mein Nachhilfelehrer sich bezahlt mache. Bei dem letzten Satz lachte sie aber schon wieder, bei Alexis hielt ein Gefühl nie lange vor.

Ich sagte, doch, die Stunden würden schon ein gutes Resultat bringen. Wir standen an der Trinkbude, sie mit den Bierflaschen, ich mit den Süßigkeiten und den Romanen, und unterhielten uns noch ein bißchen über dieses und jenes. Schließlich brachte Alexis die Rede wieder auf Adrian. Ich merkte zu meinem Erstaunen, daß er zu Hause überhaupt nichts von Gil und dem Tennisclub erzählt hatte und davon, daß er in unserem Swimmingpool baden und unseren Landrover fahren durfte. Daß er dies alles für sich behielt und seiner Familie nichts davon erzählte, also das irritierte mich auf eine ganz merkwürdige Weise. Sie schienen ein ganz anderes Familienleben zu haben, als ich immer gedacht hatte.

Ich hatte mir vorgestellt, daß sie sich abends am großen Familientisch treffen und gemeinsam essen und sich dann gegenseitig erzählen, was sich am Tage so zugetragen hat. Und daß die Mutter die Schüssel vom Herd holt und allen auftut und sich erkundigt, ob es auch schmeckt, und so ringsum guckt, ob alle zufrieden sind.

Es gab da mal so eine Familienserie im Fernsehen, »Die Sperlings«, die ich mir immer besonders gern angesehen habe, weil ich mir genauso eine Familie gewünscht hatte, als ich klein war, und eigentlich immer noch wünsche.

Diese Sperlings hatten auch viele Kinder und gar kein Geld, aber sie konnten alles mit Spaß und Liebe wieder wettmachen. Sie lachten sogar darüber, daß sie nie genug hatten, sich endlich ein neues Auto kaufen zu können, und daß sie, wenn Besuch kam, immer das Geschirr bei den Nachbarn ausleihen mußten, weil sie kaum Teller besaßen, die nicht angeschlagen waren. Sie nahmen sich Jahr für Jahr vor, in Urlaub zu fahren, und den ganzen Winter saßen sie am Küchentisch über ihren Landkarten, machten Pläne, lachten und malten sich alles aus und taten so, als ob sie führen, obwohl sie genau wußten, daß ihnen das Geld dafür fehlte. Aber den Spaß, den sie hatten, wenn sie sich ausmalten, wie es sein würde, den konnte ihnen keiner nehmen, denn sie konnten großzügig sein und auf der Landkarte sogar ganz Amerika durchqueren. Auf diese Weise waren die Kinder die besten in Erdkunde, und der Lehrer wußte nie warum. In den Sommerferien frühstückten alle dann auf dem Balkon, und immer schien die Sonne, und sie gingen zusammen ins Schwimmbad und versicherten sich gegenseitig, wie toll es doch war, daß sie gerade in diesem Jahr endlich mal nicht weggefahren waren und vermieden hatten, all die Leute, die sie sonst im Schwimmbad sahen, in Italien zu treffen. Sie kamen sich richtig listig vor, daß sie die Stadt so gut wie für sich allein hatten, derweil alle anderen in einem Autostau brüten mußten und als Nervenbündel zurückkamen. Also irgendwie so wie diese Sperlings hatte ich mir Adrians Familie immer vorgestellt.

»Hat dir Adrian schon von seiner Flamme erzählt?« fragte Alexis und puffte mich in die Rippen.

Ich wachte auf.

»Was?«

Sie lachte.

»Typisch. Der Adrian ist ein ganz Heimlicher geworden.

Er erzählt nie, was er tut oder vorhat. Schade eigentlich«, fügte sie hinzu. »Früher, da hat er gern mal was erzählt, aber kurz nachdem er aufs Gymnasium gekommen ist, da hat das angefangen, das mit der Heimlichtuerei, ich frag' ihn schon gar nicht mehr. Aber«, sie kam ganz nah an mich heran, »wir wissen trotzdem, wo er sich rumtreibt. Christamaria hat ihn nämlich neulich mit der Kellnerin vom Bistro erwischt, die mit der gelbgefärbten Mähne, und sie sagt, sie hätte ganz genau gesehen, wie sie zusammen in der Anlage verschwanden und er dann an ihr rumgemacht hat.«

Ich starrte Alexis an, das Herz klopfte mir bis zum Hals. Ich kannte das Mädchen, sie war dünn wie ein Faden und betonte das noch, indem sie hautenge Röhrenhosen trug, die den Hintern abmalten, und breite Gürtel auf der Hüfte, und die Haare waren immer anders gefärbt und hochgetufft und mit viel Haarspray fixiert. Sie sah im Grunde genauso aus, wie die Weiber aus dem Neubauviertel alle aussehen, wenn sie irgendeinen Popstar nachmachen wollen, bloß viel dünner, da war sie für die Siedlung schon was Besonderes.

»Er hängt seitdem immer in der Nähe vom Bistro rum«, erzählte Alexis weiter, »und wartet, bis sie endlich frei hat, und dann gehen sie zusammen weg. Der Besitzer hat es bestätigt, er sagt, der Junge ist richtig geil auf sie, obwohl er auch findet, daß sie eigentlich gar nicht zusammenpassen! Sie ist nämlich im Grunde 'ne richtige Nutte, die's drauf anlegt, daß sie jeden kriegt, den sie will. Aber wenn ich es recht bedenke, dann freut's mich auch irgendwie, daß Adrian darauf reingefallen ist. Gerade, weil er immer was ganz Besonderes sein will und so hochnäsig tut und meint, daß grad' er auch wirklich was Besonderes sei und mal was ganz Besonderes kriege.«

Sie schwieg, und wir starrten beide auf die staubige, heiße Straße mit den kleinen, spillrigen Bäumchen rechts und links und den eingezäunten Vierecken mit gelblichem Rasen.

»Dabei«, sie lachte das typische Alexislachen, »bleiben wir alle in der alten Kiste hocken, und jeder kriegt, was er braucht, nämlich einen, der aus derselben Kiste kommt. Das bleibt im Leben immer schön zusammen, das wächst in Block A auf, zieht später rüber zu C und bildet sich ein, es wär' was Besonderes.«

Sie schüttelte sich vor Lachen. In ihren Augen tanzten kleine, böse Sternchen.

Ich wollte weg von ihr.

»Tschau, Alexis, ich muß nach Hause!«

»Ich auch«, schrie sie. »Der Alte braucht pünktlich zu den Achtuhrnachrichten sein Bier, und er dreht durch, wenn er's nicht hat!« Sie wandte sich rasch ab, blieb nach einigen Metern jedoch stehen und rief: »Der hat auch mal gedacht, daß er was Besonderes wär' und eine leckere Zukunft vor sich hätt', und heute ist er schon froh, wenn er zur Tagesschau pünktlich sein Bier hat!«

Sie winkte mir noch einmal zu, und ich sah ihr nach, wie sie, den Korb mit den Flaschen im Arm, schnell die Straße hinunterlief. Ich riß die Tüte mit den Cremehütchen auf, steckte mir drei auf einmal in den Mund und machte mich auf den Weg nach Hause. Ich ging dahin wie betäubt. Ein Gefühl braucht bei mir immer ziemlich lange, bis es sich richtig festgekrallt hat. Der Wahnsinn der Eifersucht auf die gelbgefärbte Nutte vom Bistro hatte meinen Verstand und mein Herz noch nicht richtig erreicht. Ich war eher erstaunt, maßlos erstaunt, so sehr, daß mir der Gedanke, wie sie es an ihren freien Abenden in der Anlage miteinander trieben, gar nicht wehtat. Ich fühlte mich bloß irgendwie leer.

Im Garten traf ich Gil und Adrian.

Sie saßen nah zusammen und tranken und lachten über irgend etwas. Gil lachte überhaupt viel in letzter Zeit, es fiel schon richtig auf.

Sie sah mich an und fragte, wo ich denn so lange geblieben sei, Adrian habe mich schon merklich vermißt. Wieder dieses helle Lachen.

Er wurde ein bißchen verlegen und erhob sich.

Es sei schon später, als er gedacht habe, leider müsse er jetzt gehen.

Gil drohte ihm scherzhaft mit dem Finger.

Sie wolle nicht hoffen, daß er fremdginge, bei zwei so reizenden Damen, die sich unablässig um sein Wohl mühten.

Er wurde rot bis zum Haaransatz hinauf. Wenigstens das, dieses rasche Erröten, war ihm trotz des Clublebens und der coolen Art von Gils Freunden noch geblieben. Ich hätte ihn schon allein dafür lieben können.

Sie umarmte ihn. Küßchen-Küßchen-honey-honey für ihn. Für jeden, so er nur dekorativ genug war und dazugehörte.

Adrian, kein Zweifel, gehörte dazu.

»Saramäuschen, bring ihn doch bitte zur Tür!« Sie zwinkerte mir vertraulich zu, so, als ob sie mit mir unter einer Decke steckte, als ob sie mir einen freundschaftlichen Dienst erwiese. Es sollte komplizenhaft wirken, dabei war es irgendwie nur unanständig.

Wir gingen schweigend durch den Salon, dann durch die Halle. Vor der Tür blieb er noch einen Augenblick lang stehen.

»In den nächsten beiden Wochen werde ich nicht kommen«, sagte er.

Ich sah ihn stumm an. Im Grunde machte es nichts aus, ich war Warten gewohnt.

»Weil wir mit dem Kunstkurs nach Rom fahren!«

Ich blieb weiterhin stumm, ich wußte einfach nichts zu sagen.

Er trug den weißen Sweater, den Gil ihm geschenkt hatte, war schick und schön. Früher war er nur schön. Es hatte mir genügt.

»Wie schade«, sagte ich endlich, es klang gepreßt und dumm und außerdem verräterisch.

»Für mich nicht«, sagte er und lächelte. »Ich war noch nie in Rom!«

»Ich auch nicht!«

»Aber woanders schon, was?«

»Tschau«, sagte ich. »Melde dich, wenn du wieder da bist!«

»Mach ich!«

Er ging die kiesbestreute Auffahrt hinunter, ich drückte auf den Knopf, damit sich das Tor für ihn öffnete. In mir war ein bitteres Gefühl. Ich mochte es nicht, wenn er zuweilen auf das Luxusleben hinwies, das ich von klein auf gewöhnt war, während ihn derselbe Luxus, wenn er Gil umgab, offensichtlich weniger störte.

Sicher, *sie* hatte ja diese schwere Kindheit gehabt und sich durchbeißen müssen – wie er. Das verband sie ja, diese schwere Kindheit, von der ich im Grunde erst erfahren hatte, als Adrian aufgetaucht war. Mit ihm zusammen waren auch Gils Kinderjahre aufgetaucht und mit ihr die plötzliche Feststellung, daß es mir immer zu gut gegangen war. Man konnte manchmal das Gefühl haben, daß Gil mich um meine Kindheit beneidete und sie mir vorwarf, als ob ich für meine Kindheit verantwortlich wäre und nicht sie.

Ich ging auf die Terrasse zurück. Gil lag auf einer der Liegen und sonnte sich. Das Wissen, daß Adrian jetzt im Bistro herumlungerte und mit seinen Gedanken bereits in der Anlage war, lag mir wie ein schwerer, kalter Stein auf der Brust. Ich setzte mich an den Rand des Swimmingpools. Die Luft war brütend heiß. Dieser Sommer schien kein Ende nehmen zu wollen. Ich haßte ihn. Ich sehnte mich nach der Dämmerung und Verschwiegenheit des Herbstes, nach den kurzen Tagen und den langen Abenden, Abenden, an denen man sich in seiner Höhle verstecken konnte, ohne aufzufallen.

Gil zog das leichte Seidenhemd aus, das sie immer über ihrem Bikini trug, wenn Adrian in der Nähe war, und legte sich wohlig zurecht. Sie drehte sich auf den Bauch und bat mich, ihr den Rücken einzuölen.

Gil hatte einen schönen, jungen, immer leicht gebräunten Rücken, den sie jedem jungen Mann unbesorgt präsentieren konnte. Der Bauch war schon ein bißchen alt, aber der Rükken war keine fünfunddreißig.

Ich setzte mich zu ihr.

»Adrian hat die Kellnerin vom Bistro, seine Schwester hat's mir erzählt. Diese gelbgefärbte Nutte, die auf der Terrasse bedient.«

Ich sah ihr Gesicht an, gespannt, wie sie die Nachricht aufnehmen würde. Die Kellnerin war dünner als ich, aber auch dreißig Jahre jünger als Gil. Es war zum Brüllen komisch, aber plötzlich saßen wir in einem Boot. Es schien mir zum erstenmal, daß wir etwas Gemeinsames hatten.

»Alexis sagt, sie treiben es abends in der Anlage!«

Ich spürte zu meiner Verwunderung, daß es mir guttat, davon zu sprechen. Es war, als ob ich den kalten Stein, den ich plötzlich mit mir herumschleppte, an Gil weitergab. Aber sie nahm ihn nicht an! Sie lag flach wie ein Brett auf ihrer Liege, ganz ruhig und entspannt, die Hände über dem Bauch gefaltet, Wattebäusche auf den Augen. Sie sonnte sich mit jener

Konzentration, mit der ein Wissenschaftler seiner Arbeit nachgeht. Das Resultat mußte vorzeigbar sein.

»Mit wem, sagtest du?« fragte sie nach einer Weile, als ob meine Worte erst jetzt ihr Gehirn erreicht hätten.

»Mit der geilen Sau vom Bistro!«

»Benutze nicht immer solche Ausdrücke, ich mag so was nicht!« sagte Gil.

»Aber sie ist eine geile Sau, sie treibt's mit jedem«, sagte ich und merkte, wie mir mit der Empörung auch endlich die Trauer die Kehle hinaufstieg. Ich hatte Mühe, die Tränen zurückzuhalten, das war mir schon lange nicht mehr passiert.

»Mit jedem!« wiederholte ich.

Gil nahm die Wattebäusche von ihren Augen und blinzelte mich an. »Na siehst du«, sagte sie dann.

»Was soll das heißen?«

»Na, daß sie's mit jedem treibt!« Sie lachte. »Warum also nicht mit Adrian? Schließlich ist er ein netter Junge, der verteufelt gut aussieht.«

Ich beugte mich über sie.

»Ich rede nicht von ihr, sondern von ihm!«

Gil blinzelte mich an. In ihren Augen blitzte die boshafte Freude, die ich so gut an ihr kannte.

»Mein Herzchen«, sagte sie dann in einem Ton, als ob ich nicht nur ihr Herzchen, sondern darüber hinaus leicht schwachsinnig sei, was ich womöglich auch war. Ich war mir in diesem Augenblick nicht so ganz sicher.

»Mein Herzchen, was glaubtest du denn? Adrian ist in einem Alter, in dem es einem Jungen schwerlich genügt, ausschließlich mit einer alten Frau wie mir und einem etwas aus den Fugen geratenen Teenager seine Freizeit zu verbringen. Zudem«, sie lachte, »ist er in einem Alter, in dem man übt. Am besten mit einem Profi!« Sie räkelte sich wie eine Katze und gähnte, daß ihr die Augen tränten. Dann griff sie nach ihrem Spiegel, um den Bräunungsgrad ihres Gesichtes zu prüfen.

Ich sah sie sprachlos an, der Stein in meiner Brust wurde so schwer wie zuvor. Ich hatte ihn nicht weitergeben können, Gil nahm nie etwas an, was häßlich oder schwer zu tragen war, es entsprach nicht ihrer Art. Zudem war sie wirklich nicht getroffen. Sie hatte Adrian lediglich als Mittel eingesetzt zur Beantwortung der quälenden Frage, ob sie noch jung und anziehend genug für einen ganz jungen Mann war, und um die Genugtuung zu erleben, sich sicher zu sein, das er käme, wenn sie ihn riefe. Nun mußte sie nicht mehr rufen, das Wissen, daß es noch möglich war, genügte ihr. Und die Sicherheit, daß das junge Mädchen an ihrer Seite keine Konkurrenz war. Sie hatte das Spiel gewonnen und war zufrieden. Nun konnte ich ihn haben oder die Nutte vom Bistro oder jede andere oder keine. Es war ihr vollkommen gleichgültig.

»Es ist mir übrigens ganz recht, wenn er nicht mehr so fürchterlich oft kommt und dauernd hier rumhängt«, sagte sie jetzt. »Es ist zu schade, daß diese Sorte immer die ganze Hand nimmt, wenn man ihnen einen Finger überläßt. Sie haben einfach kein Gefühl für Distanz. Es ist immer dasselbe Problem, wenn man sie nicht von Anfang an an diese Distanz gewöhnt.«

Ich wußte bereits, was jetzt kam.

Sie erzählte zum wiederholten Male die Geschichte von ihrer früheren Putzfrau, der Vorgängerin von Käthe Mußmeier, die Geschichte, die sie auf ihren Kaffeekränzchen und im Club so gern zum besten gab, immer dann, wenn die Rede aufs Personal kam.

Damals war Gil noch blutjung und unerfahren, und sie hatte keine Ahnung, wie man mit Angestellten umgeht. Die Putzfrau, ihre erste, hatte ihr menschlich sehr gefallen, und so hatten sie sich öfter miteinander unterhalten, und die Frau hatte ihr alles von sich erzählt. Und Gil hatte zugehört und Ratschläge gegeben und gar keine Unterschiede zwischen sich und ihr aufkommen lassen, fast wie eine Freundin hatte sie sich fühlen sollen. Aber dann sind sie und Mac in den Club eingetreten und hatten plötzlich nicht mehr so viel Zeit wie vorher. Gesellschaften mußten ausgerichtet werden, und gleich beim allerersten Kaffeeklatsch, den sie für die Damenmannschaft gab, da ist diese Putzfrau einfach wie immer reingekommen und hat sich dazu gesetzt, grad so, wie sie es immer tat, wenn Gil allein war oder bloß ihre Eltern zu Besuch dahatte – sie sah einfach den Unterschied nicht. Gil hat ihr dann unter einem Vorwand kündigen müssen, weil sie auch wieder nicht fertiggebracht hat, ihr zu sagen, was ihr nicht gepaßt hat. Und es war ihr auch klar, daß diese Frau nie den

Unterschied kapieren würde, der darin lag, ob nun Gils Eltern oder die Typen aus dem Club zum Essen kamen. Und durch die Blume verstand diese Frau ohnehin nie etwas, die verstand immer bloß, was man ihr eindeutig und knallhart auf den Tisch legte, und das war dann kurz nach diesem unglücklichen Nachmittag die Kündigung gewesen.

Also ich ahnte es schon, Gil erzählte wieder einmal die alte Geschichte, in der es darum ging, daß man den Minderbemittelten ja gerne half, wo man konnte, aber daß ihre Art, die ganze Hand zu ergreifen, wenn man nur einen Finger hinhielt, und ihre Unfähigkeit, irgend etwas durch die Blume zu verstehen, es einem immer wieder so schwer machten. Ich hörte ihr zu, vollständig teilnahmslos und wie erstarrt wegen der Erkenntnis, daß Gil Adrian gar nicht geliebt, sondern bloß benutzt hatte, so wie sie ja immer alles nur benutzte und dann liegen ließ, wenn es etwas anderes und Besseres gab.

Später sollte ich hören, daß das Bessere diesmal der neue Tennislehrer war, der Adrian unterrichtet hatte. Und schon aus dem Grunde, weil praktisch alle Weiber, ganz besonders die älteren, hinter ihm her waren, mußte Gil ihn haben. Er war dreißig und immer dunkelbraun, und er kannte sich mit dem Clubgeist und den Weibern aus und wußte, wie man's machen muß, daß es ihnen gefällt und vor den anderen gut ankommt. Das hätte noch Jahre gedauert, Adrian beizubringen, sie zum Beispiel schmachtend anzugucken, wenn alle guckten und nicht immer gerade dann, wenn er sicher war, daß es keiner sah. Das hätte wie gesagt Jahre gedauert, bis er das geschnallt hätte, und wenn es eins gab, was Gil und die anderen Weiber nicht konnten, dann war es warten. Sie mußten alles gleich haben, und der neue Tennislehrer wußte, worauf es ankam. Er kostete bloß Geld und nicht zusätzlich noch Geduld, und sie hatten schon immer mehr Geld als Geduld gehabt.

Ich spürte Gils spöttischen Blick auf meinem Gesicht. Sie wußte längst, daß ich in Adrian verliebt war, und es machte ihr Vergnügen, die Situation zu beherrschen und meine Gefühle anzustacheln, um sich dann an meiner Hilflosigkeit zu weiden. Aber sie ahnte nicht, daß ich dabei war, auch sie zu durchschauen. Ich wußte noch nicht so richtig, wie man zustach, aber allmählich kannte ich wenigstens die verwundbaren Stellen.

Sie erhob sich und reckte sich genüßlich. Dann warf sie mir einen ihrer mütterlichen Blicke zu und strich mir zart und liebevoll über das Haar. Sie hatte auch das in ihrem Repertoire und wandte es manchmal an, vorwiegend, wenn Besuch da war und sie sich entweder langweilte oder die Aufmerksamkeit auf sich lenken wollte.

»Laß ihn ruhig ein bißchen üben, deinen Adrian«, sagte sie jetzt und lachte. »Wer lange übt, wird schließlich gut.«

Ich schüttelte sie ab und ging weg. Ich hätte ihr eine kleben können, aber davon kam Adrian nicht zurück. Ich ging ins Bad und wusch mich. Ich fühlte mich irgendwie ganz klebrig. Mein Gesicht war weiß und verschwitzt. Ich war häßlich. Ich mußte abnehmen, unbedingt, gleich morgen würde ich mit der strengsten Diät beginnen, die es überhaupt gab. Es war bald neun Uhr. Ich mußte mich beherrschen, nicht in die Anlage zu gehen und zu warten, bis Adrian und die Gelbgefärbte kamen.

Statt dessen ging ich hinauf in mein Zimmer, zog die Vorhänge zu, legte mich auf mein Bett und schloß die Augen.

Sofort erschien die Anlage mit ihren wenigen Bäumen und den Bänken und Adrian, die Nutte im Arm. Er zog sie aus. Sie wehrte sich nicht. Ich versuchte mir vorzustellen, wie Adrian und ich in unserer eigenen kleinen Wohnung beisammen saßen, in die wir ziehen würden, sobald ich achtzehn war. Sonst gelang es mir, sogar die Tapete zu sehen und das Sofa, auf dem wir saßen, aber heute nicht. Ich kriegte die Teile nicht mehr zusammen.

Ich versuchte es wieder und wieder, aber es klappte nicht mehr. Der Traum hatte einen Sprung.

Ich riß die dritte Cremehütchentüte auf.

Es gibt Menschen,
von denen geliebt zu werden
verdammt wenig Spaß macht!
Alexis

Die Zeit strich so dahin!

Die Zeiträume zwischen Weihnachten und Ostern, Ostern und Sommer, Herbst und Winter erschienen mir länger und länger. Die anderen empfanden es offensichtlich nicht so. Sie hatten Ziele, die sie in Atem hielten und ihnen vorgaukelten, daß sogar ihr blödsinniges Dasein einen Sinn hatte.

Christamaria, unsere kurzbeinige Prinzessin, war jetzt vierundzwanzig. Sie hatte die Schule ohne Abschluß verlassen, weil sie schwanger war, kein Zufall übrigens, sie hatte den armen Kerl von Block G festgenagelt, nachdem er sich ihr ein paarmal, wahrscheinlich aus purer Langeweile, genähert hatte. Ehe er sich Richtung Militär davonmachen konnte, hatte Christamaria ihn fest in ihren fetten weißen Händen, an denen sich die billigen Ringe tief ins Fleisch drückten. Rudi war gezwungen, noch einen Verlobungsring mit Brillantsplitter obenauf zu drücken. Brillantsplitter war unerläßlich, ohne das tat es unsere Prinzessin nicht. Der frisch Verlobte sah weniger glücklich aus. Er wußte nicht so recht, wie ihm geschehen war, gerade zu dem Zeitpunkt, zu dem er sich in ein eigenes Leben hatte wegschwingen wollen, in ein eigenes Leben, fernab der Siedlung und von Christamarias in Kunstleder gewickeltem Hintern. Also es wurde geheiratet.

Standesamtlich, kirchlich, mit allem Drum und Dran. Zum Festschmaus war die halbe Siedlung in den »Schützen« eingeladen. Der »Schütze« war nicht teuer, sie hatten extra einen »Saal« für Familienfeiern und kochten gut, ohne großen Firlefanz. Man wußte, was man für sein Geld bekam. Da kam richtig was auf den Teller, da wurde nicht gespart und mit Dekoration zugedeckt, was vielleicht nicht mehr so ganz frisch war. Der »Schütze« hatte sich immer noch am besten bewährt, egal, was manche Angeber auch gegen ihn zu mosern hatten, es ging da einfach reell und anständig zu. Und sauber war's, in die Küche konnte jeder reinsehen, zu jeder Zeit, da konnte man auch hinterher noch mit Appetit essen, was man von manchem Nobelrestaurant nicht sagen konnte... Man besprach das Thema in allen nur denkbaren Variationen. Das Menü wurde wochenlang geplant, Listen aufgestellt und wieder verworfen. Es war die erste Hochzeit, die die Familie Tetzlaff ausrichtete, und es sollte nicht so aussehen, als ob gespart werden müßte.

Christamaria und ihr Galan kriegten die kleine Wohnung direkt unten bei uns im Haus, die Zwei-Zimmer-Bude im Parterre, ein mieses Loch. Der Vormieter hatte sich aufgehängt. Doch dies Thema wurde sorgfältig vermieden. Die Bude war klein, aber billig und gerade recht für den Anfang. Und außerdem war alles so praktisch. Man konnte sich gegenseitig beim Einkaufen helfen. Solange Rudi beim Militär war, konnte Christamaria oben weiter mitessen – wie früher bei Mutti –, und die Waschmaschine sparte sie auch, denn für einen Wochenendehemann lohnte sich die Ausgabe zunächst ja gar nicht. Wenn man sie so palavern hörte, da hatte man den Eindruck, daß die ganze Ehe überhaupt nur unter dem Gesichtspunkt geschlossen worden war, daß es billig und praktisch war.

Die Alte verjüngte sich in diesen Wochen sichtbar. Sie konnte endlich mal mitreden, denn was diesen Punkt angeht, da kannte sie sich aus. Die bevorstehende Hochzeit gab ihr mächtigen Auftrieb, sie kam richtig in Schwung. Sie arbeitete neuerdings ganze Tage, einschließlich der Samstage in der Wäscheabteilung der Kaufhalle. Frotteetücher wurden ihr Lebensinhalt. Sie ruhte nicht eher, als bis die ganze linke Seite des neuen verspiegelten Kleiderschrankes von unten bis oben mit Handtüchern vollgestopft war. Sie stapelte sie nach Farben und Größen, und es kamen immer neue hinzu, die mit derselben Besessenheit dazugestapelt wurden. Ich kam nie dahinter, was sie mit diesen Handtüchern vorhatte, aber irgendwie schien der Sinn ihres Lebens von der Zahl der quadratischen Stapel hinter der geschlossenen Tür des neuen Schrankes abzuhängen.

Die Teppichböden hatte sie nun auch. Beige für die ganze Wohnung. Beige ist neutral, das paßt zu allem, es ist freundlich, und man sieht nicht gleich jede Fluse. Empfindlich gegen

Flecken ist es, das ja, aber da mußte man halt ein bißchen aufpassen. Die Unempfindlichkeit gegen Flusen machte diesen kleinen Nachteil auch wieder wett. Und keine andere Farbe paßt sich so an wie Beige. Es macht die Räume größer, es drängt sich nicht auf. Es paßt auch am besten zu der Schrankwand und den braunen Gardinen. Man sieht es sich nicht so schnell über... auch dieses Thema wußte sie in jeder nur denkbaren Art und Weise zu variieren.

Der Alte verhielt sich zurückhaltend. Er hatte geschwiegen und gezahlt. Er konnte nichts dagegen tun, schließlich hatte er uns mit der neuen Karre beinahe alle in den Ruin getrieben. Die Alte erwähnte diese Tatsache nahezu täglich. Es brauchte ihr nur irgend etwas gegen den Strich zu gehen, schon ging sie auf den Alten mit seiner Karre los. Gewöhnlich war er dann still, ging wortlos hinaus, hinunter zu seinem Wagen. Sich trösten. Es war klar, daß er den Wagen mehr liebte als uns alle zusammen, zumindest, solange er neu war. Rumgefahren wurde selten. Der Alte fuhr mit dem Wagen vor dem Vereinshaus vor, bis dahin ging's mit den Spritkosten grade noch. Zur Fabrik fuhr er mit dem Rad oder ging zu Fuß.

Obwohl man eigentlich direkt nichts davon hatte, war ich doch froh, daß sie das neue Schlafzimmer, die Teppichböden und die Karre angeschafft hatten. So waren sie wenigstens auch am Wochenende beschäftigt und abgelenkt und quäkten nicht dauernd hinter einem her. Er stand auf dem Parkplatz vor dem Haus und polierte seinen Wagen, sie blieb drin und polierte ihre Schränke. Christamaria putzte derweil die Fenster ihrer eigenen Wohnung. Daß es ihre eigenen Fenster in ihrer eigenen Wohnung waren, schien sie täglich neu zu faszinieren. Sie kam gar nicht los davon. Irgend etwas Eigenes zu haben und lebenslänglich dran rumzuputzen schien diese Familie glücklich zu machen. Es bot ihnen einen vollständigen Ersatz für ihre Träume.

In der Wohnung war es jetzt endlich so ordentlich und leer, wie Anna Tetzlaff es sich ein Leben lang ersehnt hatte. Nach Marc-André, der in einem Heim mit angeschlossener Werkstatt untergebracht war, hatte uns auch Carmen verlassen. Sie kürzte das Verfahren ab, indem sie sich eines Tages hinlegte und starb. Nichts Ernstes eigentlich, ein unerklärliches Fieber, Schwäche, ein paar Komplikationen – und aus. Ich denke, sie starb an Überdruß. Sie hatte von Anfang an nicht gern gelebt, und das Thema ihrer zu frühen Geburt und die Sache mit dem Brutkasten hatten sich auch irgendwann abgenutzt. Es hatte zum Schluß keiner mehr hören wollen. Die Alte machte um Carmens Tod mehr Geschrei, als sie jemals um ihr Leben gemacht hatte. Sie heulte fast die ganze Siedlung zusammen, und am Grabe wäre sie beinahe zusammengebrochen, wenn Christamaria sie nicht gestützt hätte. Wochenlang erzählte sie, lautlos vor sich hinschnüffelnd, ein Taschentuch gegen die Nase gepreßt, einem jeden, den sie in der Siedlung traf, wie sie das Ende ihrer Kleinen mitgenommen habe. Ja, immer schwach gewesen, ja, schon als Baby! Und soundso oft dem Tod aus den Klauen gerissen und dann plötzlich, grade, wenn man denkt, daß man sie groß hat... Und dann die Minuten am Grabe, als der Pfarrer anfing zu sprechen und sie an ihre Kleine dachte, hinterhergesprungen wäre sie, wenn Christamaria sie nicht gehalten hätte.

Adrian bekam das Zimmer, das Carmen und Christamaria sich geteilt hatten, nun für sich allein. Er machte eine Festung daraus. Niemand durfte es betreten. Er stellte sich furchtbar damit an und hielt sich meist drin auf, wenn er zu Hause war. Ich glaube, er betrachtete es wie ein möbliertes Zimmer, das er bei irgendeiner wildfremden Familie gemietet hatte, welche ihn darüber hinaus nicht das geringste anging.

Ich schlief nach wie vor im Wohnzimmer und machte meine Schularbeiten nachmittags in der Küche. Es war mir egal, ich war daran gewöhnt und kannte es nicht anders. Außerdem konnte ich aufrücken, sobald Adrian zum Bund mußte. Der Zeitpunkt war abzusehen. Dann gehörte mir das Zimmer für immer, denn er würde, im Gegensatz zu dem, was sich die Alte zurechtspann, niemals wiederkommen.

Sie kamen nie wieder, wenn sie erst mal aus der Siedlung rauswaren. Die Alten dachten das zwar, aber sie waren weg für immer. Man mußte sie da festhalten oder aufgeben. Ringsum konnte man sehen, wie die Kinder groß wurden und weggingen und nicht wiederkamen, aber die blöden Weiber lernten es nie. Ich fragte mich oft, wie sie es eigentlich anstellten, daß sie nie was lernten, auch wenn es tausendmal genau vor ihrer Nase geschah und sie tausendmal drüber ratschten, aber in ihren Köpfen funkte es einfach nicht. Sie hörten was und gaben es weiter, so wie sie es gehört hatten, man wurde selbst ganz blöd davon, wenn man nicht aufpaßte.

Christamaria ging ins Krankenhaus und kam mit einem kleinen Mädchen wieder. So was Süßes, nein, so was Süßes. Eine leichte Entbindung, ja. Von Anfang an die ganze Nacht durchgeschlafen, nein, gar keine Schwierigkeiten, ganz zu Anfang ein bißchen mit der Verdauung und Hautschorf, aber das haben sie ja fast alle, sonst keine Schwierigkeiten, absolut nichts, eine kleine Prinzessin, also so was Süßes. Die Weiber hatten wieder ausgesorgt, ein Thema für die nächsten vier Wochen, bis der nächste geboren wurde oder starb. Für den Übergang mußte Natascha herhalten. Ich beaufsichtigte sie nachmittags, wenn ich Schularbeiten machte und Christamaria in der Kaufhalle aushalf, um sich die Einbauküche zusammenzusparen, hinter der sie her war. Sie schob mir den Kinderwagen in die Küche, stellte die Flasche in dem Wärmer dazu und das Paket mit den Windeln und jagte ab, ihrer Kaufhallenkasse und der Einbauküche entgegen.

Sie färbte und wellte sich das Haar jetzt immer selbst, so daß es schon genauso hart und mißfarben vom Kopf abstand wie bei den meisten Weibern hier, und sie gab kaum noch Geld für Klamotten aus, für die sie früher ihr Leben hingeblättert hätte.

Jetzt wurde alles für die Einbauküche gespart, und wenn ich mir das Spiel so betrachtete, dann fragte ich mich, wozu sie überhaupt eine brauchte, wo sie immer oben bei uns aß und die Reste dann in Plastikdosen mit nach unten schleppte.

Rudi hatte das Militär hinter sich und war auf Montage. Er kam nach wie vor selten, und wenn er da war, dann verbrachte er seine Zeit auf dem Fußballplatz oder mit dem Alten vor dem Fernseher, derweil die Weiber in der Küche saßen und darüber ratschten, was sich Christamaria anschaffen sollte, wenn die Einbauküche erst einmal geliefert und abbezahlt war. Erst die Couchgarnitur oder erst die Schrankwand? Erst die Teppichböden oder das neue Schlafzimmer?

Sie konnten ewig und ewig über solche Sachen reden und bekamen nicht genug davon. Die Wohnung war nach einigen Jahren auch tatsächlich vollständig möbliert, und es war alles neu und blieb auch neu, weil kaum mal einer rein durfte, es sei denn, um zu gucken. Ich fragte mich, wieso sie die Bude überhaupt brauchte, denn gewohnt wurde nach wie vor hauptsächlich oben. Aber das war mir ja sowieso ein Rätsel, wozu sie alle den ganzen Kram, für den sie sich abrackerten, brauchten. Sie schienen zu denken, daß das Glück in neuen Küchen und neuen Schlafzimmern stecke, und wenn sie es nicht fanden, dann steckte es vielleicht in einem anderen Schlafzimmer oder in einer anderen Küche. Sie kamen mir wie der blöde Esel vor, dem man eine Mohrrübe ans Halfter gebunden hat, damit er auf Trab bleibt, und der auch nicht merkt, daß er sie nie erreichen wird, und irgendwann vergessen hat, wozu er überhaupt hinterherrennt.

Etwas Gutes in diesem öden Kreislauf war Natascha.

Sobald sie sprechen konnte, nannte sie sich selbst Nini, es war richtig, es paßte zu ihr.

Sie hatte pfirsichfarbene Bäckchen mit einer Spur Rosa darin und kugelrunde schwarze Augen, in denen sich die Welt spiegeln würde. Sie war sehr ernsthaft. Wenn man ihr etwas erklärte, dann hielt sie ganz still und schien es zu verstehen. Manchmal hielt sie mitten im Spielen inne, guckte stumm vor sich hin und schien zu überlegen, in was für eine Sippschaft sie da geraten war und wieso.

Sie sah weder Christamaria noch Rudi ähnlich und auch nicht einem von den Alten, insofern hatte sie Glück gehabt. Sie war wirklich etwas Besonderes. Und vielleicht, dachte ich manchmal, schaffte sie es ja, etwas Besonderes zu bleiben, ohne daß es ihr ausgetrieben wurde.

Die Leute hier hatten ein Gespür dafür und ließen es nicht zu, daß sich das Ungewöhnliche entfalten konnte und groß wurde. Wenn sie etwas nicht verstanden, merzten sie es immer gleich aus.

Kurz vor meinem fünfzehnten Geburtstag traf ich plötzlich Sara wieder. Ich hatte sie immer nur kurz mal an der Trinkbude gesehen, wenn ich für den Alten Bier und sie für sich Süßigkeiten kaufte. Nach langem Hin und Her hatte sie vor zwei Jahren endlich den Sprung auf die Realschule geschafft, und selbst da hatte sie Schwierigkeiten und brachte es nicht fertig, ohne Hilfe über die Runden zu kommen. Dann traf ich sie unvermutet vor dem Bistro in der Ladenstraße – die Antwort der Siedlungsplaner auf die richtigen Straßencafés in richtigen Straßen. Es war ein öder Laden, in dem man immer bloß dieselben Leute sah, dieselben, die rumsaßen, und dieselben, die vorbeigingen und denen man nachsehen konnte, wie sie ihre Einkaufstüten aus dem Supermarkt in ihre Behausungen schleppten. Die Jugendlichen, die noch zur Schule gingen, saßen nachmittags in diesem Bistro, und die, die schon älter waren und eigene Wohnungen hatten, schleppten die Tüten oder schoben die Kinderwagen mit ihren plärrenden Nachkommen. Man konnte immer schon sehen, was man in einigen Jahren machen würde: daß man dann selbst die Tüten schleppen würde und die Zwerge, die jetzt im Sandkasten herumbrüllten, im Bistro sitzen und einem nachgaffen würden.

Ich saß da mit Adrian, den ich zufällig dort getroffen hatte, und Sara ging vorbei. Ich rief sie an. Sie blieb stehen und kam zögernd näher. Irgendwie war sie immer schüchtern gewesen, komisch, wo sie doch so viel Geld hatten, aber wahrscheinlich wußte sie, daß sie trotzdem beschissen aussah und sich die teuren Klamotten über ihrem Bauch spannten und gar nicht richtig zur Wirkung kamen. Vielleicht war sie aber auch immer bloß bei mir so schüchtern, weil ich schnell reden kann und sie nicht. Sie drückte sich immer so umständlich aus, und so dämlich, das nicht zu wissen, war sie auch wieder nicht.

Ich fragte mich insgeheim, ob sie wohl schon mal einen Freund gehabt habe, aus dem Club vielleicht, in den sie immer ging, aber als ich sie jetzt so sah, kam es mir doch unwahrscheinlich vor. Ich hätte jede Menge Jungs haben können, die aus der Schule und welche aus der Siedlung, sie pfiffen mir nach und glotzten, und es machte mir Spaß, sie anzumachen und dann stehenzulassen, das war überhaupt das einzige, was man mit ihnen machen konnte, sie anturnen und dann stehenlassen. Es machte mehr Spaß als alles andere.

Ja, wir saßen also in diesem Bistro, Adrian und ich, und hatten gerade angefangen, uns ein bißchen zu langweilen. Man langweilte sich jetzt immer schnell mit Adrian, denn seit neuestem schenkte er seiner Sippschaft die Gnade der Beachtung immer seltener. Er war schon immer schweigsam, aber so schlimm wie er es zuletzt trieb, ist es früher doch nicht gewesen.

Die Beziehung zwischen ihm und mir hatte seit einigen Jahren auch einen Knacks, genauer seit der Geschichte mit den Pornobildern. Er konnte mir das irgendwie nicht verzeihen, und deshalb wurde ich immer wieder daran erinnert. Vielleicht, dachte ich manchmal, hätte er mich aber auch ohne das laufen lassen, weil ich ihm einfach zu blöd war, zu blöd, wie die anderen, aber das würde ich nun nie mehr feststellen können.

Mir tat es leid darum, denn er war der einzige von der ganzen Bagage, den ich wirklich hätte lieben können, außer Nini vielleicht, doch das war wieder etwas anderes. Und dann war er der einzige, mit dem man sich echt nie zu schämen brauchte, er sah nämlich wirklich toll aus!

Ich selbst merkte das gar nicht mehr so, man merkt es nie, wenn man von klein auf zusammen ist und sich täglich sieht. Aber immer, wenn ich mal mit ihm über die Straße ging, dann fiel mir auf, daß ihn die Weiber anglotzten, die aus der Siedlung sowieso, aber auch die anderen, die Schicksen, die selbst tolle Kerle haben konnten und es gar nicht nötig hatten, neidisch hinterher zu gucken. Aber sie taten es ohne Ausnahme, wahrscheinlich, weil sie einfach nicht anders konnten. Ich freute mich und fühlte mich auf eine besondere Art wertvoller.

Ich sah also Sara vorbeigehen und rief sie, schon weil ich gerade zufällig mal mit dem schönen Adrian dasaß und sehen wollte, wie sie glubschte. Sie hatte mir eigentlich nie was getan. Im Gegenteil, früher, als wir noch in dieselbe Klasse gingen, da war sie immer richtig bemüht gewesen, alles so zu machen, wie ich es wollte. Sie hatte immer gehofft, daß ich ihre Freundin würde, wahrscheinlich, weil sie sonst keine Freundin hatte und ich ihr manchmal vorsagte, aber trotzdem war's mir doch immer eine Freude, wenn ich ihr eins auswischen konnte. Irgendwie hatte man immer das Gefühl, daß es ihr mal einer zeigen müßte, wenn ihr das Leben sonst schon alles geschenkt hatte, und vielleicht konnte man einfach nicht ertragen, daß ihr Alter sie immer mit dem Schlitten bis vors Schultor fuhr, damit sie ihr Schultäschchen nicht selbst zu schleppen brauchte.

Es machte mir auch jetzt wieder Spaß, daß Adrian neben mir saß, als ob's ganz selbstverständlich wär', daß wir so dasaßen und uns unterhielten, und daß ich was hatte, was sie nicht hatte und auch nie kriegen würde.

Ich winkte ihr zu, und sie kam rauf auf die Terrasse, und es war eine Lust zu sehen, wie sie auf Adrian abfuhr. Ich hätte ihr gar nicht zugetraut, solche Gefühle in sich zu haben, so pomadig und langweilig, wie sie immer aus der Wäsche guckt, und mit 'nem Jungen hatte ich sie auch noch nie gesehen. Aber jetzt mit Adrian, das war schon 'ne tolle Nummer.

Sie war wie vom Donner gerührt, und pflanzte sich neben ihn und legte ihre Hand fast auf seine, und als ich ihr sagte, daß sie doch sicher einen Nachhilfelehrer brauche und der, den sie brauche, genau neben ihr sitze, da fiel sie vor Aufregung fast vom Stuhl.

Ich betrachtete mir das Spiel voller Interesse, denn daß jemand so auf einen abfährt und sich's so anmerken läßt, das sieht man doch nicht alle Tage, nicht mal in der Siedlung, wo die Tanten ziemlich dämlich sind, wenn's um das geht. Interessant war auch zu sehen, wie bescheiden sie im Grunde trotz all ihrer Klamotten und der Villa war, denn einen Typen wie Adrian als Nachhilfelehrer zu kriegen und sonst nichts, das wär' für mich noch lange kein Grund, vor Dankbarkeit zu schwitzen und Kaninchenaugen zu kriegen. Aber dankbar ist sie eigentlich schon immer gewesen. Man brauchte sich früher bloß mal nachmittags mit ihr an der Trinkbude verabreden und dann auch pünktlich da zu sein, und sie fing auch schon fast an zu flennen vor Freude und wollte gleich den nächsten Tag wieder und wieder... sie kriegte es nie über und ich hab's schon damals komisch gefunden.

Wir machten das mit der Nachhilfe dann klar, und sie verabschiedete sich ganz unerwartet schnell und trabte ab, als ob's ihr zuviel würde und sie so viel Glück auf einmal nicht ertragen könnte.

Adrian sah ihr ziemlich verblüfft nach und fragte, wer denn dieses Masthühnchen sei und ob ich sie schon lange kenne, und ich erzählte ihm, daß sie kein großes Licht sei, aber unverschämt reich und daß sie aus dem Villenviertel komme und am Forst 'ne Riesenvilla mit allem Drum und Dran habe.

Er fragte dann noch nach Einzelheiten, und es schien ihn doch zu beeindrucken. Äußerlich tat er immer ganz cool, als ob das, was andere hatten, ihn vollkommen kaltließe, als ob er sich sogar davor ekeln würde, aber innerlich war's bei ihm wie bei jedem. Auf 'ne tolle Karre, da fuhr er genauso ab wie jeder andere, bloß daß er nicht davor stehen blieb und hinglotzte.

Was Sara anging, so sagte er, daß sie auf ihn einen ziemlich beschränkten Eindruck gemacht habe, aber er fänd's grade gut so, denn so könne er womöglich zum Forst gehen und Nachhilfestunden geben, solange er wolle. Wenn er Glück hatte, dann würde er sich nach und nach das gesamte Geld für Kansas bei denen am Forst holen gehen. Er war richtig vergnügt an diesem Nachmittag, ich hatte ihn schon lange nicht mehr so gesehen.

Mutter war total dagegen, daß Adrian im Villenviertel Nachhilfestunden gab. Sie keifte herum, er solle sich gefälligst jemanden aus der Siedlung suchen, da gebe es genügend, die Hilfe brauchten, und dann müsse es ja auch nicht unbedingt ein Mädchen sein. Ein Junge aus der Nachbarschaft, schlug sie vor, das wäre das Richtige, und die würden es auch zu schätzen wissen, und es käme etwas Gescheites dabei heraus.

Wie üblich hörte Adrian gar nicht hin, sondern schob sie zur Seite, ging in sein Zimmer und machte ihr die Tür vor der Nase zu. Sie hatte nicht den Mut, einfach hinterherzugehen, aber sie blieb vorn im Flur stehen und keifte noch eine Weile gegen die Tür an, daß sie es doch nur gut meine und ihre Erfahrungen habe und doch bloß ein Unglück verhüten und ihren Kindern Kummer und Ärger ersparen wolle... Ich sah sie so dastehen und gegen die Tür anflehen, daß der, der dahinter war, sie verstehen möge, und mit anderen Worten wollte sie wohl ausdrücken, daß sie ihn lieb hat. So direkt sagen konnte sie es nie, es kam immer irgendwie verquer raus, man hatte nichts davon, und ich dachte, daß von gewissen Leuten geliebt zu werden verdammt wenig Spaß macht.

Abends beschwerte sie sich dann bei dem Alten, daß Adrian hinter einer aus dem Villenviertel her sei und daß es ein Unglück geben werde und der Alte mit ihm reden solle. Dem Alten war's auch nicht recht, aber er hatte keine Lust, darüber zu reden, und außerdem wußte er nicht, was er machen sollte. Er wußte nie, was er machen sollte, und das regte die Alte noch mehr auf.

Sie holte sich schließlich die Prinzessin rauf in die Küche, und sie kochten sich Kaffee und beratschten den Fall von vorn bis hinten, und die Prinzessin war natürlich ebenfalls sofort dagegen. Schon deshalb, weil sie immer etwas brauchte, gegen das sie anstänkern konnte. Abends, nach Feierabend, wenn sie die Kasse in der Kaufhalle abgeschlossen und ihre Teppichböden gesaugt hatte, dann gierte sie förmlich nach jemandem, über den sie sich ereifern und den sie mit ihrer Rasierklingenzunge in kleine Stücke zerhacken konnte. Also was diesen Punkt angeht, da war sie wirklich talentiert und brachte es fast noch weiter als die Alte, und die war schon unbestrittene Meisterin ihres Fachs. So saßen sie sich also am Küchentisch gegenüber, Mutter und Tochter, vor kurzem noch Feindinnen, heute Komplizinnen, die in demselben Boot saßen und in die gleiche Richtung steuerten. Die Alte hatte das Stichwort gegeben, und wie üblich stieg Christamaria voll drauf ein und konnte und konnte nicht aufhören, nachdem sie erst mal angefangen hatte.

Also Adrian und eine aus dem Villenviertel, ha, daß sie da nicht lachen mußte, und Nachhilfestunden, zu ihrer Zeit, da hatte man das noch anders genannt, das konnte er vielleicht seiner Oma erzählen, aber nicht ihr, Christamaria Kritz, geborene Tetzlaff, wer weiß, in welchem Fach die kleine Ratte Nachhilfe brauchte, der feine Herr glaube wohl, daß er was Besseres sei, es gab so viele nette Mädchen in der Siedlung, aber nein, eine Am-Forst-Lise mußte es sein, eine, die sich die Schuhe vom Personal zubinden ließ, aber wenn er sich da man bloß nicht verrechnete, so schnell ließen einen die feinen Herrschaften nämlich nicht hinter ihre Fassaden gucken, überhaupt, als wenn die darauf angewiesen wären, daß ihnen ein Adrian Tetzlaff aus dem Neubauviertel Bildungsunterricht gab, es war noch nicht lange her und sie hatten versucht zu verhindern, daß das Neubauviertel überhaupt gebaut wurde, die würden heute noch die Hälfte ihres Vermögens geben, wenn man die ganze Siedlung mitsamt ihren Bewohnern plattwalzen würde, daß kein Halm mehr stehenblieb. Wetten?

Die Alte nickte, sie fühlte sich bestätigt. Beide griffen zu ihren Tassen. Er scheine ihr überhaupt ein bißchen hochmütig geworden zu sein, der Herr Bruder, meinte Christamaria, na, er werde schon wieder auf den Teppich zurückfinden, man plumpse ja von selbst runter, Gott sei Dank, das sei ja nicht so schwer, das gelinge selbst den Dümmsten.

Hahaha.

Die am Forst hatten doch sowieso für ihre Tochter was anderes, 'n Fabrikbesitzersohn oder so, sie würde sich ja überhaupt schieflachen, wenn das ausgerechnet dieselbe Sippschaft wär', bei der Mutter früher mal geputzt hatte. Da konnte man sich ja mal einladen, und Mutter konnte den Kaffee dann gleich selbst kochen, sie kannte sich in dem Stall ja aus, wahrscheinlich besser als das Gör selbst... Und so palaverte sie und palaverte sie, man wurde ganz müde davon.

Ich saß mit am Tisch und machte Aufgaben und mußte zuhören, denn im Wohnzimmer saß der Alte und sah sich eine Quizsendung im Fernsehen an und da zuzuhören war fast noch schlimmer. Adrian ließ einen nie in seinem Zimmer sitzen, auch wenn man ganz still saß und lernte und er nichts weiter vorhatte, als auf dem Bett zu liegen und zu lesen, aber selbst dabei wollte er absolut allein sein.

Also mußte ich bei den Tanten bleiben, ihren Quatsch mit anhören und dabei so tun, als ob ich lernte und gar nicht wirklich hinhörte, denn das wollten sie auch nicht. Sie konnten einen schon ziemlich fertigmachen, und manchmal begriff ich auch den Alten, daß er nämlich eines Tages einfach aufgegeben und sich in sein Schweigen zurückgezogen hatte.

Was mich bei den Weibern besonders aufregte, war, daß sie sich niemals was anderes vorstellen konnten, als daß man mit den Jungs was anfangen und alles in einer Wahnsinnskatastrophe enden würde. Daß man nur mal so mit einem zusammen sein wollte, nur mal so zum Reden, oder daß Adrian diese Sara überhaupt nicht toll fand, sondern sich bloß mal 'n paar Mark verdienen wollte und sich sonst gar nichts dabei dachte, das konnten sie sich einfach nicht vorstellen. Die Alte war schon immer so gewesen, daß sie einen mit ihrer Schnüffelnase verfolgte und einen wegzerrte, wenn man mal so stehenblieb, wo Männer oder Jungs waren. Und bei Christamaria, die sich früher soundso oft weggestohlen hatte, da fing das auch schon an. Sie wurde der Alten überhaupt immer ähnlicher, außen und innen, man konnte es förmlich riechen. Wenn ich so sah, wie sie da am Küchentisch saß und ihre Moralpredigten hielt oder in den Möbelprospekten wühlte, die uns täglich in den Briefkasten gesteckt wurden, und wie sie schon wieder gierige Augen kriegte, wenn sie die abgebildeten Couchgarnituren sah, obwohl sie auf ihrer kaum zwanzigmal gesessen hatte – dann dachte ich, daß ich aufpassen müsse und daß ich auf keinen Fall so werden dürfe wie sie, oder ob das wohl mit einemmal so über einen komme? Denn auch sie hatte eine Zeit gehabt, in der sie mit der Alten kaum sprechen wollte und glaubte, anders zu sein und eine andere Zukunft zu haben. Irgendwie hatte es bei ihr mit Rudi angefangen und mit Nini und der Wohnung, und ich dachte, daß es vielleicht mit dem Heiraten zusammenhänge, und daß sie in die Falle rennen, um den Speck zu fressen, und dann drin festklemmen. Wie üblich kümmerte sich Adrian gar nicht um das Gezänk, sondern begann bald darauf regelmäßig zum Forst zu gehen. Er sagte natürlich nichts davon, aber man merkte es, weil er vor den Stunden ewig im Bad verschwand und an sich rumstriegelte. Er fuhr auch samstags in die Stadt und kam mit Tüten zurück, in denen Hemden waren, die er sich gekauft hatte. Er kaufte immer wieder andere und trug jedesmal ein neues, wenn er zum Forst ging, und wenn man ihn darauf ansprach, dann wurde er grob und schrie einen an.

Ich dachte, daß es wohl nicht möglich sein konnte, daß er sich in dieses Trampeltier von Sara verliebt hatte, aber wenn man sah, mit wieviel Mühe er sich zurechtstutzte und wieviel Geld er für Hemden ausgab, dann gab es keine andere Erklärung dafür. Ich hätte Sara gern mal selbst nach dem Stand der Dinge gefragt, aber leider sah ich sie nie, und direkt hinzugehen zum Forst, um sie zu besuchen, das brachte ich auch nicht fertig.

Es war gerade eine langweilige Zeit, ich hatte nachmittags oft nichts zu tun, weil Christamaria nur noch halbtags arbeitete und Nini bei sich behielt. So nahm ich halt Adrian aufs Korn und verfolgte ihn, um endlich rauszukriegen, was er eigentlich trieb, und weil mir seine verschwiegene Art schon lange auf den Geist ging. Außerdem ging mir der Sommer auf die Nerven, der dauerte und dauerte und kein Ende nahm und bleischwer zwischen den Hochhäusern hing, daß man ganz müde davon wurde. Man kriegte richtig Sehnsucht danach, daß endlich irgendwas passierte, damit der Sommer aufhörte.

Die Erde hätte bersten können, und es wäre mir recht gewesen. Ich begann, Adrian zu beobachten.

Er ging regelmäßig zu den Nachhilfestunden, zweimal die Woche, dann dreimal die Woche, dann noch öfter und er kam immer später davon zurück. Es wurde manchmal Abend, und er war immer noch nicht von den Nachhilfestunden zurückgekehrt.

Schließlich nahm ich seine Verfolgung auf, ging ihm nach und sah, daß er vor dem Bistro haltmachte und sehr eilig hineinging. Er hatte an diesem Tag eines seiner neuen Hemden an und die Jeans, die er immer trug, und einen Pulli, den ihm Christamaria aus der Kaufhalle mitgebracht hatte, weil sie sie da billiger kriegt. So ausstaffiert ging er in das Bistro hinein.

Er kam als Star wieder heraus!

Ich hätte nicht gedacht, daß Klamotten einen Menschen derart verändern können. Er trug jetzt Hosen aus diesem teuren Knitterstoff, den bei uns in der Siedlung keiner hat, und ein modisches Hemd aus Seide, mit weiten, flattrigen Ärmeln und über der Schulter eine Jacke aus sehr weichem Leder. Er hatte einen ganz anderen Gang als den, den er vorher hatte, und er sah aus wie einer der Typen vom Fernsehen, wenn sie auf die Bühne springen, ein Mikro schwenken und »Lovely sunshine« singen.

Ich stand wie blöd hinter der Trinkbude versteckt und glotzte diesen fremden Typ an, der mein Bruder gewesen war und jetzt ein toller Kerl, dem alle Türen offenstanden. Es war eine Wahnsinnsnummer, es war fast wie im Krimi. Mir wurde richtig kribblig im Bauch, und ich sah, wie die gelbgefärbte Nutte, die neuerdings im Bistro bediente, auch ganz geil hinter ihm hergaffte, obwohl sie sonst nie nach den Jungs guckt, die auf der Terrasse rumhängen und Cola für zweizwanzig trinken. Man sagte, daß sie bloß auf richtige Männer scharf sei, auf so Einreihertypen, vom Audi an aufwärts.

Aber jetzt, als Adrian vorbeikam, da schepperte ihr das Tablett in der Hand, und sie verrenkte sich den Hals, daß man dachte: gleich bricht er ihr ab.

Adrian ging schnurstracks Richtung Forst, und ich konnte ihm gut folgen, anfangs noch vorsichtig, so an den Büschen und den Vorgärten entlang, und dann ganz offen, denn er drehte sich nicht um. Er hatte den Kansas-City-Gang eingelegt, und wenn er so ging, dann verfolgte er irgendein Ziel, und es interessierte ihn nicht, was hinter ihm war.

Am Forst 30 machte er halt und klingelte, und dann geschah etwas Unglaubliches. Die Mutter von Sara kam heraus, so eine typische Villenzicke, dünn wie ein Faden und braun, wie sie da immer sind, und sie lief auf ihn zu und lachte und küßte ihn ganz leicht auf die Wange. Und er sagte was zu ihr, und sie lachten beide, und dann verschwanden sie in der Garage und kamen mit dem Landrover wieder heraus: mein Herr Bruder hinter dem Steuer. Sie saß neben ihm und ließ die eine Hand lässig aus dem Fenster hängen, und mit der anderen kraulte sie ihm die Haare im Nacken.

Sie war mindestens fünfzig.

Natürlich sah sie toll aus, mit ihrer Figur, die zehnmal besser war als die von Sara. Sie hielten sich ja alle merkwürdig frisch, diese Villenschicksen, richtig konserviert wirkten sie, so, als wenn man sie mit dreißig eingefroren hätte. Aber sie war mindestens fünfzig!

Ich stand hinter der Litfaßsäule auf der anderen Seite und sah ihnen nach, bis sie um die Ecke bogen und alles wieder still war. Die Hitze brütete über der leeren Straße und den leeren Gärten, über den Dächern der leeren Häuser, sie stieg aus dem Asphalt hoch, und ich hatte auf einmal das Gefühl, daß es in der ganzen Straße nichts gab als mich und diese schreckliche Hitze dieses monotonen, nicht enden wollenden Sommers.

Ich ging nach Hause. Ich mußte darüber nachdenken. Manchmal kann ich etwas nicht gleich fassen, habe gar kein Gefühl dafür. Ich muß dann erst irgendwohin und Zeit vergehen lassen, um drüber nachzudenken. Zu Hause war es jetzt ruhig und leer, und ich konnte am Küchentisch sitzen, die Wand angucken und alles in Ruhe an mir vorbeiziehen lassen.

Ich brauchte ziemlich lange, um zu kapieren, um was es ging und daß auch Adrian ein ganz fremder Mensch war, den man gar nicht kannte, obwohl man mit ihm verwandt war und zusammenlebte. Er war so fremd, wie der Alte plötzlich fremd geworden war, als ich ihn mit den Pornos erwischte, und Mutter, weil sie ihn deckte, obwohl sie ihn mit Sicherheit nicht mehr liebte, und Christamaria, die heute alles wegkeifte, für das sie vor einigen Jahren noch ihr Leben hingeblättert hätte. Ich dachte, daß die Schickse ihn sicher bezahlt, damit er sie im Auto rumfährt und mit ihr schläft. Ich hatte das im Fernsehen gesehen, daß die reichen Tanten sich einen Jungen halten, den sie sich rausputzen und bezahlen, damit er mit ihnen ins Bett geht, weil der eigene Typ, dem sie das ganze Geld zu verdanken haben, schon zu abgeschlafft ist, um es selbst mit ihnen zu tun. Ich hatte auch von Strichjungen gehört, die's mit jedem treiben, solange er nur genügend Zaster hat, und dachte, daß Adrian dann wohl so eine Art männliche Nutte war, so wie die, die sie im Film gezeigt hatten.

Ich dachte das erst mal in Ruhe zu Ende, und dann stellte ich fest, daß es mich irgendwie freute. Das heißt, freuen tat's mich eigentlich nicht, es machte mir eher so ein kitzliges Gefühl im Bauch, und es war aufregend, und irgendwie fand ich's toll, daß etwas geschah, über das ich nachdenken konnte, und daß sich endlich mal was änderte in unserem Leben, etwas Großes und nicht immer bloß die Couchgarnituren und die Küchentapete.

Ich sprach Adrian darauf an, als ich ihn endlich mal zu fassen kriegte, und bot ihm meine Hilfe an. Ich fragte ihn, ob ich die tollen Klamotten, die er für seinen neuen Job brauche, für ihn irgendwo verstecken und sie ihm nachbringen solle, damit sie der Alten nicht in die Hände fielen und alles auffliege.

Er sah mich mit seinen dunklen Augen an, in die man seit einiger Zeit nicht mehr hineingucken konnte, weil sie den Blick sofort abwiesen, anstatt ihn anzunehmen, und dann sagte er, daß er Sara Nachhilfestunden gebe und Frau Gerlach seinen Stundenlohn erhöht habe, damit er den Führerschein machen könne.

»Und die Klamotten?« fragte ich lauernd. »Diese tollen Klamotten, die hast du dir auch von dem Nachhilfegeld gekauft? Alles von dem bißchen Nachhilfegeld?«

Nein, sagte er, die habe Frau Gerlach ihm geschenkt. Sie bezahle ihm auch Trainerstunden für Tennis und lasse ihn in ihrem Wagen rumfahren, es komme bei denen nicht so drauf an, und sie tue es einfach, weil sie ihn nett finde.

Er sagte das alles so ganz natürlich, so selbstverständlich, als ob gar nichts dabei wäre, und so, daß man's glauben mußte, und die Erkenntnis haute mich echt um. Sie gab ihm Klamotten, ließ ihn Tennis spielen und im Wagen rumfahren und alles umsonst, bloß weil sie ihn nett fand. Und er hatte gar nichts dafür zu tun, als einfach hinzugehen, für sie da zu sein, zu lächeln und toll auszusehen in den Klamotten, die sie ihm gekauft hatte, weil es bei denen nicht so drauf ankam.

Adrian sagte, daß er meine Hilfe nicht brauche, und daß ich im übrigen schon genauso wie die Alte und Christamaria würde, die auch an allem was Dreckiges fänden, daß ich ganz genauso würde und daß es sich schon lange abzeichne. Dann ließ er mich stehen und schloß die Tür hinter sich zu. Ich ging aufs Klo, um in Ruhe zu heulen.

Es war schon lange nicht mehr passiert, das letzte Mal wegen der Sache mit den Pornobildern, aber heute mußte ich einfach heulen, es ging nicht anders. Ich konnte nicht fassen, daß Adrian alles geschenkt kriegte, bloß weil sie ihn nett fanden.

Ich wußte nicht, warum mich diese Tatsache derartig fertigmachte. Es war doch an sich gar nichts dabei, er hatte ein bißchen Glück gehabt, sonst nichts, und doch saß ich hier auf dem Klodeckel, und die Tränen stürzten mir aus den Augen, daß ich dachte, es höre nie mehr auf. Und dann kam der Alte, rappelte an der Tür und schrie, er müsse mal und der, der drin sei, solle sofort aufmachen.

Ich wusch mir das Gesicht und dachte, daß das Beschissenste an meinem Leben war, daß man nie mal in Ruhe was machen konnte, daß man sich nicht mal in Ruhe ausheulen konnte und daß da immer jemand war, den's störte, und ich keinen einzigen Platz auf der Welt wirklich für mich hatte. Adrian hatte sein eigenes Zimmer und seine Bücher und Kansas City und Sara und außerdem noch diese reiche Schickse vom Forst.

Ich merkte, daß ich den Gedanken nicht ertragen konnte, daß er so viel hatte und ich gar nichts, und dachte, daß ich es ihm wegnehmen müsse, um wieder freier atmen zu können.

Ich ging gleich am nächsten Tag zu den Jungs, die ich früher immer an der Trinkbude getroffen hatte und die jetzt meistens auf der Terrasse vom Bistro herumhingen, tranken und sich großtaten. Ich traf sie noch immer dann und wann, wenn ich nichts Besseres zu tun hatte und mich langweilte, und sie nahmen mich wie immer in ihren Kreis auf, weil wir früher Geschäfte miteinander gemacht hatten, zu der Zeit, als ich ihnen Pornos gegen Motorradhelme anzubieten hatte. Irgendwie dachten sie wohl, daß man mich deshalb ernst nehmen könnte. Ich setzte mich zu ihnen, ließ mir was ausgeben und rauchte eine mit, und dann sagte ich ihnen, daß ich 'nen heißen Tip hätte, wie man diese endlosen, öden, heißen Sommernachmittage hinter sich bringen könnte, ohne langsam, aber sicher zu verblöden.

Sie waren sofort gut drauf, wie immer, wenn man ihnen dabei hilft, für ein paar Stunden der Langeweile zu entkommen, die das größte Problem ist, das sie haben.

Ich sagte, daß sie mal nachmittags so gegen fünf zum Club gehen sollten, richtig auf die Anlage, am Clubhaus vorbei bis dahin, wo die Plätze anfangen, und daß sie da was zu sehen kriegten, was man nicht alle Tage zu sehen kriegt. Ich stachelte ihre Neugier an, und dann sagte ich, daß da nämlich unser Freund Adrian neuerdings mit einer fünfzigjährigen geilen Millionärszicke Tennis spiele und daß sie ihn dafür bezahle, damit er's tue.

Wie erwartet johlten sie los und schrien, daß sie das gleich morgen machen würden und noch 'n paar dazuholen, damit's 'ne richtige Rotte werde, und daß sie dann ganz ruhig am Spielfeldrand Aufstellung nehmen und nur dreckig grinsen wollten. Sonst nichts, geschlossen hingehen und sich an den Rand stellen und dreckig grinsen. Das konnte ihnen schließlich keiner verbieten. Es kam richtig Leben in die müden Knaben, und sie redeten hin und her, und man sah, daß ich ihrem Dasein wieder Auftrieb gegeben hatte und zumindest der nächste Tag gerettet war. Die Jungs hatten Adrian nie leiden können, weil er ein Außenseiter war, nie was mitmachte und immer allein ging, und solche haben es in der Siedlung nie leicht gehabt.

Ich merkte sofort, daß sie dagewesen waren!

Man sah es seinem Gesicht an, als Adrian an dem betreffenden Abend nach Hause kam, früher als gewöhnlich und noch verschlossener als sonst. Er ging in sein Zimmer und schloß die Tür hinter sich ab. In der kommenden Zeit blieb er immer seltener abends weg, und schließlich kam er direkt nach den regulären Nachhilfestunden nach Hause und zog sich auch nicht mehr extra dafür um. Und ich dachte, daß man sich gar nicht aufzuregen braucht und daß mit der Zeit alles wieder in die Reihe kommt. Man mußte nur abwarten und ein bißchen Geduld haben und 'n kleines Rädchen drehen, dann kamen die großen in Schwung.

Der schreckliche Sommer ging schließlich zu Ende, und es war wie immer. Adrian blieb jetzt manchmal vor der Terrasse des Bistro stehen. Einmal sah ich, wie er mit der Gelbgefärbten ins Kino ging. Aber das regte mich nicht weiter auf, weil's normal war und man von vornherein wußte, daß es nicht dauern würde.

Eines Abends traf ich Sara wieder.

Sie war womöglich noch fetter geworden, und ich traf sie vor der Trinkbude, wo sie sich Süßigkeiten kaufte. Ich freute mich, sie zu sehen, und brachte das Thema auf Adrian. Ich merkte, wie sie rot wurde und aufgeregt herumstotterte, und daran erkannte ich, daß sie in Adrian verliebt war. Ich tat so, als ob ich von dem ganzen Kram mit Adrian und ihrer Mutter und den Klamotten, die sie ihm gekauft hatte, nichts wüßte, und erzählte ihr genüßlich, daß Adrian neuerdings was mit der Nutte vom Bistro hätte. Sie fiel sofort drauf rein! Es war eine Wonne zu sehen, wie sie vor Schreck die Augen aufriß und mich stumm vor Entsetzen ansah. Dann nahm sie ihre Bonbontüten und lief weg von mir, als ob ich der Teufel persönlich sei. Und ich dachte, daß sie, von den Süßigkeiten einmal abgesehen, nicht viel vom Leben hat und daß sie nichts festhalten kann, und wenn es ihr direkt vor die Füße fällt.

Ich hatte Bier für den Alten gekauft wie an jedem Abend und dachte, daß es gut war, daß der Sommer zu Ende ging und es Winter wurde und die Dunkelheit kam, und wie gut es täte, wieder in der Küche zu sitzen und Aufgaben zu machen und mit Nini zu spielen.

Ich sah Sara lange nicht wieder. Der Winter kam und verging, und im Frühjahr machte Adrian das Abitur und ging zum Bund.

Sein Zimmer wurde frei, und ich packte die Klamotten in Pappkartons, schob sie unter das Bett, hängte Plakate an die

Wand und stellte meine Bücher in das Regal, wo vorher seine gestanden hatten.

Die Alte palaverte herum, daß ich nicht so viel verändern solle und daß es sich für die kurze Zeit nicht lohnen würde.

Aber ich wußte, daß es sich lohnte, weil Adrian nämlich nicht wiederkommen würde.

Als wenn's nicht scheißegal wär',
ob ich ihn liebe.
Er liebt mich!

Sara

Der Umbau des gesamten unteren Traktes brachte es mit sich, daß unser Familienleben neuen Auftrieb bekam.

Gil und Mac sprachen plötzlich wieder miteinander.

Gil hatte es nach jahrelangen Anläufen endlich durchgesetzt, daß der Swimmingpool im Keller durch einen Sauna- und Fitneßraum ersetzt wurde. Der Pool war zuletzt von keinem mehr richtig genutzt worden und ruinierte lediglich den unteren Trakt, so daß man sich geradezu schämte, mal jemanden hinunterzuführen. Außerdem war es peinlich, seit Jahren wie selbstverständlich Bergs Sauna zu benutzen, ohne sich jemals revanchieren zu können.

Mac dachte daran, den Sauna- und Fitneßraum nach hinten heraus zu bauen und den Swimmingpool zu lassen, wie er war, aber der Anbau hätte die Gartenanlage stark verkleinert und wäre zudem ein geradezu abstoßender Anblick gewesen, wenn man auf der Terrasse saß. Besser wäre es dann schon, alles einfach im Boden einzugraben und einen Verbindungsgang vom Schwimmbad zum Fitneßraum zu schaffen, eine moderne Konstruktion mit Licht von oben, eine Idee, für die Gil sich zunächst sehr erwärmen konnte. Doch dann kamen ihr Bedenken, ob die Bepflanzung nicht zu großen Schaden nehmen und man die unterirdische Sauna nicht letztendlich mit unerwünschten Einblicken von der Straße her bezahlen würde. Schließlich hatte es jahrelang gedauert, bis es so weit war, daß man wirklich unbeobachtet in der Sonne liegen konnte, und was diesen Punkt anging, war Gil ausgesprochen heikel.

Nachdem endlich geklärt war, daß der Swimmingpool weichen mußte und an seiner Stelle eine Sauna und der Fitneßraum entstehen würden, ging Gil ans Telefon und rief sämtliche Freundinnen an, um ihnen zufrieden mitzuteilen, wie sehr sie den geplanten Umbau fürchte und daß der damit verbundene Dreck und die Unruhe sie wahrscheinlich umbringen würden. Welche Strapaze für Seele und Körper. Sie wiederholte dies mit so viel Genugtuung, daß man meinen konnte, eine Strapaze für Nerven und Körper sei exakt das gewesen, was ihr in den letzten Jahren gefehlt hatte.

Der Umbau des unteren Traktes hielt auch den Alten neuerdings wieder öfter zu Hause, und sie saßen wie früher zusammen, tranken Whisky und hatten ein faszinierendes Thema, und wenn sie sich zufällig irgendwo im Hause begegneten, dann konnte man richtig merken, daß sie sich kannten. Eine interessante Sache, nachdem man in den vergangenen Jahren eher den Eindruck hatte, daß sie sich noch nie im Leben gesehen hatten. Über der Planung entdeckten sie alte Gemeinsamkeiten, und es wurden Architekten eingeladen, mit denen sie nächtelang zusammensaßen und Pläne machten, um sie anschließend wieder zu verwerfen.

Gil blühte richtig auf. Am Morgen nach solchen Planungsabenden hängte sie sich gewöhnlich ans Telefon, rief ihre Freundinnen an und erzählte, wer was gesagt und vorgeschlagen und wieder verworfen hatte, und zwitscherte in den höchsten Tönen, daß sie gar nicht daran denken dürfe und daß sie jetzt schon mit den Nerven herunter sei und gar nicht wisse, wie sie das alles, was da in Kürze auf sie zukomme, überstehen solle.

Nachmittags kamen dann die Schicksen, mit denen sie morgens telefoniert hatte, warfen ihre Pelze über die Sessellehnen, nahmen auf der Sofakante Platz und erzählten ihrerseits von ihrem Umbau vor zwei Jahren, den sie lediglich mit knapper Not und am Rande des Wahnsinns überstanden hätten. Mir kam's vor, als ob das gemeinsame Erlebnis des Umbauens und das gemeinsame Beinahe-daran-zugrunde-Gehen eine neue Verbindung zwischen ihnen herstellte, denn es tauchten plötzlich sogar Schicksen auf, die ich bereits seit Jahren nicht mehr bei uns gesichtet hatte.

Es kamen also dann die Handwerker, murksten unten im Keller rum und machten alles falsch, was man nur falsch machen konnte, und Gil stöckelte zwischen all dem Zement und dem Dreck herum und gab Anweisungen. Abends rief sie dann der Reihe nach ihre Freundinnen an und leierte sich aus, wie langsam alles vorangehe und daß sie noch verrückt werde, und hörte sich an, daß die anderen bei ihrem Umbau vor zwei Jahren auch fast verrückt geworden seien.

Ich dachte, daß sie wahrscheinlich alle schon vorher nicht richtig getickt hatten und nun froh waren, einen Grund dafür gefunden zu haben.

Die alte Mußmeier kam schon morgens um halb acht ins Haus und schuftete wie eine Verrückte, derweil Gil am Telefon hing und erzählte, daß sie noch wahnsinnig werde vor lauter Arbeit und gar nicht wisse, was sie ohne »ihre« gute Mußmeier täte.

Es war mir schon immer aufgefallen, daß Gil gern von »ihrer Mußmeier« sprach, und so, als ob sie sich in ihrem Besitz befände, wie die Villa und die beiden Autos und das Sortiment Tennisschläger für jede nur denkbare Witterung, und als ob es für Anna Mußmeier eine besondere Ehre sei, zum Hausstand zu gehören.

Nachdem die Maurer ihr Werk beendet hatten, erschien der Zimmermann mit seinem Gehilfen, um die Sauna einzubauen und alle Wände einschließlich der Decke mit Holz zu verschalen.

Die Zimmerleute waren eine bessere Sorte Mensch als die Maurer, und man merkte gleich, daß Gil in einem ganz anderen Ton mit ihnen sprach und so, als ob sie geistig intakt wären und was von ihrer Sache verstünden. Ich mußte ihnen öfter mal Bier hinunterbringen, und mittags kamen sie rauf in die Küche, um bei Frau Mußmeier zu Mittag zu essen. Ich ging auch in die Küche und setzte mich zu ihnen, denn Gil war in die City zu ihrer Kosmetikerin gefahren, weil sie in all dem Dreck und nach all den ausgestandenen Aufregungen einfach das Bedürfnis hatte, mal etwas Gutes für sich zu tun.

Der ältere der beiden Zimmerleute war ein gemütlicher Mann mit lustigen Augen. Er machte Witze über alles und jeden, vor allem über die Leute, für die er zuletzt gearbeitet hatte. Er machte versteckt auch Witze über Gil, ahmte sie nach und zwinkerte Anna Mußmeier zu, und sie zwinkerte zurück und fragte, ob er noch Kaffee wolle, und war froh, daß sie sich am Herd zu schaffen machen konnte, weil sie kaum verbergen konnte, wie ihr das Lachen den Hals raufgluckste. Ich fand's gemütlich, mit dem Zimmermann und Anna Mußmeier in der Küche zu sitzen, Kaffee zu trinken und über Gil zu lachen, man fühlte sich so geborgen dabei und so verbunden, und das war ein Gefühl, das in diesem Hause nur selten aufkam.

Ich fragte den Zimmermann, wie lange die Arbeiten noch dauern würden, und hoffte, daß sie noch jahrelang brauchten, bis alles fertig war, aber er sagte, in drei Tagen wär' es soweit, und dann könnten wir einheizen und in unserer privaten Hölle braten. Er lachte wieder, und Anna Mußmeier lachte auch, und ich fühlte mich plötzlich aus ihrem Kreis ausgeschlossen.

Der junge Gehilfe des Zimmermanns blieb vollkommen ernst. Er lachte kein einziges Mal über die Witze des Meisters und saß da und sah mich immerzu an, und der Zimmermann sagte, daß er Ausländer sei. Von wo genau wußte er nicht zu sagen, irgendwo aus dem Fernen Osten, wo sie alle herkamen. Und er verstünde gar nichts, und das sei manchmal ganz praktisch, aber oft würde es einen auch auf die Palme bringen.

Der Junge war vielleicht gerade zwanzig oder noch jünger, er hatte olivfarbene Haut, fast schwarze Augen und schöne Zähne, aber das Gesicht war sehr ernst und von einer beinahe schönen Traurigkeit. Der Meister sagte, daß er ihn eigentlich nur aus Mitleid genommen habe, um ihm eine Chance zu geben, weil's sonst keiner tat, aber es sei doch ein ziemliches Kreuz mit ihm, und man benötige mehr Geduld, als man hierzulande aufbringen könne.

Der Junge sah den Meister jetzt aufmerksam an, aber man konnte seinen Augen nicht ansehen, ob er etwas verstand oder nicht.

Der Meister stippte seinen Kuchen in den Kaffee, schob dem Jungen auch ein Stück zu und sagte, daß er wohl fleißig und sogar sehr pünktlich sei, da gäbe es gar nichts zu beanstanden, aber er kapiere eben alles so spät, und dann das Problem mit der Sprache. Er werde ihn noch einige Wochen zur Probe behalten, aber es sei jetzt schon abzusehen, daß es wahrscheinlich auf Dauer nichts werde.

Ich sah den Jungen an, der ganz still dasaß und den Kuchen aß, und ich dachte, daß es nicht gut war, so über ihn zu reden, wo man nicht wußte, ob er nicht doch etwas verstand.

Die beiden gingen dann wieder runter und begannen mit der Arbeit, und ich lief oben herum und wußte nicht, was ich tun sollte. Schließlich ging ich auch runter, setzte mich auf einen Stoß Bretter und sah ihnen bei der Arbeit zu. Der Junge arbeitete schweigend und war bemüht, die Befehle des Meisters auszuführen, so gut er es konnte. Die ganze Zeit über sagte er kein Wort, und manchmal streifte er mich mit einem Blick. Er hatte irgend etwas an sich, daß einem ganz warm wurde, wenn er einen ansah, und als sie endlich ihre Werkzeuge zusammenpackten, um nach Hause zu gehen, fragte ich ihn, wie er heiße.

Er nannte einen sehr schwierigen, unverständlichen Namen, und weil irgend etwas mit J darin vorkam, nannte ich ihn schließlich James. Mac sagte später, der Name passe zu ihm wie ein Regenschirm zu einem Wüstenbewohner. Aber ihm war es egal, wie ich ihn nannte. Ihm war alles egal, wenn er nur bei mir sein durfte.

Am Ende der ersten Woche, in der wir uns dreimal getroffen hatten, sagte er, daß er mich liebe. Er hatte dieselbe Wärme in der Stimme wie in den Augen und verdrehte die Worte ein bißchen, aber es klang so, als meine er es auch, es klang wunderbar.

Mit James begann ein neues Dasein.

Ich pfiff und er kam.

Ich sagte: »Ruf um vier an«, und er rief um vier an.

Ich ließ durch die alte Mußmeier ausrichten, daß ich gerade aus dem Haus gegangen sei und daß er es gegen fünf noch einmal versuchen solle. Er versuchte es gegen fünf noch einmal.

Er versuchte es gegen sechs und gegen sieben.

Er versuchte es die ganze Nacht, ich mußte nur wollen.

Er wartete vor dem Haus auf mich, später an der Straßenecke, am Holzhauser Platz oder wo immer ich hinbefahl. Er wartete geduldig, Stunde um Stunde, bis in alle Ewigkeit. Eine Marionette, die zappelte, wenn ich die Fäden zog. Eine Marionette, die mir gehörte und mir versicherte, daß sie mich liebte, immer und immer wieder, so oft ich es hören wollte. Ich unterzog diese Beteuerung einigen sehr strengen Tests. Und sie bestand sie alle.

Gil, erzählte ich James, sei eine geile alte Zicke, die es auf junge Männer abgesehen habe. Er solle bloß aufpassen. Er sagte, daß Gil eine alte Zicke sei, das sehe er selbst, das sehe doch jeder, der Augen im Kopf habe. Er könne die jungen Männer nicht verstehen, die auf so etwas reinfielen. Die jungen Männer täten ihm leid. Außerdem könne er gar nicht zwei Frauen auf einmal lieben, und ich sei seine Königin für alle Zeiten. Ich sagte, daß ich jetzt leider schon gehen müsse, aber heute abend um sieben solle er auf mich warten, es sei möglich, daß ich käme, versprechen könne ich nichts. Ich hatte einen schönen Abend. Ich lag auf dem Sofa und stellte mir vor, wie James jetzt geduldig und voller Hoffnung auf der Straße auf mich wartete, lange, Stunde um Stunde und die ganze Zeit an mich dachte. Am nächsten Tag rief er an und sagte, daß er mir nicht böse sei, daß ich ihn so lange hatte warten lassen, sicher sei etwas dazwischengekommen. Er hoffe auf morgen.

Am Monatsende sagte ihm der Meister, daß er ihn nicht länger brauchen könne, zu den gewohnten Schwierigkeiten komme jetzt auch noch Unpünktlichkeit und sichtbare Müdigkeit am Morgen. Weg! Raus!

James erzählte mir davon am selben Abend, als wir durch die Straßen gingen. Er sah vollkommen niedergeschmettert aus. Ich bedauerte ihn ein bißchen, obwohl es mich in Wirklichkeit freute. Sogar das hatte er für mich aufs Spiel gesetzt, für mich, seine Königin.

Außerdem war es lästig, ihn zu teilen: mit dem Meister, mit einem Arbeitsplatz, ich wollte ihn nur für mich, all seine Gedanken und seine gesamte Zeit. Ich wollte mit ihm und seiner Zeit spielen. Ich wollte, daß er auf mich wartete, ich brauchte das einfach, diese Gewißheit, daß jemand auf mich wartete und nicht müde davon wurde. Ich wollte, daß er fünfzehnmal am Tag anrief, sich immer wieder vertrösten ließ, nicht aufgab und schließlich nur noch für diese eine Hoffnung lebte, mich am Abend – vielleicht – auf eine Stunde zu sehen.

Ich wollte, daß er mir Briefe schrieb, obwohl er deutsch nicht schreiben konnte, und er schrieb mir lange Briefe in seiner Sprache und dann in komisch verdrehten Sätzen in deutsch, immer dasselbe: daß er mich liebe, daß ich seine Zukunft und sein ganzes Leben sei.

Das, was er in seiner Sprache geschrieben hatte, wollte er

nicht übersetzen. Wenn ich ihn fragte, sah er mich nur immer schweigend und hungrig an. Es war ein kitzliges Gefühl, diese Briefe zu erhalten und nicht zu wissen, was darin stand.

Gil mit ihrem großen, für die Schwachen dieser Welt schlagenden Herzen schlug mir vor, ihn einmal zum Kaffee einzuladen, vielleicht konnte ja Mac etwas für ihn tun. Ich wollte das nicht, weder, daß Mac etwas für ihn tat, noch das andere. Ich wollte James nicht im Haus haben. Die Einladung gab ich nicht weiter, ich ließ sie unter den Tisch fallen.

Später erzählte ich James, daß meine Eltern sehr gegen unsere Freundschaft seien und daß ich große Schwierigkeiten hätte, zu unseren Treffs zu kommen. Er verstand das sofort, und in Zukunft wartete er noch länger und noch geduldiger.

Ich war für ihn zur Märtyrerin geworden.

Zu dieser Zeit hörte ich mit der Fresserei auf. Ich mochte plötzlich nicht mehr. Ich stocherte in den Mahlzeiten herum und warf das meiste ins Klo. Süßigkeiten widerstanden mir, ich sah die Tüten, aber ich rührte sie nicht an. Es fiel mir nicht schwer, es war gar kein Verzicht, ich mochte einfach nicht mehr. Schon das Gefühl, überhaupt etwas im Mund zu haben, war mir widerlich. Ich nahm ab. Radikal. Es war ein unglaubliches Erlebnis. Ich wurde leicht und schön. Bald konnte ich meine sackartigen Klamotten auf den Müll werfen. Ich kaufte mir neue schicke Sachen in schicken Boutiquen. Die Jungs fingen an, mir nachzugucken, sie pfiffen, wenn ich vorbeiging. James sah es und war eifersüchtig, rasend eifersüchtig. Ich fühlte mich toll.

Gil begriff alles und schrie, daß sie es als Mutter nicht länger mit ansehen könne, wie ich mich mit Ausländern herumtrieb. Ich hätte wohl ganz und gar den Verstand verloren. Es war das erste Mal, daß sie so richtig zeigte, wie es um sie stand und daß alles nur Gerede war, wenn sie herumtönte, daß man den einfachen Leuten auch Chancen geben müsse und sie immer dafür einstehen würde. Mit einem Deutschen »ging« man, mit einem Ausländer »trieb man sich herum«. Wer einen hatte, trieb's mit allen. Sie erwähnte James nur noch im Plural. Trotzdem ließ sie nicht nach, ihn zum Kaffee einzuladen, das gehörte zur Taktik: Ich habe ihm ja eine Chance gegeben, sogar zum Kaffee habe ich ihn eingeladen, aber bitte, du mußt doch selbst zugeben...

Ich gab ihre Einladungen nicht weiter und sagte, er hätte keine Zeit.

Dann erwischte sie ihn einmal selbst am Telefon, nützte gleich die Gelegenheit und sagte, er solle am Sonntag kommen, und tat honigsüß. Er war ganz verwirrt und sagte zu.

Aber ich traf mich abends mit ihm, und wir gingen durch die Straßen, und ich sagte, daß Gil ihn nur reinlegen wolle, damit sie später einen Grund habe, mir den Umgang mit ihm zu verbieten. Er wurde traurig, aber er sagte, daß er dann natürlich nicht käme, wenn ich es für besser hielte.

Am Sonntag war ich schon morgens gut gelaunt, und die Laune wurde immer besser, als ich sah, wie Gil eigenhändig für unseren Gast den Kaffeetisch deckte. Sie machte es extra alles ganz fein, mit Zuckerzange und so, und sie hoffte wohl, daß er mit alldem nicht umgehen könne und sich blamieren werde. Dann zog sie sich um, schminkte sich, klemmte Perlen in die Ohren und placierte sich ganz erwartungsvoll in die Sitzgrube. Es war kurz nach vier, und er kam nicht.

»Das akademische Viertelstündchen«, sagte Gil und lachte gezwungen. Aber das akademische Viertelstündchen verging, und er kam nicht. Es wurde halb fünf, dann fünf, James kam nicht. Schließlich wurde sie ganz kribblig und fing an über Ausländer zu schimpfen, über Ausländer im allgemeinen und James im besonderen. Sie schrie, daß sie nun mal faul und unpünktlich seien, und daß das Wort Zuverlässigkeit in ihrem Sprachschatz nicht vorkomme und daß sie immer bloß alles geschenkt haben wollten, was andere sich mit Mühe erarbeitet hätten, und daß man nicht wisse, woher sie kämen und wohin sie gingen, und daß es eine Schande sei, daß ausgerechnet ihre Tochter mit so einem... Aber sie werde es zu unterbinden wissen, schließlich gebe es ja noch so etwas wie eine Erziehungspflicht... und solange ich noch nicht volljährig sei... und solange ich noch die Füße unter ihren Tisch... Und ich ließ sie keifen und dachte, daß der Unterschied zwischen ihr und den Weibern aus der Siedlung am Ende so groß gar nicht war.

»Verdammt noch mal«, schrie sie weiter und war schon ganz heiser und goß sich mit süchtigen Bewegungen einen Drink ein, sie habe ihren guten Willen gezeigt, mehr als einmal, und immer wieder, aber ich würde es ja darauf anlegen, jawohl, darauf anlegen und es komme der Tag, und das könne sie mir versprechen...

Und so weiter und so fort... Sie schrie und tobte noch eine Weile, und ihr geschminktes Gesicht verzog sich zu einer häßlichen Fratze. Sie hatte rote Flecken am Hals und dunkle Schweißflecken unter den Armen.

Ich saß ihr ganz ruhig gegenüber, und in eine Atempause hinein sagte ich, daß der eigentliche Grund ihrer Aufregung wahrscheinlich die Wechseljahre seien und daß ich bereit sei, darauf Rücksicht zu nehmen. James sei vielleicht wirklich verhindert, oder aber er habe es sich anders überlegt und eben keine Lust gehabt, in ihrer Polstergrube zu sitzen und Kaffee zu trinken, und als Ausländer täte er dann halt das, was sie bei ihm zu Hause alle tun: Man bleibe einfach weg.

Dann solle er sich aber nicht an deutschen Mädchen vergreifen, schrie sie, und als erstes im fremden Land eine Spur von gutem Benehmen lernen, man könne es auch vereinfacht Kultur nennen, falls mein kleiner hergelaufener Liebling dieses Wort schon einmal gehört habe. Er solle dankbar sein, wenn eine deutsche Familie ihm ihr Haus öffne, es komme ja schließlich nicht allzuoft vor.

Ich ließ sie toben, nahm meine Jacke und ging ganz ruhig raus. Sie schrie mir nach, ich solle gefälligst zu Hause bleiben, wenn sie mit mir reden wolle, und wenn nicht, dann werde sie mir die Polizei auf den Hals hetzen. Ich zog die Jacke an und lachte sie aus! Es war sieben Uhr abends, keine Stunde, zu der die Polizei eine Sechzehnjährige daran hindert, durch öffentliche Straßen zu gehen. Auch dann nicht, wenn ein junger Ausländer bei ihr ist, der neben ihr herläuft, und von dem sie nicht weiß, woher er kommt und wie er heißt – weil es sie nicht die Bohne interessiert.

James wartete seit fünf an der Trinkbude im Neubauviertel.

Das hatte dem Nachmittag erst die besondere Würze gegeben, daß James die ganze Zeit an der Trinkbude auf mich wartete. Daß er, derweil Gil ihrerseits auf ihn wartete, geduldig an der Trinkbude stand und ich sicher sein konnte, daß er nicht weggehen, sondern an seinem Platz bleiben würde, bis ich kam, um ihn zu erlösen. Und daß ich dann mit ihm gemeinsam wegging, derweil Gil allein zu Hause mit ihren Drinks zurückblieb.

An diesem Abend erlaubte ich James, ganz öffentlich den Arm um meine Schulter zu legen und sich so mit mir zu zeigen, und ich erlaubte sogar, daß wir gemeinsam durch unser Viertel gingen.

Später gingen wir dann zum erstenmal in die Anlage.

Es war gut so, es war schön. Und er hatte es ganz einfach verdient.

Als ich nach Hause kam, war es beinahe Mitternacht, und Mac und Gil saßen vor dem Fernseher und tranken, und Mac lachte und sagte: »Na, Mademoiselle, wie schmeckt die Liebe?«

Gil warf ihm einen dieser Blicke zu, mit denen sie auszudrücken pflegt, daß sie ihn für blöd hält und daß er nie was kapiert, und dann sagte sie: »Ich glaube kaum, daß meine Tochter einen hergelaufenen armen Tölpel liebt!«

Ich sah Mac an, und dann lachte ich ihr direkt ins Gesicht, denn mir wurde plötzlich klar, daß sie bloß eine alte Schachtel war, von der ich nicht mehr allzuviel zu befürchten hatte und die darüber hinaus gar nichts verstand!

Als wenn's nicht scheißegal wär', ob ich ihn liebe oder nicht. *Er* liebte mich! – Das allein war's doch, worauf es ankam. Er liebte mich!!!

Ich trällerte vor mich hin, als ich hinauf in mein Zimmer ging.

Das Blatt hatte sich gewendet, das Spiel stand gut. Ich gewann auf allen Ebenen.

»Iß wenigstens was!« schrie Gil mir nach. »In der Küche steht ein Imbiß!«

Essen! Das Loch, das ich in mir spürte, solange ich denken konnte, das ich immer und immer zugestopft hatte, war zu. Vollständig ausgefüllt mit einem warmen, weichen, süßen Gefühl.

Mit der Zeit wurde James mir lästig.

Sein Drängen, sein Warten, seine ständigen Anrufe.

Der ewige Geldmangel. Die schäbigen Kneipen. Die schwierige Unterhaltung. Das Langsam-sprechen-Müssen, damit er verstand, und das Dann-doch-nicht-Verstehen. Die Anstrengung des Hinhaltens, wenn er in die Anlage wollte und ich nicht, weil ich es einfach langweilig fand, weil ich beinahe einschlief, wenn er mich küßte und aufknöpfte. Es gehörte mehr dazu, und ich begann, mich nach diesem »Mehr« zu sehnen.

Eine sonnendurchglühte Terrasse irgendwo im Süden, die Planken eines einsam auf den Wellen schaukelnden Segelbootes, ein Tigerfell vor flackerndem Kamin, dies alles war als Background denkbar... unser Ersatz, eine Parkbank unter den mageren Zweigen einer vor sich hinkränkelnden Birke, auf Dauer frustrierend.

Für mich, nicht für ihn. Er konnte nicht satt davon werden. Wollte wieder und wieder, fragte schon heute nach dem nächsten Mal.

»Wann, sag!«

»Bald, mal sehen!«

»Was ist mal sehen? Morgen?«

»Nein, bestimmt nicht morgen, übermorgen, nächste Woche, was weiß ich, wenn es halt zeitlich klappt!«

»Ist gut!« Er lächelte. »Ich warte dann solange.« Er legte den Arm fest um meinen Körper. Es tat gut, es war warm, man fühlte sich beschützt. Wenn nur alles andere nicht so entsetzlich schäbig gewesen wäre. So furchtbar traurig.

Er küßte mich wieder und wieder.

Ich dachte an die Schule, an den gestrigen Nachmittag, an den schicken Fummel, den ich im Jeanspalast im Fenster gesehen hatte und den ich mir morgen kaufen würde...

Über mir sah ich die Zweige der Birke und jedes einzelne Blatt, und unter mir spürte ich die harten Bretter der Parkbank, auch wenn James sie vorsorglich mit seiner Jacke gepolstert hatte. Im fahlen Licht der Parklaterne sah ich, wie ausgefranst die Kragenecken seines billigen Hemdes waren und wie geradezu grotesk die schwarzpolierten Schuhe aus den zu kurzen Kaufhausjeans herausstaken. Ich liebte seine Augen, seine Fürsorge, die Hitze seiner Haut und die Hingabe auf seinem Gesicht, aber es war nicht genug, nicht genug...

Ich schüttelte ihn ab.

»Es ist spät, ich muß heim!«

Er brachte mich bis an unsere Straßenecke und küßte mich noch einmal.

»Wann sehen wir uns? Darf ich anrufen? Morgen vor der Schule?«

»Nein, nicht so bald. Ich weiß noch nicht, wir werden sehen!«

»Dann darf ich dich aber wenigstens noch einmal küssen!«

Ich ließ es geschehen. Auch James hatte diese Unersättlichkeit in sich, dieses Loch, das ich mit Süßigkeiten zugestopft hatte und Gil mit Drinks und Mac mit Whisky und die Jungs aus dem Neubauviertel mit ihren Pornobildern. Wir konnten alle nie satt werden.

Der Sommer verging, und der Winter kam.

Es wurde kalt in der Anlage.

James schlug vor, mich zu Hause zu besuchen, wenn ich allein war, ich bräuchte ihm nur ein Zeichen zu geben. Oder ich solle zu ihm kommen. Er wohne mit zwei Ausländern zusammen, aber ich könne zu ihm kommen, wenn die beiden anderen...

Ich hätte ihn beinahe geohrfeigt. Was dachte er denn, wer ich war? Die Nutte vom Bistro? Sie hatte jetzt einen mit Mercedes und Segelschein, und den ganzen Sommer hatte er sie abends am Bistro abgeholt.

Es kam der Tag, an dem ich James mitteilen mußte, daß wir uns nicht wiedersehen würden. Die Schwierigkeiten zu Hause seien zu groß geworden. Ich könne das nicht mehr aushalten. Es war an dem Abend, an dem er mir gesagt hatte, daß er einen Studienplatz in Aussicht habe, daß er studieren und richtig was werden würde und daß ich dann stolz auf ihn sein könne.

Ich sah ihn an. Ich war satt! Ich mochte nicht mehr.

Er weinte. Das muß man sich einmal vorstellen, er stand einfach so da, mitten auf der Straße, in seinen steifgebügelten Kaufhausjeans und diesen schrecklichen schwarzpolierten Schuhen und weinte.

»Aber ich liebe dich doch – für immer!«

Als wenn damit alles gesagt wäre. Er liebte mich, er war für mich da, er war bereit, sein Leben für mich zu opfern... derweil saß die Nutte vom Bistro im Weinstätter Hof und ließ auffahren!

Ich sah ihn an. Er tat mir leid. Alles tat mir leid, aber was half's? Es machte zum Beispiel so gar keine Freude, sich für James schick zu machen. In der Anlage sah uns keiner, und James bemerkte es nicht einmal. Er hatte einfach keinen Blick für Qualität.

Gil nannte James später einmal »das schwarzäugige Zwischenspiel«. Mir machte es nichts aus. Ich konnte sogar darüber lachen. James *war* ein schwarzäugiges Zwischenspiel, denn Adrian kam vom Bund zurück.

Er hatte einen Studienplatz und Anspruch auf BAföG, und im Herbst würde er der Siedlung mit allem Drum und Dran für immer den Rücken kehren. Vorläufig aber war er zu Hause, viele Monate lang.

Er fand die Sippschaft und die Siedlung so vor, wie er sie verlassen hatte, nichts hatte sich verändert. Gil war vielleicht ein bißchen verwelkt... ich aber war rank und schlank!

»Hoppla, dich erkennt man ja kaum wieder!« sagte er, als wir uns zum ersten Mal trafen. Er betrachtete mich mit echtem Erstaunen und mit besitzlustigem Interesse.

»Du bist ja eine ganz und gar andere geworden!«

Das war ich in der Tat.

Außen schlank wie Gil, und innen war der Hunger weg!

Mit Adrian fing das Leben an.

Er hatte für den Übergang einen Job bei irgendeiner Kreditgesellschaft. Ich weiß nicht, bei welcher und was er dort genau tat, es war mir auch egal. Jedenfalls verdiente er gut. Er zog sich gut an, das hatte Gil ihm beigebracht, und ich hatte den Genuß davon. Wir trafen uns abends und gingen in schicke Lokale, in denen sich schicke Jugendliche trafen. Man mußte sich mit Adrian niemals schämen, man konnte ihn überall mit hinnehmen und sich überall mit ihm zeigen. Ich war richtig stolz auf ihn. Die Schule hatte ich übrigens aufgegeben, das heißt, die Schule hatte mich aufgegeben. Fürs Internat war's Gott sei Dank zu spät, dieser Sache war ich irgendwie entkommen, die Zeit hatte es so mit sich gebracht.

Gil meldete mich auf einer privaten Sprachschule an, die nicht darauf achtete, ob man einen Abschluß oder zumindest eine gewisse Sprachbegabung hatte. Es genügte, wenn man seinen eigenen Namen buchstabieren konnte. Sie war sehr teuer, Mac erwähnte es am Anfang ein paarmal, später gewöhnte er sich daran. Schließlich war es seine Pflicht, für mich zu sorgen, ich hatte ihn nicht darum gebeten, auf dieser beschissenen Welt mitmischen zu können, nun mußte er sehen, daß er klarkam. Die Sprachschule gefiel mir ausgesprochen gut. Es waren fast nur Mädchen da, die eben solche Schulversager gewesen waren wie ich und nicht den geringsten Bock hatten zu lernen. Wir saßen die Stunden halt so ab. Die Lehrer waren geduldig, müde und sehr höflich, nicht solche Typen wie die auf dem Gymnasium, die einen schon aufschrieben, wenn man nur mal fünf Minuten zu spät dran war. In der Sprachschule war es sogar egal, ob man überhaupt kam. Es fiel gar nicht auf. Pünktlich eintreffen mußte bloß der Scheck, dann war alles in Butter.

Adrian brachte mir das Tennisspielen bei.

Er war in einen ganz neuen Club eingetreten, in den auch einfachere Leute gingen und viel jüngere. Es war da alles nicht so toll wie in dem von Gil und Mac, ich meine, das Clubhaus war schon ziemlich einfach und auch die Plätze nicht so gepflegt, aber dafür konnte man auch ohne Auto hinkommen, ohne sich zu schämen, und man konnte üben und sich blöd anstellen, ohne daß die, die auf der Terrasse saßen und zusahen, ironisch grinsten und man dieses Grinsen immer im Rücken hatte. Man mußte hinterher den Platz selbst abziehen, und die Umkleideräume waren auch eher wie in einem Turnverein, aber das machte nichts aus. Adrian und ich gingen regelmäßig hin, und bald kannten wir alle Mitglieder, und man fühlte sich richtig wie zu Hause.

Der Clubbeitrag war auch nicht so hoch, und Mac sagte, daß er ihn richtig mit Wonne zahlen würde, weil's das erste Mal sei, daß ich ihn für was Vernünftiges zur Kasse bäte und nicht immer nur für Blödsinn. Gil sagte, sie freue sich, daß ich endlich mal was für meine Gesundheit täte, und am Wochenende kamen sie manchmal rüber und sahen uns zu und lächelten, und man fühlte sich richtig verbunden. Hinterher luden sie uns dann noch manchmal an der Theke zu einem Drink ein und erzählten, daß sie von »Rot-Weiß« seien, und man konnte schon merken, daß das dem Wirt imponierte. Sie bestellten auch nicht einfach bloß Bier, wie die meisten in diesem Verein es taten, sondern was Schickes eben, von dem die anderen noch gar nichts gehört hatten, und irgendwie hatte unser Tisch an solchen Abenden ein besonderes Flair. Ich meine, er unterschied sich deutlich von den anderen Tischen, und ich war irgendwie stolz, daß ich da saß und nicht woanders.

Ich war auch froh, daß ich jetzt sagen konnte, daß ich Englisch studierte. Es klang doch ganz anders, als ob man sagt, daß man Schülerin ist. Es klingt einfach intelligenter, und die anderen schienen das auch zu finden, denn sie sahen mich ganz anders an als früher. Adrian wollte Betriebswirtschaft studieren, und der Alte sagte manchmal im Scherz, daß er gute Leute immer in der Firma brauchen könne. Ich dachte, daß er sich da ganz schön verrechnete, denn Adrian und ich hatten beschlossen, ins Ausland oder besser in eine internationale Stadt zu gehen. Brüssel oder so. Aber am besten wäre es vielleicht doch richtig im Süden, man lebte da ganz anders. Ich hatte nie begriffen, wieso Gil und Mac sich damit abfinden konnten, ihr ganzes Leben in diesem Kaff zu verbringen, mit ihrem dämlichen Haus und dem Club, und sich damit zufriedenzugeben, daß das Aufregendste in ihrem Leben ein neuer Karren oder der Umbau ihrer Behausung war. Und daß ihnen das ewige Geknatsche von den anderen Clubtypen nicht auf den Wecker ging und daß sie offensichtlich gar nicht merkten, daß sich ihr ganzes Leben ständig im Kreis drehte.

Alexis kam auch manchmal in den Club, nur so, zum Zuschauen. Sie bereitete sich auf das Abitur vor und hatte kaum noch Zeit für anderes. Sie wollte unbedingt gut abschneiden, um Germanistik studieren zu können, weiß Gott, was sie davon hatte. Gil sagte, die einfachen Kinder wären deshalb so gut, weil es ihre einzige Chance wäre, aus dem Milieu rauszukommen, in dem sie ihr Leben verbrachten. Ich wollte auch aus meinem Milieu raus, das will doch jeder, aber ich kapierte nicht, warum man deshalb jede Nacht bis um eins über den Büchern hängen mußte, wie Alexis es tat. Wahrscheinlich verstand sie es nicht besser. Sie wollte nach der Schule erst einmal für ein Jahr als Au-pair-Mädchen nach Frankreich gehen, um die Sprache perfekt zu lernen, und ich dachte, daß es schon ganz schön beschissen sein muß, bei anderen Leuten Dienstspritze zu sein, bloß um mit ihnen reden zu dürfen, denn darauf lief es schließlich hinaus. Gil sagte auch, daß die

Mädchen da nur ausgenutzt würden, und dann für das bißchen Taschengeld. Ein Jahr Auslandserfahrung wäre allerdings nicht schlecht, meinte sie und schlug Genf vor. Die Hits von den Bessergestellten im Club jetteten jedenfalls alle nach Genf, und Gil wollte da nicht nachstehen. Ich ließ sie reden, denn für mich stand fest, daß ich mich bestimmt nicht nach Genf verladen lassen würde. Es war sehr teuer, aber es sollte trotzdem ziemlich streng zugehen. Ich hatte das von einer gehört, die dagewesen war. Pünktlichkeit und Disziplin! Nach Pünktlichkeit und Disziplin sahen auch die Klamotten aus, die sie trug, nachdem sie in dem Laden in Genf gewesen war. Sie trug plötzlich so komische Schottenröcke in gedeckten Tönen und Twinsets und Strümpfe in passender Farbe... man konnte sich schieflachen, wenn man sie sah.

Ich stellte übrigens fest, daß es neuerdings wieder als schick galt, mit den Hits zu protzen. Sie waren alle irgendwo, und da sie nie auftauchten, konnte man sich mit ihnen großtun, ohne daß es auffiel. Sie studierten alle in tollen Fächern und besuchten Universitäten, und zwei hatten schon eigene Firmen.

Gil paßte sich an und begann ihrerseits, mit Achtung von mir zu sprechen. »Sara studiert Englisch, anschließend, dachten wir, vielleicht ein Jahr Genf, Genf ist ja doch nach wie vor unübertroffen!«

»Ja, hat sie denn das Abitur?« fragte eine der Schicksen, deren Hit sich gerade auf die Promotion vorbereitete.

Gil warf ihr einen vernichtenden Blick zu und sagte: »Das ist doch selbstverständlich!«

Selbstverständlich und einfach. Man mußte sich gar nicht so abstrampeln, letztendlich kriegte man alles geschenkt. Nur Geduld mußte man haben, dann rückte sich alles zurecht.

Adrian kaufte sich preiswert und aus zweiter Hand einen Peugeot. Er ließ ihn schwarz spritzen. Er sah stark aus, wie neu. Wir konnten ihn unbesorgt vor dem Clubtor parken, ohne Angst haben zu müssen, uns zu blamieren. Gil schenkte uns einen kleinen silbernen Tennisschläger als Maskottchen, wir hängten ihn an den Spiegel.

Trotzdem waren wir nicht jeden Tag im Club wie die anderen Affen. Wir fuhren auch oft zum Baden an den Baggersee oder zum Picknick ins Grüne. Adrian liebte mich auf der Decke unter den tiefhängenden Zweigen einer Weide, deren

Äste sich im Wasser spiegelten. Es war schön, es war ganz anders als in der Anlage. Wir hatten Wein und Käse und frisches Baguette mit und ein Transistorradio mit französischer Musik.

Später erzählte Adrian, daß er einen Studienplatz in Hessen habe, und wir hatten uns so auf München gespitzt oder Hamburg oder wenigstens Berlin. Er fragte, ob ich auch mit nach Hessen kommen würde.

»Klar«, sagte ich.

Es wär ja nur für ein paar Jahre, und die Hälfte des Jahres waren ohnehin Semesterferien. Da konnte man vor all dem Streß in den Süden fliehen. Die paar Monate, die übrigblieben, würde man schon überstehen... wenn man den Zaster dazu hatte. Ich würde die teure Sprachschule aufgeben, und Mac konnte mir den Zaster, den er einsparte, dann monatlich überweisen. Wenn ich studiert hätte, müßte er ja auch jahrelang für mich aufkommen, von den Kosten für Genf ganz zu schweigen.

Ich nahm mir vor, gelegentlich mit ihm darüber zu sprechen.

Ein eigenes Auto brauchte ich auch. Oder bildete sich Mac etwa ein, daß ich mich in Gießen oder sonstwo in der S-Bahn rumschubsen ließ? Auch dieser Punkt mußte geklärt werden.

Schade, daß man den Alten immer alles mit Gewalt eintrichtern mußte. Von selbst kapierten sie's nie.

Die Welt wimmelt von Hohlköpfen,
und man kann keinen Schritt tun,
ohne einem von ihnen auf den Fuß
zu treten.

Alexis

Da hatte ich mich aber ganz schön verrechnet!

Adrian kehrte zurück.

Er hatte eine Stelle bei einer Kreditgesellschaft und wollte erst mal Kohle machen, ehe er sich zum Studium aufschwang. Natürlich benötigte er zum Schlafen sein altes Zimmer. Ich mußte wieder auf das Sofa im Wohnzimmer und meine Klamotten in einen Pappkarton packen. Es war nicht zu fassen: Alle blieben weg, wenn sie der verfluchten Siedlung erst mal den Rücken gekehrt hatten. Adrian kehrte zurück!

Er, unser Weltverbesserer, unser begnadeter Städtebauer der Zukunft, er, der die Nase so hoch getragen hatte, daß er einen gar nicht wahrnahm, und wenn man sich ihm direkt vor die Füße fallen ließ, hatte nichts Besseres zu tun, als heim ins Reich zu kommen. In Mutters preiswertes, nach Stampfkartoffeln riechendes Küchenreich, in dem sich Christamaria gerade das Geld für die dritte Couchgarnitur zusammensparte und er einen eigenen Karren. Was das betraf, so zogen die beiden die Alten ganz schön aus, und blöd, wie sie waren, merkten sie es nicht einmal. Sie waren sogar noch stolz darauf, daß sie eine Tochter hatten, die eine Couchgarnitur nach der anderen herankarren ließ, und einen Sohn, der mit einundzwanzig bereits einen eigenen Schlitten der Oberklasse besaß. Die Alte stand neuerdings mit verschränkten Armen im Treppenhaus herum und prahlte, daß Adrians Wagen praktisch wie neu wär', ein Garagenwagen, bestens gepflegt, und daß Christamaria ihren dicken Arsch neuerdings auf Büffelleder plattdrückte, Büffel natur mit Antikprägung.

Solange wir klein waren, hatte sie sich immer über uns beklagt und uns nicht oft genug aus dem Weg räumen können. Aber kaum schafften sie sich Autos und Ledergarnituren an, konnte sie nicht oft genug mit ihrer Brut angeben. Sie kam mir von Tag zu Tag beschränkter vor, man konnte richtig zusehen, wie es mit ihrem Geist bergab ging, also so was von Talfahrt!

Ich war ausgesprochen sauer, daß Adrian zurückkam und mir das Zimmer wegnahm, in dem ich mich gerade so richtig schön eingenistet hatte, und das direkt vor dem Abitur.

Ich durfte meine Klamotten also wieder in der Küche ausbreiten oder tagsüber auf dem niedrigen Couchtisch, von dem ich sofort zu verschwinden hatte, wenn der Alte kam. Ich ärgerte mich krank, daß Adrians Bude den ganzen Tag über leer stand und trotzdem keiner hineindurfte und der Rest der Sippe sich in der Küche zusammendrängen mußte. Schließlich ging ich hin und versuchte, den Alten als höhere Instanz einzuspannen, damit er mir den Raum für die paar Monate, die es noch bis zum Abitur waren, ganz offiziell zusprach. Gleich danach wollte ich ohnehin nach Frankreich gehen, und sie alle würden mich nie wieder zu Gesicht kriegen und konnten sich die ganze Bude in den Hintern stecken, einschließlich sämtlicher Gegenstände, die darin waren. Aber es war natürlich nichts.

Bei dem Alten stach man immer in Watte, in weiche, nachgiebige Watte, und hinterher war man genauso schlau wie vorher. Dabei mußte ich unbedingt genug Punkte machen, denn ich brauchte einen Studienplatz für Germanistik. Ich hatte mir das mit dem richtigen Job tausendmal hin und her überlegt und sogar das Berufsberatungsbuch vom Arbeitsamt gelesen, in dem Berufe beschrieben sind, auf die man normal gar nicht käme, aber es war alles Mist. Es fehlte ganz einfach überall das Große.

Im Grunde gab es nur einen einzigen Beruf, für den der Einsatz lohnte: Schriftsteller.

Nicht Journalist oder Reporter oder so was, nein, richtig Bücher schreiben. Mit Hilfe kleiner Buchstaben eine Welt erschaffen und andere Menschen in diese Welt hineinführen.

Ich hatte mir das mit dem Lesen von Adrian abgeguckt und festgestellt, daß man mit Lesen fast alles meistern kann. Es macht einen unabhängig und frei. Ich meine, daß man sich ein Buch schnappt und einfach nach Australien abhaut oder in eine Pinte am Mississippi oder mit besoffenen Schiffern einen Kahn besteigt. Man konnte sich ein Buch nehmen und weggehen, wenn einem die Küche und die Alte an ihren Töpfen und Christamaria bis oben standen.

Es war viel besser als Fernsehen, es war besser als alles.

Wie toll mußte es da erst sein, selbst eine Welt zu schaffen, eine Stadt und Häuser und verschiedene Typen, die sie bevölkerten, und die Typen dann springen zu lassen, wie man wollte. Man konnte sie reich werden lassen und ihnen den Zaster wieder wegnehmen, und wenn man sie leid war, dann murkste man sie ab, noch ehe sie »Hallo« sagen konnten. Aus der Bücherei hatte ich mir die Lebensbeschreibungen berühmter Schriftsteller geholt, von Colette, Henry Miller, Katherine Mansfield, Knut Hamsun und anderen, und bei allen fiel auf, daß sie am Anfang bitter arm gewesen waren, aber es hatte ihnen nichts ausgemacht. Ihre Armut war von einem Zauber erfüllt und nicht so primitiv, wie zum Beispiel die von den Sozialhilfeempfängern, die in der Siedlung wohnten und tagsüber auf den Bänken in der Anlage rumhingen. Man konnte sie gleich erkennen, weil sie immer so stumpfsinnig aus der Wäsche guckten, noch stumpfsinniger als die anderen, die eine Aufgabe hatten und den ganzen Tag in der Lederfabrik am Fließband saßen und Absätze an die Schuhe knallten, die sie da herstellten. Die Armut der berühmten Schriftsteller gehörte irgendwie dazu, sie war poetisch, und vielleicht verhalf sie ihren Schriften ja auch erst zu der richtigen Tiefe.

Jedenfalls kam für mich gar nichts anderes in Frage, und weil ich nicht genau wußte, wie man's anfangen muß, dachte ich, das Beste wäre, zuerst mal Germanistik zu studieren. Das andere kam dann von selbst. Man merkte immer, daß man Schriftsteller war, weil man sich nämlich eines Tages hinsetzte und anfing zu schreiben. Ich meine, daß man es einfach von Anfang an ist, egal, ob man schreibt oder nicht, es kommt gar nicht darauf an. Eines Tages setzte ich mich hin und schrieb den ersten Satz. Auch Anna Karenina war so entstanden, nämlich, indem sich jemand hinsetzte und den ersten Satz schrieb.

Von alldem konnte ich dem Alten natürlich nichts erzählen, er hätt's nicht kapiert und mich für verrückt erklärt, und so sagte ich halt bloß, daß ich Adrians Raum brauchte, wenigstens tagsüber, da ich doch das Abitur machen wolle und dafür lernen müsse, jetzt, wo es auf den Endspurt zuging. Und er sah kurz auf und sagte, ich solle ihn mit dem verdammten Mist in Ruhe lassen und den Fernseher lauter drehen, da er vor lauter Gesabbel die Ergebnisse der Bundesliga verpaßt hätte. So lernte ich dann also tagsüber im Wohnzimmer und breitete meine Klamotten auf dem niedrigen Couchtisch aus, quetschte mir den Bauch ein und guckte wütend auf die gegenüberliegende Wand, hinter der sich ein wunderbar ruhiger, leerer Raum befand mit einem wunderbar großen, gut beleuchteten Schreibtisch.

Ich schwor mir, daß sie mich nie wieder zu Gesicht kriegen sollten, wenn ich erst mal zur Tür hinaus war, aber dann fiel mir ein, daß es sie wahrscheinlich nicht sonderlich jucken würde. Dem Alten war es ohnehin egal, ob wir zu Hause waren oder nicht, wenn er nur seinen Fernseher und sein Bier hatte, und sie war glücklich mit ihrer Prinzessin Christamaria, mit der sie in der Küche sitzen und über die Nachbarschaft ratschen konnte. Und dann hatte sie ja noch ihren Adrian! Adrian, der sie jetzt manchmal mit dem neuen Schlitten spazierenfuhr, vor allem wenn er Geld brauchte. Er war in einen Tennisclub eingetreten, der ziemlich kostete, und dann mußte er ja auch regelmäßig ein gewisses Fräulein Gerlach zum Essen ausführen. Das mit Sara war auch so ein Hammer. Sie hatte tatsächlich abgenommen, und jetzt, wo sie schlank war, gab sie auch einen ansehnlichen Kleiderständer für die tollen Klamotten ab, die ihre Alten ihr kauften. Aber daß Adrian prompt drauf reinfiel, als er sie zum erstenmal im neuen Styling sah, das konnte ich anfangs gar nicht auf die Reihe kriegen.

Also erst die Mutter, dann die Tochter. Man mußte fast fürchten, daß er es bereits darauf abgesehen hatte, in den Palast einzuheiraten, bei Saras Altem den Radfahrer zu mimen und ihm lebenslänglich in den Hintern zu kriechen, um eines fernen Tages den Firmenchef spielen zu können.

Im Moment übte er für seinen großen Auftritt, den er für die Zukunft plante, indem er mit dem neuen Schlitten vor dem Tennisclub vorfuhr, seine Fans mit lässig erhobener Hand grüßte und den weißen Pulli so dämlich über die Schulter warf, wie er's den Idioten bei »Rot-Weiß« abgeglotzt hatte, damals, in seinem ersten Lehrjahr. Und dann spielte er sich mit seinem neu durchgestylten Häschen Sara die Bälle zu.

Wenn man artig gewesen war und sich schick machte, durfte man samstags auch hinkommen und am Rand stehen und zugucken. Ich ging manchmal hin, wenn ich mich langweilte und was echt Bescheuertes sehen wollte, etwas, das es nicht alle Tage gibt, und dafür waren die beiden gerade recht. Also so was Bescheuertes!

Ich stand da manchmal am Rande des Spielfeldes und verknotete die Ärmel meines Pullis unter dem Kinn, wie sie's da alle tun, und guckte zu und dachte, was für ein erbärmlicher Wichtigtuer ist aus deinem Bruder geworden!

Er hatte seine große Zeit gehabt, als er zehn war.

Ich ging damals mit einem Typ aus der Siedlung, weil ich jemand für den Samstagabend brauchte, an dem es gewöhnlich bei uns zu Hause wirklich unerträglich war. Mit Christamaria und ihrem schönen Rudi und den beiden Alten, und wenn sie dann zu viert im Wohnzimmer saßen und fernsahen. Die Weiber mit ihrem Strickzeug, die Männer nur so.

Wer wollte, konnte sich dazuquetschen, aber ich wollte nicht. Ich nahm mir Frank, weil er ganz gut aussah und gegenüber wohnte. Geld hatte er auch, weiß der Teufel, woher, und er ließ sich nicht lumpen und gab manchmal einen aus. Anfangs war er nicht besonders auf mich abgefahren, weil er's mit der Aushilfe von der Trinkbude hatte, aber ich brauchte ihn und bin hingegangen und hab' ihm gesagt, daß ich ihn stark finde und deshalb mit ihm am Samstag in die Disco will.

Er ist auch brav mitgetrottelt und war schon auffallend langweilig, ich meine schlimmer, als sie's gewöhnlich sind, aber es war egal, weil ich ihn ohnehin nur für die Samstage brauchte und für den Übergang. Ich wollte keinen für fest, sie schienen alle gleich dämlich zu sein, dämlich und langweilig, daß man im Stehen einschlief, sobald sie den Mund auftaten. Es zeichnete sich irgendwie schon ab, daß sie wie üblich werden würden, und davon hatte ich weiß Gott die Nase voll. Aber daß sie samstags mit einem in die Disco gingen, damit man sich den Frust von der Seele tanzen konnte, dafür taugten sie. Die laute Musik verhinderte sowieso jedes Gespräch, und so brachte man den Abend gut hinter sich.

Irgendwann fing er dann an, mich in die Anlage zu zerren, in die sie ihre Zicken immer zerren, und ich hab' ihm gesagt, daß er sich dafür eine andere suchen muß. Er hat's prompt getan, und ich hab' ihn nie wiedergesehen. Aber mir war's egal. Ich bin mit Michael in die Disco gegangen, und er war ebenso gut und ebenso schlecht wie Frank, es machte gar keinen Unterschied.

Manchmal guckten auch die schöne Sara und Adrian kurz herein. Sie stellten sich an die Theke, tranken irgendwas Schikkes und Teures, was die anderen gar nicht kannten und auch nicht hätten bezahlen können, guckten sich ironisch um und gingen gleich wieder. Damit deuteten sie an, daß sie was Besseres waren, daß sie nämlich nur mal kurz reinschauten und dann noch woanders hingingen. Es machte sich immer gut, wenn sie plötzlich so gegen elf auftauchten, sich an die Theke stellten, mir kurz zunickten, sich gelangweilt umguckten und gleich wieder abhauten, wobei sie die Hälfte im Glas zurückließen. Es gab ihnen das Flair der großen weiten Welt.

Ich sah ihnen nach und mußte lachen und dachte, daß es mich heute gar nicht mehr störte, und was für ein albernes Gör ich doch noch vor kurzer Zeit gewesen war, als ich es Adrian nicht gönnte und ich hingehen und es ihm wegnehmen mußte. Heute wußte ich, daß es etwas gab, daß tausendmal besser war als das da, und daß Adrian in eine Sackgasse rannte und wahrscheinlich für immer in diesem Kaff hängenbleiben würde, das ein elendes Kaff blieb, auch wenn man im Mercedes durchfuhr.

Ich aber würde weggehen und nie mehr zurückkehren und andere Städte sehen mit anderen Menschen darin und Erfahrungen machen, von denen die, die hierblieben, nicht mal einen blassen Schimmer hatten. All diese Christamarias und diese Adrians, die ihre Träume verrieten, nur weil sie sich nicht schnell genug einen eigenen Karren unter den Hintern klemmen konnten und Markenzeichen auf den Hemden und den Geldbörsen brauchten, um mit anderen Markenzeichen auf genau den gleichen Hemden und Geldbörsen konkurrieren zu können. Im Grunde konnten sie einem alle nur leid tun.

Wie weit Adrian bereits ins Paradies der Reichen, der Kübelpflanzen und Supergaragen vorgedrungen war, erkannte man daran, daß er uns eines Tages kundtat, Gerlachs würden die Alten gern einmal bei sich sehen und hätten sie zum Zwecke des gegenseitigen Kennenlernens zu einem kleinen Abendessen im Garten eingeladen. Er erzählte davon mit unsicher flackernden Augen und belegter Stimme, und es war ihm anzusehen, daß es ihm peinlich war, die Alten bei Gerlachs vorzuführen, wo sie mit Sicherheit einen unschönen Kontrast zu den Edeltannen und der Parkbestuhlung bilden würden. Im Gerlachschen Anwesen mußte unter allen Umständen auffallen, wie unendlich abgenutzt und aus der Mode geraten sie waren, zwei angeschlagene Schüsseln, die versehentlich auf die Festtafel im Kempinski geraten sind.

Man konnte Adrian unschwer ansehen, wie sehr er sie zum Teufel wünschte und daß er ihre Existenz am liebsten weggeleugnet hätte, wenn es nur möglich gewesen wäre.

Bloß, dann hätte er den Versuch, in besseren Kreisen Fuß zu fassen, in einer fremden Stadt starten müssen und wieder mit anderen Schwierigkeiten zu kämpfen gehabt. Denn ohne Mutters Essen und ohne Vaters Dach, unter dem man kostenlos Unterschlupf fand, hätte man sich den Wagen und all die teuren Klamotten mit den kostspieligen Markenzeichen darauf nicht leisten können, und all das bildete ja schließlich die Visitenkarte, ohne deren Vorhandensein der Eintritt in jeglichen besseren Kreis schlicht unmöglich war.

Es war eine rechte Zwickmühle, in der sich der arme Adrian befand, und ich fand's ungeheuer spannend, zuzusehen, wie erbärmlich er sich in dem Netz hin und her wand und den Ausschlupf nach jeglicher Seite hin versperrt fand.

Aber die Alten wanden sich auch.

Er erklärte brummend, daß er da auf gar keinen Fall hinginge, das würde für ihn ja gar nicht in Frage kommen, sich wer weiß wie auszustaffieren, und sich dann bei denen in den dämlichen Park zu setzen, um Hummerschwänze in Cocktailsauce zu sich zu nehmen, die einem immerzu auf den Schlips tropft. Ich fragte mich im stillen, woher er diese Weisheit eigentlich hatte, daß es in besseren Kreisen ausschließlich Hummerschwänze zu essen gibt und die Sauce so dünnflüssig ist, daß man sie trotz gezieltester Anstrengung nicht ohne Panne zwischen die Zähne bringt.

Ihr war anzusehen, daß sie schon mal ganz gern gucken

gegangen wäre und die Gelegenheit, das blaue Gesellschaftskleid, das sie sich in einem Anfall von Größenwahn aus dem Katalog bestellt und dann ein einziges Mal beim Weihnachtstee der Taubenfreunde getragen hatte, endlich im richtigen Rahmen vorzuführen, gern wahrgenommen hätte. Das Kleid, laut Beschreibung: zauberhaftes Ensemble für alle Gelegenheiten, bei denen es drauf ankommt; damenhafte Eleganz, seidiger Fall, schlankmachende Raffung auf der Hüfte; in den Farben Tibet, Mais, Burgund, Minze, Azur- und Denverblau und bis Größe 52 zu haben (sie hatte sich für Denverblau entschieden), hing seither ungenutzt im Schrank und wartete auf den großen Auftritt, auf dem es seine damenhafte Eleganz mit schlankmachender Hüftraffung endlich zur Geltung bringen konnte. Es gehörte auch eine Jacke dazu, aber die hatte sich Christamaria sofort unter den Nagel gerissen, wie sie sich alles unter den Nagel riß, was sie nur eben bekommen konnte. Sie hatte der Alten eingeredet, daß die schlankmachende Hüftraffung ja gar nicht richtig zur Geltung käme, wenn sie sie mit der Jacke zudecken würde, und unsicher, wie die Alte immer war, wenn es um Fragen des guten Geschmacks ging, war sie prompt auf den Leim gegangen und hatte die Jacke weggegeben. Dabei hätte es ihrer Hüfte samt Raffung nur gutgetan, von der Jacke überspielt zu werden, aber ich wollte mich da nicht einmischen.

Die Alte besaß also das passende Kleid, und passende Tischmanieren besaß sie auch. Sie hatte lange genug im Villenviertel geputzt, um eine Schneckenzange von einem Dosenöffner unterscheiden zu können und zu wissen, daß man Spargel nicht plattklopft und dann mit dem Messer zersägt, daß man sich den Teller auch nicht vollpackt bis zum Rand, sondern immer bloß ein Löffelchen in einer Ecke placiert und wartet, bis das Häppchen kalt ist, es dann langsam zum Munde führt, dann noch ein Löffelchen nachnimmt und ganz langsam kaut, so daß man an einem Kalbsschnitzelchen mit etwas Salat und zwei Prinzeßkartöffelchen schließlich eine Stunde rumessen konnte, dann war's nämlich französisch und nannte sich Diner.

Blieb das Problem mit dem Alten.

Es gab drei Orte auf der Welt, wo es ihm so richtig schmeckte und wo er das Gebotene auch, ohne Aufsehen zu erregen, zum Munde führen konnte: der »Schütze«, das Vereinshaus und die eigene Küche. Überall sonst mußte er mit größeren Pannen und Aufmerksamkeit von den Nebentischen rechnen. Vor einigen Jahren waren er und die Alte mit uns Kindern zu der silbernen Hochzeit von einem seiner ehemaligen Kumpel eingeladen, der es zu was gebracht hatte. Es war unser einziger Ausflug dieser Art. Das Fest fand im »Bärenhof«, einem ziemlich aufwendigen Schuppen, statt, so mit Kübelpflanzen am Eingang und einer Empfangshalle, in der einem ganz schlecht wurde. Aber die Leute waren sehr nett und ganz natürlich, und der ehemalige Kumpel legte seinen Arm um den Alten und sagte, daß er die Zeit, die sie damals zusammen verbracht hatten, nie vergessen werde. Der Alte strahlte wie ein Zirkuspferd, setzte sich zufrieden zurecht und stopfte die Serviette in den Kragen, weil er nicht wußte, was er sonst damit machen sollte, und dann fing das Essen an. Es gelang dem Alten, den Kellner vollkommen zu irritieren, weil er sich dreimal von der Vorspeise nahm aus Angst, es käme nichts mehr nach. Schließlich wischte er das Besteck an der Serviette ab und legte es säuberlich zurück auf das Tischtuch. Dann wollte er die Teller nicht auswechseln lassen, sondern sagte freundlich, der erste sei noch gut. Die Alte ihrerseits konnte sich nach dem zweiten Gang nicht länger beherrschen und begann rechts und links von ihrem Platz die Teller einzusammeln und aufeinanderzustapeln. Sie schichtete alles mögliche obenauf, so daß der Kellner beinahe verrückt wurde, weil er das Geschirr so nicht tragen konnte. Sonst schaffte sie die fünf Gänge aber ganz gut. Nur manchmal guckte sie den Alten nachdenklich an, als ob ihr heute zum erstenmal dämmerte, daß er vielleicht die Ursache für ihr jämmerliches kleines Dasein war, er und seine verdammte Unfähigkeit, in einem anderen Mist zu scharren als dem eigenen. Ich hätt's ihr schon lange sagen können, daß er ein unfähiger Duckmäuser war, der jede Idee, die sich durch die Hintertür einschleichen wollte, im Keim erstickte, aber sie mußte erst mal in eine andere Umgebung gebracht werden, um zu merken, daß es Besseres gab.

Ja also, nach diesen Erfahrungen war's kein Wunder, daß sie sich nicht gerade danach drängten, bei Gerlachs eingeladen zu werden, und man sah's dem Alten direkt an, daß er

Befürchtungen hatte, schon den Weg vom Eingang zum Gartentisch nicht zu überstehen, ohne über den Teppich zu stolpern oder sich in den Gardinen zu verfangen. Sie musterte ihn mit einem testenden Blick und war sichtlich bemüht, ihn in ihrer Vorstellung am Forst unterzubringen, ohne daß es allzu peinlich wurde. Man konnte ihr deutlich ansehen, daß das Ergebnis dieser Überlegungen negativ ausfiel.

Sie ließ durch Adrian ausrichten, daß sie in der nächsten Woche keine Zeit hätten, und hoffte auf ein Wunder.

Das Wunder trat nicht ein. Wunder sind an Leuten wie Tetzlaffs überhaupt kaum interessiert, wie ich im Laufe unserer aller Leben feststellen konnte. Außerdem sind die Leute vom Forst nicht geübt in Sachen Verzicht, sie bringen's einfach nicht, irgend etwas aufzugeben, das sie haben wollen, und sie wollten die Alten vor ihren Rhododendren sitzen haben, koste es, was es wolle. Weiß der Teufel, warum sie sich so darauf versteiften, vielleicht hatten sie alles andere schon zu oft durchgespielt und retteten sich nun vor der Langeweile ins Perverse.

Die Einladung wurde wiederholt und ein zweites Mal abgelehnt. Die Alte ließ nunmehr bestellen, sie hätte es in den Beinen. Sie sei aus diesem Grunde gezwungen, zu Hause zu bleiben, die Angelegenheit könne sich lange hinziehen. Eine Gesundung sei nicht abzusehen. Vielleicht irgendwann später einmal.

Es war typisch für sie, daß ihr in einer Notlage sofort die Beine einfielen. Sie bestand ausschließlich aus Beinen und Unterleib, und wenn sie was hatte, dann war's garantiert an diesen beiden Stellen. Ich wette, Madame G. hätte eine Allergie der feineren Sorte vorgeschützt, eine Depression oder eine noch unerforschte Krankheit, deren Syndrome allenfalls einer kleinen Gruppe hochspezialisierter Wissenschaftler bekannt waren. Der Alten aber fielen nur ihre Beine ein, und so, wie sie von ihnen sprach, sah man sofort die Verbände vor sich und roch die Zinksalbe, mit deren Hilfe sie die Krankheit kurierte.

Dann rief Frau Gerlach persönlich an.

Wir waren gerade alle um den Küchentisch versammelt und schaufelten die grünen Heringe rein, die die Alte heute gemacht hatte. Sie hatte noch welche nachliefern wollen und hielt das mit Fischblut verschmierte Messer in der Hand, als sie den Hörer abnahm.

Sie wurde weiß vor Schreck.

Man konnte ihrem Gestammel nicht entnehmen, um was es sich eigentlich handelte, aber wenn man sie so dastehen sah, dann hatte man das Gefühl, daß der Jemand am anderen Ende der Leitung eine Schlinge in der Hand hielt und sie durch das Telefon hindurch um Anna Tetzlaffs Hals gelegt hatte. Dann zog der Jemand die Schlinge an, und die Alte war stammelnd mit etwas einverstanden, das sie soeben noch abgelehnt hatte. Sie hielt durch bis zu einem: »Wir freuen uns auf Sie«, legte dann den Hörer auf und wandte sich um. Wir glotzten sie an. Keiner sagte was. Sie kehrte an ihr Spülbecken zurück und schlitzte einem der Fische den Bauch auf. Schließlich sagte sie: »Gerlachs kommen Sonntag zum Kaffee!«

Rudi faßte sich als erster. Er legte den Kopf zurück und wieherte mit aufgerissenem Maul, so daß man seine schiefen Zähne und die Gräten dazwischen sehen konnte; der Alte sah aus wie ein Kaninchen in der Falle; Adrian senkte den Kopf, als ob das Unheil, das er schon lange am Horizont dräuen sah, nunmehr über ihn hereingebrochen sei; nur Christamaria zeigte sich der Situation gewachsen.

Ihre früheren Ausflüge ins Villenviertel, ihr intensives Studium der Schicksen, wenn sie sich in die Einkaufspassage verirrten, die jahrelange Lektüre von »Frau und Schick« gewährleisteten, daß sie sich der Sache voll gewachsen fühlte. Sie versprach, im Kaufhof eine neue Tischdecke zu besorgen und der Alten ihr noch nie benutztes Silberbesteck »Fürstenkrone« für den Nachmittag zu überlassen. Sie sagte, richtige Servietten, solche aus Stoff, die man zu Rosen falten kann, seien unerläßlich, ebenso eine Zuckerzange und ein silberner Sahnegießer. Sie nannte Quellen, wo man diese Dinge kaufen konnte. Die Alte rückte mit gierigen Augen näher, sie sah der Sache bereits gelassener entgegen. Wenn Christamaria-Schatz sich darum kümmern würde, konnte eigentlich gar nichts schiefgehen.

Es war Dienstagabend, und ich wußte, daß sie bis Sonntag alle Hände voll zu tun haben würden, die Bude zu wienern, Torten zu planen und zu vollenden, Servietten zu kochen, zu stärken, zu plätten und zu Rosen zu falten und ihre dicken

Hintern in jedes Kleidungsstück zu zwängen, das sie im Schrank hatten, um es sich gegenseitig vorzuführen und zu beratschlagen, in welchem sie am vorteilhaftesten wirkten. Christamaria lieh sich auf der Stelle hundert Mark von der Alten, um sich die Seidenbluse zurücklegen zu lassen, die sie bei »Young Fashion« gesehen hatte, und riet der Alten, ihre Hände zwei Stunden lang in »Hand-sanft« zu baden, damit sie bis Sonntag gesellschaftsfähig wären.

Ich saß am Küchentisch und machte Aufgaben und hörte ihnen zu, wie sie sich die Köpfe heiß redeten und Pläne schmiedeten, um alles bis Sonntag vorzeigbar hinzukriegen. Ich sah sie so an und sah die Küche an und dachte, daß das einzig wirklich Vorzeigbare Nini und das Blumenfenster waren.

Der Anruf war Dienstag gekommen.

Am Mittwoch schleppte Christamaria die neue Tischdecke an, weißgrundig mit Zwiebelmuster, und passende Servietten dazu. Man hatte die Wahl zwischen Servietten aus Stoff und Servietten aus Papier, und vorsichtshalber hatte sie gleich beide gebracht, um es in Ruhe auszuprobieren. Sie entschieden sich nach einigem Hin und Her für die aus Stoff, obwohl sie zu groß waren, um sie zu Rosen zu falten, weil sie immer umkippten.

Schließlich legten sie sie neben die Teller, auch wenn sie doppelt so groß waren, was auch komisch aussah, aber das mußte eben in Kauf genommen werden. Christamaria behauptete, daß man in wirklich guten Kreisen niemals Papierservietten nimmt, das gäbe es gar nicht, und die Alte sah sie mit aufgerissenen Augen an und fraß es ihr von den Lippen. Das Hochzeitsgeschirr von Christamaria kam endlich aus der Dunkelheit des Sideboards ans Tageslicht. »Rose«, zwölfteilig, mit passenden Kuchenplatten. Das Besteck »Fürstenkrone«, das seit sechs Jahren in der blaugepolsterten Schublade eingesargt gewesen war, hatte die Zeit unbeschadet überstanden. Es glänzte wie neu, alles glänzte wie neu, die Tischdecke, die Servietten, jeder einzelne Teller, die Kuchenplatten samt Schaufel, das Sahnekännchen und die Zuckerzange... neu neu neu. Die verbrauchten Pranken des Alten würden sich unschön dagegen abheben, was sollte man machen. Die Alte badete ihre eigenen in »Hand-sanft« weich. Sie badete sie, bis sie aufquollen und sich rillten, aber sie war mit dem Ergebnis zufrieden.

Das geringste Problem bildete das Gebäck! Backen konnte die Alte, das mußte man ihr lassen! Man hätte sie noch im Zustand der Bewußtlosigkeit auffordern können, eine Sahnecremetorte oder Zitronenrolle zu fabrizieren, und sie würde sich aufrappeln und blind nach der Rührschüssel greifen. Es gelang immer, schließlich beschäftigte sie sich mit der Kunst des Backens, solange sie einen Rührlöffel halten konnte und solange in ihrem Leben ein Sonntag auf den anderen folgte.

Für den großen Tag fabrizierte sie zwei Torten, einen Obstkuchen und ein Tablett Fettgebackenes. Dann regte sich der Zweifel in ihrem Herzen, ob es auch reichen würde, und sie schob noch einen Marmor- und einen Zitronenkuchen in den Ofen. Schließlich reihte sie alles nebeneinander auf dem Küchentisch auf. Es war wie bei einer Hochzeit, es war wie Kindstaufe und Konfirmation, es konnte einem schlecht werden, wenn man nur hinsah.

Am Samstag führten sie sich dann gegenseitig ihre Garderobe vor.

Christamaria riß alles aus dem Schrank, was immer sich darin befand, und schließlich entschieden sie sich für das Kostüm mit Lurexbluse, das sie auf Anitas Polterabend getragen hatte. Die Bluse saß sehr eng und spannte unter den Armen, und die große Schleife, mit der sie am Hals zugewürgt wurde, lag platt und erschöpft auf ihrem großen Busen wie ein verendeter Schmetterling. Dann würgte sie sich Perlen um den Hals, klemmte sich Silberclips in die Ohren und zwängte ihre fleischigen Füße in zu enge Pumps. Sie sah gräßlich aus, aber sie schien nichts zu merken, sondern drehte und wendete sich vor dem hohen Spiegel hin und her. Dazu zog sie den Bauch ein, warf sich zähnefletschende Blicke zu und imitierte die Haltung der Fotomodelle in den Otto-Katalogen. Die Alte saß breitbeinig auf dem Bett, bewunderte sie und sagte, sie solle es mal mit Gürtel versuchen und jetzt mal ohne und jetzt mal die Kette weglassen und die anderen Clips probieren, und so hatten sie eine wichtige Unterredung, bei der es um alles oder nichts ging, und ich haute schließlich ab, weil ich's nicht mehr aushielt und sie außerdem in ihren Überlegungen bloß störte.

Mutter wählte natürlich das Denverblaue mit der Hüftraffung, und ihn würde man in den guten Anzug stecken, in dem er immer wie vergewaltigt aussah, besonders, wenn er auch noch die Weste drunterzwängen und alles mit Krawatte zuschnüren mußte. Er nahm diese Anordnung schweigend zur Kenntnis, wie er überhaupt bereits seit Freitag kaum noch gesprochen und einfach alles so hingenommen hatte, in der Hoffnung, daß es irgendwie vorübergehen werde und wieder normale Verhältnisse eintreten würden. Er hatte sichtlich schon lange den Faden verloren, wußte nicht mehr so recht, was eigentlich lief, und traute sich auch nicht zu fragen. Seitdem Christamaria verheiratet und in die Fußstapfen der Alten getreten war, bildeten die beiden ein Gespann, gegen das niemand mehr ankam. Mutter hatte sich in all den Jahren klammheimlich eine Komplizin herangezogen und den Alten ausgebootet, und blöd, wie er war, hatte er es nicht mal gemerkt.

Am Samstag hetzten beide Damen zum Friseur.

Sie kamen mit steifen Frisuren wieder, die wie eingeeist wirkten und sie ganz fremd machten, und lamentierten herum, daß die Haare bis morgen nicht durchhalten und sicher in sich zusammenfallen würden. Schließlich lösten sie das Problem, indem sie sich das Haar vor dem Schlafengehen gegenseitig aufdrehten und die Nacht in halb sitzender Stellung verbrachten. Am Sonntagmorgen hatten sie steife Hälse, aber die Lokken saßen wieder so gedrechselt auf der Kopfhaut wie gestern.

Bereits am Sonntagmorgen deckte Mutter den Kaffeetisch und schloß das Wohnzimmer ab. Sie jagte den Alten aus dem Bett, richtete die Kissen, lüftete, saugte Staub und reihte die Torten auf den Nachtkonsölchen und der Frisiertoilette auf. Alles wurde mit Zellophan bedeckt, die Schlafzimmertür abgeschlossen. Mittags gab es nur etwas Leichtes, nicht das übliche Sonntagsmenü, bestehend aus Suppe, Braten, Kartoffeln, Gemüse und Pudding. Nach dem Essen wirkten wir alle schon ziemlich zerknittert, sie vom Arbeiten, wir anderen vom Bloß-keinen-Dreck-Machen, was mindestens ebenso anstrengend war. Christamaria hatte zu all dem Streß noch die Aufgabe, Rudi und den Alten im Auge zu behalten, damit sie nicht zum »Schützen« desertierten und womöglich angesoffen nach Hause kamen. Die beiden wußten nicht, wo sie bleiben sollten, und irrten unglücklich herum, bis Christamaria ihnen schließlich gnädig erlaubte, in ihrem Allerheiligsten auf dem Büffelsofa Platz zu nehmen und sich mit Nini die Kinderstunde im Fernsehen anzusehen.

Adrian hatte sich der ganzen Sache wieder einmal entzogen, indem er gleich morgens einfach wegging, um mit Sara Gerlach eine Partie Tennis zu spielen, eine feine Sonntagmorgenbeschäftigung, eines aufstrebenden jungen Mannes würdig. Gegen Mittag hatte er dann angerufen und mitgeteilt, daß er und Sara im Club essen und dann mit Gerlachs zusammen gegen vier eintreffen würden. Frau Gerlach ließe überdies bestellen, man möge sich doch bitte keine Umstände machen, eine Tasse Tee würde genügen. Der Alten fiel fast der Hörer aus der Hand. An Tee hatte keiner gedacht, wir hatten nie welchen im Haus, wenn man von dem Magentee einmal absah, den die Alte mal vor Jahren gegen ihre Gallenbeschwerden gekauft hatte und der seitdem in der Dunkelheit des Küchenschrankes vor sich hingammelte. Christamaria schlug vor, sich Tee bei der Nachbarin auszuleihen, nur das hätte die gesamte Tischkultur zerstört, die eindeutig auf Kaffee ausgerichtet war, und schließlich beschlossen sie, nichts gehört zu haben und den Nachmittag so ablaufen zu lassen, wie er nun einmal geplant war.

Ich saß nach dem Essen am Küchentisch und machte Aufgaben, und gegen zwei war die Hektik so weit gediehen, daß die Weiber bereits im Festtagsstaat herumirrten und die Alte mich schließlich anschrie, ich solle machen, daß ich den Tisch leergeräumt bekäme, und mich endlich umziehen, aber um Gottes willen, ohne dabei irgend etwas in Unordnung zu bringen. Sie hatte mir das Kleid, das ich anlegen sollte, bereits herausgehängt, und ich tat ihr den Gefallen und zog es an. Es war ihr großer Tag und ich wünschte ihr von Herzen, daß er gelänge. Es gab so verdammt wenig Gelungenes in ihrem beschissenen Dasein.

Kurz nach drei riß sie mich plötzlich an den Haaren und schrie, warum ich eigentlich nicht zum Friseur gegangen sei und ob ich schon mal gesehen hätte, wie ich von hinten aussähe.

Ich lächelte sie beruhigend an und ging und kämmte mich

noch einmal, und anschließend polierte ich das Waschbecken im Bad, in das zwei Härchen gefallen waren, und sagte mir, daß man ihr heute halt einiges nachsehen müsse. Es handelte sich um die große Stunde ihres Lebens, in der es um alles oder nichts ging, vergleichbar etwa mit der Doktorprüfung oder der Weltmeisterschaft im Stabhochsprung, und an solchen Tagen brannte einem schon mal die Sicherung durch.

Um vier holten sie Rudi und den Alten rauf und zwangen sie, am Küchentisch Platz zu nehmen, und warteten dann, die Augen auf die Wanduhr gerichtet.

Es wurde viertel nach vier, dann halb fünf.

»Solche Leute kommen fast immer zu spät, sie haben meist vorher noch was anderes vor«, belehrte uns Christamaria.

Der Alte schielte zu der Kühlschranktür, hinter der sich das Bier befand. Mutter bemerkte es und warf ihm einen drohenden Blick zu, der deutlich besagte, daß sie, falls er auch nur die allerkleinste Regung zeigen sollte, durch die irgend etwas in Unordnung gebracht werden würde, nicht wisse, was sie täte. Er senkte auch sofort schuldbewußt die Augen und gab auf. Er gab immer häufiger auf, je älter er wurde.

Um zwanzig vor fünf hörten wir den Aufzug und Stimmen. Jemand lachte. Schritte näherten sich unserer Tür.

Mutter stürzte an die seit Stunden vorbereitete Kaffeemaschine und drückte den Knopf. Christamaria prüfte vor dem Spiegel zum hundertstenmal ihre Frisur. Alles drängte sich zum Flur, der einem solchen Ansturm schlecht gewachsen war. Der Alte fiel beinahe über das Dielenschränkchen, Nini fing an zu heulen und mußte beruhigt werden. Christamaria öffnete die Tür. Ich hatte Gerlachs nie richtig gesehen, aber ich stellte auf einen Blick fest, daß sie nichts Besonderes waren. Sie war eine geraffte Zicke im lässig-teuren Outfit, mit Flackerblick und scharfen Mundfalten, er ein auf jugendlich-fit getrimmter Herzinfarktanwärter. Beide sahen verkatert und übernächtigt aus. Sara umarmte mich, als ob wir Freundinnen seien, und hauchte mir einen dieser Küsse auf die Wange, wie sie in ihren Kreisen schick und üblich sind. Adrian lächelte sehr verkrampft und sagte: »Darf ich vorstellen? Meine Eltern, Herr und Frau Gerlach!« Christamaria hielt Nini auf dem Arm, die ihr Gesicht in ihren Kragen wühlte. Der Alte lächelte einfältig. Frau Gerlach sagte mit rauchiger Stimme, wie sehr sie sich freue, Adrians Familie endlich einmal kennenlernen zu dürfen.

Man ging beherzt aufeinander zu. Händeschütteln.

Lächeln von hüben nach drüben. Zähnezeigen. Cheese...

Es war nicht zu übersehen, daß Gerlachs mit Saramäuschen und Adrian bereits eine Front für sich bildeten. Wir die einen, sie die anderen. Sie hatten auch etwas Gemeinsames, Verbindendes: Alle vier rochen spürbar nach Alkohol.

Der Nachmittag verlief vollkommen anders als gedacht.

Gerlachs erwiesen sich als reizende Gäste.

Reizend!!!

Da konnte man gar nichts sagen. Gil Gerlach verfiel, kaum daß sie unser Wohnzimmer betreten hatte, in wahre Lobeshymnen. Sie lobte den Teppich und die Gardinen, den wundervoll gedeckten Tisch und das Blumenfenster. Sie lobte den Balkon und die Aussicht, die man von demselben genoß. Gemeinsam suchte man das Gerlachsche Anwesen. Gil Gerlach stellte zufrieden fest, daß das Haus beinahe ganz zugewachsen war, so daß man kaum noch das Dach sah.

Anschließend lobte sie sämtliche Torten, auch wenn sie – leider – nur von einer ein Stückchen probieren konnte. Sie lobte den Geschmack des Kaffees und den der Sahne.

Die Alte wurde zutraulich und öffnete die Schränke, um weitere Schätze vorzuführen. Das Speiseservice für sonntags und die Obstschale, die Christamaria letztes Jahr von Mallorca mitgebracht hatte. Mac Gerlach unterhielt sich derweil mit dem Alten über Fußball. Er kannte den Stand der Bundesliga auswendig, und beide entdeckten eine gemeinsame Vorliebe für den 1. FC Köln. Nach dem Kaffee ging man zu Bier über. Die Damen nippten am Likör. Sogar die Alte nippte mit. Ich hatte sie nie Alkohol trinken sehen, nur am Heiligen Abend vielleicht, an dem sie angesichts der elektrischen Christbaumkerzen in gerührter Stimmung ein Glas Wein zu sich nahm. Es war immer ein ganz merkwürdiger Anblick.

Christamaria hatte ihren großen Tag. Es war ihr Eintritt in die bessere Gesellschaft. Sie unterhielt sich mit Gil Gerlach über Topfpflanzen und ihre Pflege. Gil sagte, daß sie auf diesem Gebiet noch einiges lernen müsse, ihre Topfpflanzen gingen immer ein, kaum, daß sie Einzug in ihr Haus gehalten hätten. Sie sei froh, wenn sie sie eine Woche halten könne, danach würden sie bereits bedenklich an Schönheit einbüßen. Sie lachte, als ob es ein besonderes Verdienst sei. Mac rief über den Tisch, das könne er nur bestätigen, das mit den Blumen, es sei nicht zu fassen, was seine Frau mit den robustesten Pflanzen anstelle. Auch er lachte, als ob es ein Witz sei. Mutter stand auf und machte sich mit Feuereifer daran, von ihren Blumenstöcken Ableger abzuknipsen und sie ihr in Plastiktüten verpackt zu überreichen. Gil bedankte sich überschwenglich. Der Alte machte nun seinerseits Geschenke. Er bot an, was er anzubieten hatte: Handwerkerdienste rund um die Uhr, Tips, wo man bestimmte Dinge billiger bekommen konnte. Vertraulich rückte er an Mac heran: »Wenn ihr mal 'ne preiswerte Werkstatt braucht, billiges Fleisch, Gemüse en gros. Nur den guten alten Tetzlaff fragen.«

Mac versprach es süffisant-erstaunt. Sein Bedarf an preiswerten Werkstätten und Gemüse en gros schien nicht so groß zu sein, wie der Alte es sich erhoffte.

Er habe auch sonst seine Quellen. Er zwinkerte kumpelhaft. Mac Gerlach rückte ein bißchen von ihm ab. Nicht direkt auffällig, aber doch spürbar. Dann erhob er sich unvermutet.

Ach, so spät schon, nicht länger stören, gar nicht so lange bleiben wollen, aber die Zeit vergeht wie im Fluge, wenn es so gemütlich war wie heute. Gil ging noch mal aufs Klo. Sie lobte anschließend die Kacheln des Bades und die wundervollen Frotteehandtücher. Prompt bot die Alte ihr an, ihr genau die gleichen zu besorgen, im Kaufhof, wo Christamaria arbeite, es mache gar keine Mühe, sie zurücklegen zu lassen. Gil brauche es nur zu sagen, wie viele und in welchen Farben. Sie seien gar nicht so teuer, wie sie aussähen, und Christamaria kriege noch Prozente.

Gil Gerlach sagte, daß sie es sich überlegen wolle, sie könne sich farblich nicht sofort entschließen. Sie bat um einen kleinen Aufschub der Angelegenheit, wirkte plötzlich müde und abgekämpft. Auch Mac wurde nervös. Er trat, bereits bis zum Flur vorgedrungen, von einem Fuß auf den anderen und klimperte mit den Autoschlüsseln.

Man wollte gehen, konnte aber nicht, weil die Alte in ihrer

fanatischen Gebefreudigkeit und mit fliegenden Händen in der Küche die Reste des gelobten Kuchens einpackte. Sie schichtete die Tortenstücke zu Sahnepyramiden, umhüllte sie mit Folie, kratzte von den Platten, was übriggeblieben war. Gil rief in gereiztem Ton, daß sie es doch bitte auf sich beruhen lassen solle, ein Stückchen vielleicht, aber bitte nicht mehr. Doch da kam sie bei der Alten schlecht an. Sie schob das letzte Stückchen Zitronencremetorte auf eine Untertasse und alles zusammen in einen Plastikbeutel. Ein stattlicher Korb wurde Mac übergeben. Gil trug bereits die tropfenden Beutel mit den Ablegern. Solchermaßen bepackt, mit verklebten Händen, ihrer Ankunftseleganz beraubt, durften Gerlachs endlich abschieben. Die Alte sah vom Balkon aus zu, wie sie die Päckchen und Pakete und den kippligen Korb im Wagen verstauten. Es war mühevoll, es fiel immer wieder durcheinander, Gil Gerlach sagte etwas, er brüllte entnervt zurück. Mit quietschenden Reifen verließen sie dann endlich den Vorplatz unseres Hauses. Sie waren zuletzt sichtlich mit den Nerven am Ende. Die Alte hatte es nicht bemerkt. Alles war gutgegangen, Gil Gerlach hatte sie gelobt, sie ihrerseits hatte ihnen ihre Kuchenreste aufdrängen können. Für morgen, für übermorgen und überübermorgen. Der Alten ist es im Grunde egal, was die Leute mit den Resten machen. Sie muß wegstrebende Gäste einfach beladen, und wenn sie sich mit Tränen in den Augen dagegen zur Wehr setzen – es ist ein Zwang bei ihr, sie kann nicht anders.

Eine Woche verging, eine weitere, ein Monat. Nichts geschah. Es war alles wie vorher. Anfangs befragte die Alte Adrian noch hoffnungsvoll und anerkennungssüchtig, wenn er vom Tennisspielen oder vom Rendezvous mit Saramäuschen nach Hause kam.

»Na, wie war's?«

»Wie soll's gewesen sein? Wie immer!«

»Hat Sara nichts gesagt?«

»Wozu?«

»Ich meine, hat sie nicht erzählt, daß ihre Eltern nach dem Nachmittag bei uns irgend etwas gesagt haben?«

»Nö, schönen Gruß!«

An einem anderen Tag:

»Hast du Gerlachs mal wieder gesehen?«

»Ja, gestern!«

»Und?«

»Was und? Mac hat sich einen neuen Wagen gekauft, einen Jaguar, super!«

Rums! Verschwindet hinter seiner Tür, die sich wie ein eiserner Vorhang hinter ihm und dem Rest der Welt schließt. Die Alte bleibt mit ihren unerfüllten Sehnsüchten im Flur zurück. Man konnte ihr förmlich ansehen, wie sehr sie danach gierte, die Lobeshymnen, mit denen Gil Gerlach sie so reichlich verwöhnt hatte, noch einmal zu hören: wie toll der Kuchen geschmeckt habe, wie gut die Wohnung, der Balkon, das Geschirr samt Zuckerdose und Sahnekännchen gefallen hätten. Aber nichts von alledem, es war wohl schon vergessen. Sie schlich nach dem dritten vergeblichen Versuch, in Adrians Innerstes einzudringen und ihm irgendeine Information zu entreißen, in ihre Küche zurück wie ein geprügelter Hund, der die Hoffnung auf einen Zipfel Wurst vom Tisch der Reichen endgültig aufgegeben hat.

Einmal wagte sie noch einen Vorstoß und fragte mit ihrer blassen Zitterstimme, ob denn Gil nicht endlich etwas von den Handtüchern gesagt habe, die Christamaria ihr im Kaufhof zurücklegen lassen wollte, vor allem müsse man wissen, in welcher Farbe und wie viele. Zu dem günstigen Preis seien sie nicht mehr lange vorrätig. Adrian sah sie geistesabwesend an und sagte, von den Handtüchern hätten sie niemals gesprochen, wahrscheinlich habe Gil die Sache längst vergessen.

Dann möge er sie doch bitte daran erinnern.

Am nächsten Tag kam er und ließ bestellen, daß Gerlachs keine Handtücher benötigten, vielleicht würden sie irgendwann einmal auf das Angebot zurückkommen.

Aber zum Tee waren sie eingeladen. Gil Gerlach hatte die Hoffnung ausgesprochen, daß der allgemeine Gesundheitszustand der Tetzlaffs es zulasse, am kommenden Samstag gegen sechzehn Uhr... Die Alte sagte sofort zu. Ich hatte das Gefühl, daß sie sich richtig freute. Bei Gerlachs zum Tee, am Samstag, sechzehn Uhr. Sie überlegte bereits, was sie ihnen mitbringen könnte, eine schöne dicke Begonie und drei Frotteetücher in abgestuften Rottönen. Mir fiel ein, daß Gerlachs ihrerseits gar nichts mitgebracht hatten, es war in der allgemeinen Aufregung nicht weiter aufgefallen.

Ich blieb mit Nini zu Hause, es fiel mir nicht weiter schwer. Wir konnten schließlich nicht zu siebt als Tetzlaffsche Kolonne über den Teetisch herfallen. Christamaria wollte auf gar keinen Fall darauf verzichten, und Rudi mußte sie natürlich ins Schlepp nehmen, einen sportlich herausgeputzten Rudi, passend zum sportlichen Polohemd, das ganz neu war und deshalb zum großen Aufritt am Forst ausgewählt wurde.

Pünktlich viertel vor vier preßten sie sich dann zu fünft in Adrians Karre. Der Alte, Rudi und Christamaria hinten, Adrian am Steuer, Mutter mitsamt der ausladenden, in feuchtes Papier gewickelten Begonie und den aufwendig verpackten Frotteetüchern rechts vorn. Die Alte, die nach einigem Hin und Her schnaufend neben Adrian Platz nahm und mit ihren beiden Paketen und der Handtasche kämpfte, und Christamaria, die ihr feistes Bein mit dem rundgepolsterten, in einen zu engen Pumps gepreßten Fuß mühsam in den Wagen zog, derweil Adrian bereits Gas gab und mit quietschenden Reifen den Vorplatz verließ, blieben mir komischerweise in Erinnerung. Ich winkte dann dem Wagen nach, solange er zu sehen war. Die Alte legte immer Wert auf so was, es machte sie auf eine komische Art glücklich.

Dann konnte ich endlich mit Nini zurück in die Wohnung gehen, in der die Hektik eines aufgeregten Aufbruchs noch zu spüren war. Ich setzte Nini vor den Fernseher, stattete sie mit Gummibärchen und Keksen aus und ging in die Küche, um zu lernen.

Es tat gut, so allein in der stillen, leeren Küche zu sitzen und zu arbeiten und ab und zu hinüberzugehen, wo Nini artig auf dem Sofa saß, sie auf den Schoß zu nehmen und den Geruch ihrer etwas verschwitzten Löckchen einzuatmen. Es war friedlich und still. Es war wunderbar.

Ich hoffte, daß sie alle bis Mitternacht bei Gerlachs bleiben würden, die ganze Woche von mir aus, ewig, wenn es einen Gott gab und er ein Einsehen hatte.

Aber bereits um sieben waren sie zurück.

Der Alte hat nie von dem Nachmittag bei Gerlachs gesprochen.

Sie kamen nach Hause, mit zugeschnürten Gesichtern, zu zweit. Rudi und Christamaria waren noch in die Pizzeria gegangen, die vor kurzem neben der Tankstelle eröffnet worden war. Eine der wenigen ehelichen Freuden, die sie sich hin und wieder gönnten.

Mutter ging sofort vom Flur aus weiter durch ins Schlafzimmer und zog sich um. Sie strich das Haar in der gewohnten Weise zurück und steckte es fest. Dann machte sie sich in der Küche mit heftigen Bewegungen über den Abwasch her.

Er warf sich im Wohnzimmer gleich auf das Sofa und schlief ein. Er schien angetrunken zu sein, nicht sehr, aber doch so, daß man es merkte. Ich beobachtete die Alte, wie sie in dem ausgeleierten Hauskleid, das sie fast immer trug, und dem zurückgestriegelten Haar über dem Waschbecken hing, in dieser gebückten Haltung, die so typisch für sie war, und schweigend und verbissen das Geschirr spülte, so, als ob sie eine Rettung darin fände.

»War es schön?« fragte ich schließlich in unser Schweigen hinein.

Sie drehte sich um und warf mir einen Blick zu, den die Niederlage verdunkelte.

»Sie sind geizig«, sagte sie dann. »Wir waren ihnen grad 'ne Tasse Tee und 'n paar alte Plätzchen wert. Und dann haben sie deinen Vater betrunken gemacht. Er konnte das Klo nicht mehr finden!«

Sie rieb einen Teller trocken und stellte ihn ins Regal.

»Nie wieder«, sagte sie. »Das sage ich dir, nie wieder! Wenn ihnen nichts weiter einfällt, als deinen Vater betrunken zu machen!«

Ich dachte, daß sie sich niemals ändern würde.

Er hatte ihr offensichtlich die Tour vermasselt in seinem blöden Unverstand, mit seinem zugenagelten Gehirn, in dem nichts Platz hatte als sein Taubenverein und die Lederfabrik und die Quizsendungen im Fernsehen vielleicht und die Bundesliga. Wochenlang hatte sie sich auf die Begegnung mit Gerlachs vorbereitet und hatte alles ganz genau überlegt und bis ins kleinste geplant, sie hatte es ein einziges Mal wissen wollen, und sein ganzer Beitrag hatte darin bestanden, danebenzupissen.

Aber natürlich traf ihn keine Schuld.

Die anderen hatten ihn betrunken gemacht. Ihn traf keine Schuld. Sie schien nicht zu merken, daß sie ihn stets wie einen Schwachsinnigen behandelte, auf den die gesamte Umwelt Rücksicht zu nehmen hatte. Aber so war sie schon immer gewesen. Frauen wie Anna Tetzlaff änderten sich nicht. Man konnte hundert Jahre darauf warten, aber sie änderten sich nicht.

Christamaria übernahm es, die Siedlung über »gewisse Leute« aufzuklären. Gewisse Leute aus dem Villenviertel. Sie stand breitbeinig, mit vorgeschobenem Bauch im Treppenhaus und vor dem Supermarkt und tönte herum, wie manche Leute am Gelde hängen, und zwar genau solche, von denen man doch meinen könnte, daß sie es übrig hätten. Sie, Tetzlaffs, hatten sich seinerzeit in Unkosten gestürzt, damit es ein netter Nachmittag wurde, da gehörte doch ganz einfach was auf den Tisch, das war doch selbstverständlich, das tat man doch gerne, Kaffee und Kuchen satt, hinterher Likörchen und Bierchen, den Rest hatte man ihnen eingepackt, und drüben...?

Drüben! Um vier sollte es losgehen, man war einige Minuten zu früh dran, das konnte ja passieren, und dann war keiner zu Hause! In der ganzen schnieken Villa kein Aas, fünf nach vier kamen sie endlich von ihrem verdammten Tennisplatz und wunderten sich, daß Tetzlaffs schon da waren, und verfrachteten sie erst mal in den Garten, wo man sie angesichts eines vollkommen leeren Tisches ihrem Schicksal überließ. Die feinen Leute verschwanden in der Tiefe ihres Palastes, um sich frisch zu machen, was reichlich lange dauerte. Der Alte begann bereits unruhig zu werden und unter der prallen Sonne zu schwitzen. Endlich, sie, Christamaria, hatte schon sämtliche Hoffnungen fahren lassen, war die Dame des Hauses mit einer Teekanne und einer dämlichen Plätzchenschale wiedergekommen. Und außer einer Tasse Tee und den uralten Plätzchen hatte es überhaupt nichts gegeben. Tee und Plätzchen, und sie hätte es angeboten, als wenn's Kaviar in Hummersahne wäre, und keine Spur von Scham, sie so poplig abzuspeisen, wo's noch keine drei Wochen her war, daß sie bei ihnen waren und einen wirklich schönen, reich gedeckten Kaffeetisch vorgefunden hatten.

Der Alte habe vor Ärger richtig angefangen zu schniefen, vor allem als Herr Gerlach, nachdem er eine Tasse Tee zu sich genommen hatte, einfach, ohne sich zu entschuldigen, aufstand und irgendwohin verschwand und auch nicht wieder auftauchte und das Gespräch sich peinlich dahinschleppte und Gil Gerlach so dasaß und sie musterte und der Unterhaltung aber auch nicht die Spur auf die Sprünge half.

Schließlich habe sie Drinks angeboten, so widerlich süßes Zeug, und der Alte hatte nicht gewagt zu sagen, daß ihm eher nach einem Bier sei, wie er und Mac es bei ihm ja auch getrunken hatten, und nicht nur eins. Und verzweifelt, wie er war, hatte er den bunten Drink genauso schnell runtergekippt, wie er's sonst mit Bier machte, da war ihm schon so komisch im Kopf geworden, aber er hatte noch zwei nachgekippt, aus purer Verzweiflung, weil sie so blöd dasaßen, wirklich überflüssig und blöd, und niemand ihnen einen Wink gab, was sie tun sollten.

Nach drei Drinks hatte er alles nicht mehr so richtig auseinanderhalten können, die Gesichter und die Stimmen waren ineinandergeflossen, und er hatte plötzlich nicht mehr gewußt, wo er sich befand. Und auf den Grillfesten beim Taubenverein, da hatten sie's der Einfachheit halber doch auch so gemacht: Er war aufgestanden und hatte sich gegen den Rhododendron gestellt. Er hatte seine Hose aufgezippt und gegen den Gerlachschen Busch gepißt, keine zwei Meter vom Teetisch entfernt. Dann hatte er bedächtig alles wieder gut verstaut, sich erleichtert umgedreht und in die Runde gegrinst.

Damit war die Teatime beendet.

Anna Tetzlaff hatte mit schriller Stimme geschrien, daß man ihren Mann vorsätzlich besoffen gemacht habe, und Adrian hatte ihn eisern und unnachgiebig am Arm gegriffen und zum Auto bugsiert. Christamaria und Rudi schoben sich nach, und das süffisante Lächeln, mit dem Gil Gerlach eine vergessene Strickjacke durch das Autofenster reichte, war das Letzte, was ihnen in Erinnerung blieb.

Eine Woche später sah ich Sara in der City, wo sie beladen mit Paketen aus einer Boutique kam. Ich blieb stehen und fragte, ob sie denn heute keine Schule habe oder bei ihnen schon Ferien seien. Ich weiß, daß man intelligentere Sachen sagen kann als so was, aber ich war sehr überrascht, sie zu sehen, und was Sara betrifft, da ist mir noch nie was Gescheites eingefallen. Sie hatte die Sonnenbrille hoch hinauf in die Haare geschoben und guckte mich unter ihren buntbemalten Augenlidern herablassend an. Dann klärte sie mich darüber auf, daß sie die Schule längst hinter sich gebracht habe und Englisch studiere und es in ihrem alleinigen Ermessen stehe, ob sie zur Vorlesung gehe oder nicht. Leider habe sie heute keine Zeit zu längerem Verweilen, weil sie morgen früh nach Nizza fliege und noch einiges zu erledigen sei. Sie nickte mir kurz zu und stolzierte die Straße hinunter.

Ich stand da, glotzte ihr verblüfft nach und dachte, daß die Welt von Hohlköpfen wimmelt und man keinen Schritt tun kann, ohne einem von ihnen auf die Füße zu treten.

Die Welt ist groß
sie steht zur Verfügung.
Sara

Alles in allem waren es gute Zeiten.

Gil hatte den Tennislehrer, seit einigen Wochen »Honney-Dear« inzwischen zu Hause eingeführt, wo er, ebenso dekorativ zu ihren Füßen liegend, den Rand des Swimmingpools schmückte wie zuvor Adrian.

Im Gegensatz zu ihm entwickelte er sich jedoch rasch bis in das Schlafzimmer und bis an die Kellerbar weiter, wo er Gil und sich mit exotisch anmutenden Drinks verwöhnte.

Den Alten schien es nicht zu stören noch überhaupt aufzufallen. Wahrscheinlich war es ihm längst vollkommen gleichgültig, was im Haus vor sich ging, wenn er selbst nur seine Ruhe hatte und kommen und wieder verschwinden konnte, wie es ihm gerade einfiel.

Ihr schien es plötzlich ganz recht zu sein, daß er so selten da war und sie mit Honney-Dear ungestört ihren Dolce-Vita-Verschnitt abziehen konnte. Und was mich betrifft, so freute ich mich von Herzen, mein betagtes Mütterchen endlich einmal glücklich zu sehen. Nach den langen, arbeitsreichen Jahren hatte sie es schließlich verdient, auch einmal an der Reihe zu sein, und ich gönnte es ihr von ganzem Herzen. Irgendwann hatte ich ein für allemal kapiert, daß mein Glück und die Dauer desselben in direkter Linie von dem ihren abhing und das Ende der guten Zeiten immer gleichzeitig eingeläutet wurde.

So gesehen, lohnte es sich in der Tat, für den Frieden in der Seele seines Nächsten zu beten.

Die Sache ging klar, und sie hatte mit Honney-Dear eine gute Zeit, und Adrian und ich hatten auch eine gute Zeit. Es war sehr beruhigend, einmal ungestört einfach bloß glücklich zu sein, morgens aufzuwachen und zu wissen, daß alles in Ordnung war und daß es noch eine gute Weile halten konnte.

Ich besuchte die dämliche Schule so gut wie gar nicht mehr, sondern trieb mich in der Stadt herum, saß im Café oder traf mich mit Freundinnen und wartete geduldig auf Adrians Feierabend, das heißt auf jenen Moment, in dem er aus der Tür der Kreditgesellschaft ins Freie treten würde. Dann begannen wir unser Liebesleben. Es war wirklich ein angenehmes Dasein, und es hätte ewig so weitergehen können. Aber dann kam Honney-Darling seltener, und eines Tages sah ich ihn, wie er in seinem roten Sportwagen mit einem jungen Ding herumknutschte, und da wußte ich, daß die gute Zeit zu Ende ging. Ich dachte, daß es schon komisch sei, daß die Schicksen nie irgend etwas halten konnten, es rann ihnen immer gleich alles durch die Finger, und wenn das Ende nicht von außen kam, dann führten sie es selbst herbei. Mir schien, als ob sie ohne Nervenkrise nicht existieren konnten.

Als die Sache mit Honney-Darling endgültig zu Ende war, wandte sich Gil wieder verstärkt ihren Freundinnen zu, natürlich nur denjenigen, die ebenso schlecht »drauf« waren wie sie selber. Glück und Zufriedenheit waren wieder einmal aus der Mode gekommen. Eine der Tanten riet ihr, endlich einmal etwas für sich selbst zu tun, sie sollte ihre eigene Nähe suchen oder so ähnlich, und Gil ließ sich die Adresse von einem bekannten Analytiker geben und rannte bald ebenso besessen hin, wie sie früher in den Club gerannt war. Nachmittags kamen die Schicksen vorbei, und alle waren ganz begeistert von ihrer Analyse und behaupteten, welch Erlebnis es sei, die eigene Nähe zu spüren, und daß sie es jetzt schafften, auch die Nähe von anderen auszuhalten, und daß sie nun mit ihrem ganzen Frust besser umgehen könnten als früher. Sie konnten mit dem Alleinsein besser umgehen und die Erfahrung genießen, älter zu werden, und brachten für ihre Entwicklung und die der anderen dasselbe Interesse auf wie früher für das Endspiel der Clubmeisterschaften. Manchmal hatten sie Rückfälle und kamen dann und erzählten und laberten mit dieser trostlos-monotonen Stimme vor sich hin, die sie sich zugelegt hatten. Gil lehnte mit zusammengekniffenen Augen in der Sofaecke, hörte schweigend zu und sagte manchmal vielsagend »aha«, und ich dachte, daß sie sicher gerade den Part des Analytikers übernommen hatte, der zuhört, die Augen zusammenkneift, »aha« sagt und sich was denkt.

Abends rief sie dann eine der anderen Schicksen an und sagte mit besorgter Stimme, daß nachmittags Regine bei ihr gewesen sei und sie ganz deutlich gespürt habe, daß sie deren Nähe noch nicht so gut aushalte, und daß Regine im übrigen nicht sehr viel erreicht habe und nicht nennenswert weitergekommen sei.

Sie, Gil, habe dagegen ganz deutlich gespürt, daß sie heute mit dem Nichtaushalten von Regines Nähe schon wesentlich besser umgehen könne als früher. Ich war froh, daß sie das neue Spiel gefunden hatte, denn es beschäftigte sie sehr, und das Suchen ihrer eigenen Nähe füllte sie vollkommen aus. Ich meinerseits kam durch diesen Umstand mit Adrian ein großes Stück weiter. Wir konnten uns stundenlang in meinem Zimmer aufhalten und manchmal sogar über Nacht zusammenbleiben, ohne daß Gil uns daran hinderte.

Im Gegensatz zu einigen ihrer Freundinnen, die irgendwann daherkamen und gestanden, ohne ihren Analytiker nicht mehr leben zu können, und die ihm zuliebe sogar das Clubleben vernachlässigten, gab Gil eines Tages aus heiterem Himmel die Analyse und die Suche nach sich selbst auf. Vielleicht hatte sie sich inzwischen gefunden und war von der Begegnung enttäuscht. Jedenfalls ging sie plötzlich nicht mehr hin und versuchte statt dessen, Mac zu einer Gruppentherapie zu überreden, weil der Psychohecht angeblich gesagt hatte, es nutze gar nichts, wenn sie allein an sich arbeite, derweil ihr Partner einfach in den alten Gleisen weitermurkse. Aber Mac sagte, er litte nicht darunter, in den alten Gleisen zu murksen, und im übrigen sei ihm nicht daran gelegen, sein Seelenleben vor irgendeinem Psychoarsch auszupacken.

Gil reagierte sehr sanft, gar nicht so fuchtig wie früher immer, eher so, als ob er ihr leid täte, denn sie konnte mit der Zurückweisung einfach besser umgehen als früher, und anstatt sich aufzuregen, beschloß sie lieber, auf ihre Wünsche zu hören und endlich mal was Gutes für sich zu tun. Und so packte sie ihre Koffer und fuhr auf eine Schönheitsfarm, um sich mal vier Wochen lang verwöhnen zu lassen. Schon in der ersten Woche zog Adrian ganz zu uns und spielte den Hausherrn. Mac schien es nicht weiter aufzufallen, im Gegenteil, er brachte selbst eine Dame namens Mixi mit, ohne daß ich ihn meinerseits darauf angesprochen hätte.

Wir lebten sehr friedlich nebeneinander her, und wenn wir

uns zufällig irgendwo im Haus begegneten, dann lächelten wir und sagten »Hey«, und jeder kam und ging, wie er wollte, und ließ den anderen in Frieden. Es waren geruhsame Zeiten ohne Sensationen, aber auch ohne Anspannung, gemütliche, normale Zeiten. Keinem von uns wäre es schwergefallen, ein für allemal auf Gils Rückkehr zu verzichten, ich glaube noch ein paar Monate länger und wir hätten sie ganz einfach vergessen.

Dann war sie plötzlich wieder da, und schlagartig wurde es ungemütlich. Mixi mußte es schon geahnt haben, sie war überhaupt ein schlauer Typ, der schnell witterte, wenn Gefahr im Anzug war. Und Adrian hatte noch am selben Abend zu verschwinden, nämlich »dahin, wo er hergekommen war!«.

Diese ausgesucht bösartige Ausdrucksweise hätte mich schon stutzig machen müssen, ich meine, ich hätte merken müssen, daß sich der Wind gedreht hatte. In Gils Nähe drehte sich der Wind, solange ich denken konnte.

Sie begann wieder einmal, sich für meine Ausbildung zu interessieren, und sprach sogar in der Schule vor, um nach den Möglichkeiten für einen »ordentlichen« Abschluß zu fragen. Man sagte ihr, also wenn jemand unbedingt wolle, dann könne er mit einem Zertifikat abschließen. Allerdings müsse man dann einen Spezialkurs besuchen, den die Schule anbiete. Man machte sie vorsorglich darauf aufmerksam, daß dieser Kurs jedoch recht hart sei.

Ich ging fast in die Luft, als ich davon hörte. Als ob ich Lust gehabt hätte, einen ganzen Sommer zu investieren, bloß um irgendein dämliches Zertifikat zu erwerben, das ich dann nie mehr im Leben brauchen würde. Außerdem war ich achtzehn. Ich teilte Gil diese Tatsache mit. Sofort konterte sie, daß man mich zwar mit achtzehn nicht mehr zwingen könne, eine Schule zu besuchen, ich dann jedoch auch alt genug sei, für meinen Lebensunterhalt zu sorgen, und der arme Mac sich darüber hinaus nicht verpflichtet fühlen müsse, weiterhin die Schulgebühren für einen Unterricht zu zahlen, an dem ich nie teilnahm.

Sie ging unverzüglich hin und meldete mich an, und abends machte sie Mac eine Szene und bedachte mich mit spitzen

Bemerkungen, und ich dachte, daß das sanfte Zwischenspiel zu Ende war, die Analyse sich bereits abnutzte und alles so war wie vorher.

Ich hielt es nicht lange aus, den ganzen Tag zu Hause zu sein und überall zu sagen, daß ich nicht mehr studierte. Es war irgendwie ganz blöd, und so gab ich schließlich auf und schlappte jeden Tag in den Spezialkurs. Es war ein mörderischer Streß, aber irgendwie hielt ich durch. Abends traf ich mich dann in der Stadt mit Adrian, und das einzig Gute war, daß es ihm zu gefallen schien, daß ich nun auch etwas tat so wie er und auch um Mitternacht kaputt war und nicht erst richtig in Fahrt kam, wenn er schon vor Müdigkeit fast umfiel. Ich glaube, in Wirklichkeit hatte es ihm nie gepaßt, daß ich den ganzen Tag frei hatte und im Café sitzen und quatschen konnte, derweil er acht Stunden lang in einem stickigen Büro eingeschlossen war und ackern mußte. Jetzt waren wir beide abends erschöpft, und irgendwie verband uns die Müdigkeit, und ich tröstete mich damit, daß es ja nur diesen Sommer dauerte und wir bereits im nächsten nicht mehr in diesem trostlosen Kaff, sondern ganz woanders wären.

Nachdem sie ihren Sieg errungen hatte, war Gil einige Wochen lang ruhig und hielt einigermaßen Frieden, doch dann begann sie an Adrian herumzumäkeln. Es paßte ihr plötzlich nicht mehr, daß wir uns Abend für Abend trafen. Sie meinte ironisch, daß dies einfach nicht nötig sei und die Geister, die man riefe, die müsse man irgendwann auch wieder loswerden.

Ich entgegnete kühl, Adrian sei kein Geist, den ich loswerden wolle, und um sie zu reizen, behauptete ich, daß wir beschlossen hätten, zu Studiumsbeginn den Ort zu verlassen, woandershin zu gehen und zu heiraten. Wir würden abhauen, und er werde studieren, und ich wolle mir einen Job in einem Büro suchen, als Auslandskorrespondentin oder so. Sie lachte hämisch und sagte, kein Mensch würde mir einen solchen Job anbieten und ich werde schon sehen, wie der abendliche Eintopf in der gemütlichen Einzimmerwohnung schmecke, die wir, wenn wir Glück hätten, beziehen würden. Aber mit den Möbeln aus meinem Zimmer und dem Kram, den er zu Hause abstauben könne, werde unser Heim sicher ausgesprochen gemütlich werden. Sie freue sich schon darauf, dann mal zum Hackbraten eingeladen zu werden.

Ich wußte sofort, worauf sie anspielte, und schrie, sie solle sich ihre verdammte Villa doch in den Arsch stopfen, sie solle sich nicht einbilden, daß ich dies jemals als mein Zuhause angesehen hätte und daß ich mit Adrian sogar in 'nem Behelfsheim wohnen würde, wenn es darauf ankäme.

»Ach ja?« sagte sie mit diesem gewissen, spitzen Unterton, der einen immer ganz wild machte, und fiel dann in ihr altes Rollenverhalten zurück, indem sie Mac anschrie, sie möchte mal wissen, was er als Vater eigentlich davon halte. Und Mac sah weiterhin ungerührt in den Fernseher, wo gerade irgendein Fußballspiel ablief, und sagte, wieso, im Grunde sei es doch ganz vernünftig, und Reisende solle man nicht aufhalten.

Gil holte tief Luft und fraß eine von den Pillen, die sie neuerdings anstelle der Drinks immer zu sich nahm. An manchen Tagen warf sie eine zuviel rein, oder sie verschätzte sich in der Situation und hatte sich auf »Ruhe« programmiert, wenn plötzlich Besuch kam und sie eigentlich brillieren wollte. An solchen Tagen wirkte sie wie in Watte gehüllt, und man konnte sie nicht erreichen und konnte hundert Anläufe machen, ohne daß sie reagierte. Dann wieder gab es Tage, an denen der Vorrat zur Neige ging und sie fast durchdrehte, wenn sie's merkte und ihn nicht schnell genug auffüllen konnte. Dann warf sie schließlich vor Verzweiflung irgendwas anderes rein, das aber nicht so wirkte, wie sie es im Moment brauchte. Mac schluckte auch Pillen, seit ich denken konnte, aber bei ihm merkte man es nicht so. Bei Gil dagegen artete immer alles gleich zum Drama aus.

Nachdem ich ihr unmißverständlich mitgeteilt hatte, daß eine Trennung von Adrian nicht in Frage käme, war sie einige Tage still, ging im Haus herum und brütete irgend etwas aus. Dann sagte sie, da es ja offensichtlich beschlossene Sache sei, daß wir miteinander verwandt würden, was sie im übrigen zum Schießen finde, sei es ja wohl an der Zeit, daß die Familien sich kennenlernten. Sie bohrte ihre Pupillen in meine und fragte, wie sie denn eigentlich so wären, diese – Tetzlaffs?

Ich wußte es nicht.

Außer Alexis kannte ich von der ganzen Sippe niemanden. Ein paarmal hatte ich Adrian von zu Hause abholen wollen, aber immer hatte er es im letzten Augenblick verhindert.

Wahrscheinlich schämte er sich, weil bei ihnen alles so einfach zuging, klar, bei mehreren Kindern und nur einem Verdiener. Ich konnte ihm nie begreiflich machen, daß es mir vollkommen schnuppe war, ob mich seine Mutter nun in der Kittelschürze empfing oder in einem Fetzen von Puccelli.

Im Grunde, erwähnte ich einmal so scheinbar nebenbei (man mußte, was dieses Thema betraf, bei Adrian immer verdammt vorsichtig sein), glichen sich unsere Familien doch wie ein Ei dem anderen. Hier wie dort dasselbe Blech, bei dem man froh war, wenn man es irgendwann nicht mehr vor Augen hatte. Er sah mich mit seinen hellen Augen an und schrie, daß bei uns das Blech aber mit Platin veredelt sei und er sein Blech verdammt gern gegen das unsrige eintauschen würde. Dann beruhigte er sich wieder und fügte hinzu, daß es Themen gebe, von denen ich nun wirklich keine Ahnung hätte, und es aus diesem Grunde besser für mich sei, sie nicht zu berühren. Wir saßen in Bennis Bierpinte, und Adrian trank an diesem Abend mehr als gewöhnlich, und ich rührte stumm in meinem Kaffee und wußte nichts zu sagen.

Früher als sonst schlug ich daher vor, nach Hause zu gehen, denn ich wußte, daß es an diesem Abend mit Adrian nichts mehr werden würde. Nach einigen Wochen erwähnte Gil eines Abends – ich glaube, es war der Abend, an dem ihr Mara gesteckt hatte, daß sie sich gleich nach der Scheidung einen tollen Südländer geangelt habe und in dessen Heimat ein gänzlich neues Leben beginnen wolle –, sie werde sich nun dieses lächerliche Getue der Tetzlaffschen Sippe nicht länger ansehen, und wenn die Familie nicht fähig sei, in den Forst zu kommen, dann werde das Treffen halt bei ihnen zu Hause stattfinden. Den Weg bis in ihr eigenes Wohnzimmer würden sie ja wohl schaffen. Sie stand auf und rief Mutter Tetzlaff an.

Ich hörte, wie sie in bester Gesellschaftsmanier nach dem Befinden der armen Frau fragte, dann ihre Einladung wiederholte und schließlich, nachdem die Einladung wohl ausgeschlagen worden war, ihren Besuch drüben in der Öckheimer Straße ankündigte. Ob es Familie Tetzlaff am kommenden Sonntag recht sei. Sie plauderte dann noch sehr reizend über »unsere Kinder, die sich ja schon so lange kennen«, über Adrian, »der seit langem Sohn im Hause« sei, und schloß mit der herzlichen Bemerkung, daß es ja schließlich an der Zeit sei, daß sich auch die Eltern einmal näherkämen. Sie jedenfalls würde sich sehr auf den Nachmittag freuen.

Immer noch lächelnd legte sie schließlich den Hörer auf, drehte sich zu mir um und sagte herablassend: »Ach, das arme Schäfchen!«, wobei sie ungeklärt ließ, wen genau sie damit meinte. Im Grunde waren wir alle arme Schäfchen und zitterten dem Nachmittag entgegen, auf den sie sich offensichtlich diebisch freute.

In dieser Woche sah ich Adrian nicht mehr, er redete sich mit Überstunden heraus, wobei er mir fast wie ein Abklatsch von Mac vorkam. Doch am Samstag rief er dann plötzlich an und schlug ein Match für den frühen Sonntagnachmittag vor, besser sei es vielleicht sogar, sich schon morgens zu treffen, dann im Club zu Mittag zu essen und nachmittags ganz gemütlich, alle zusammen, in die Öckheimer Straße zu fahren. Ich sagte, daß es mir recht sei, legte auf und dachte, daß er lange nicht so cool war, wie er wirken wollte, und daß die Verabredung nach einer ausgeklügelten Strategie klang. Offensichtlich legte Adrian Wert darauf, mit uns zusammen zu seiner Familie zu kommen, so, als ob er selbst Besuch wäre, der mit den Tetzlaffs nichts zu tun hätte. Keinesfalls wollte er umringt von den Seinen im Türrahmen stehen, wenn Gil und Mac ankamen.

Sonntag früh war Gil über alle Maßen gut drauf. Sie trällerte vor sich hin und erwähnte mehrmals, wie sehr sie sich auf den Nachmittag freue. Sie fragte, ob es Mac und mir eigentlich klar sei, daß wir seit Jahren zum erstenmal wieder etwas Gemeinsames unternähmen und daß der Grund dieser geglückten Familienzusammenführung ausgerechnet eine vollkommen unbekannte Sippschaft aus der Öckheimer Straße sei, an der man normalerweise wohl blicklos vorbeigelaufen wäre, ohne sie auch nur wahrzunehmen.

Ich war den ganzen Morgen über unruhig, denn bei Gil wußte man nie, was sie plante, und ob sie das, was sie plante, auch durchführen oder plötzlich ein ganz anderes Ding drehen würde. Ihre betonte Freundlichkeit war mir unheimlich und widerlich zugleich, und ich war froh, als Adrian kam und mich zum Tennis abholte. Gil rief uns nach, wir sollten nach dem Spiel doch eben vorbeikommen, damit wir dann alle zusammen aufbrechen könnten.

Wir waren um vier angesagt, aber als wir um halb vier vom Platz kamen, war Gil nicht fertig und verschwand in den oberen Gefilden, um sich umzuziehen, und anschließend nötigte sie uns eine Erfrischung auf, die sie angeblich extra vorbereitet hatte. Wir saßen im Garten und warteten auf Mac, der sich auch noch umziehen mußte, weil er seinerseits erst gegen vier von Rot-Weiß zurückgekommen war, und Gil tat plötzlich so, als ob die ganze Sache gar nicht von ihr, sondern von diesen verständnislosen Tetzlaffs inszeniert worden wäre, die sie in ihrem Unverstand zwangen, ihren herrlichen Garten mit einem muffigen Wohnzimmer zu vertauschen.

»Ach, man kann sich ja gar nicht losreißen«, sagte sie schließlich seufzend und umfaßte ihren Scheißgarten mit einem verliebten Blick, als ob sie ihn für immer verlassen müßte.

»Aber«, sie lächelte Adrian zuckersüß an, »für euch tu ich ja alles!« Auf der Fahrt verhielt sie sich still, aber im Aufzug legte sie dann bereits die neue Platte auf, die sie für diesen Nachmittag gewählt hatte, und legte Adrian kumpelhaft die Hand auf die Schulter, als wir uns der Wohnungstür näherten.

Ich muß sagen, daß ich reichlich entsetzt war, als ich die Tetzlaffs sah. Sie hatten nicht das geringste mit den Sperlings aus der Fernsehserie gemein, und man merkte auf den ersten Blick, daß Adrian und Alexis die absoluten Glanzlichter in dieser Sippschaft bildeten. Die anderen waren wirklich schlimm. Adrians Mutter und die älteste Schwester, die sie Christamaria nannten, sahen sich trotz der reichlich zwanzig Jahre, die zwischen ihnen lagen, auf verblüffende Weise ähnlich. Beide waren dicke Tanten mit komischen, zu steifen Locken gedrehten Haaren, die eine fahlblond, die andere lilarot, beide in unglaublich geschmacklose Kleider gezwängt, die offenbar ihre besten waren und in denen sie sich sichtlich unbehaglich fühlten. Die Kleider waren einige Nummern zu klein gewählt. Sie schnürten überall ein und das Fett bildete unter dem Rand des Büstenhalters dicke Wülste. Dann gehörten zwei Männer zur Sippe, der Mann von Christamaria und Adrians Vater. Beide trugen weiße Hemden und Krawatten und graue Anzughosen zu schwarzen Strümpfen und Schuhen, die so blank geputzt waren, daß man sich in ihnen spiegeln konnte.

Adrian hatte ein ganz fremdes, sehr weißes Gesicht und stellte uns in betont lässiger Manier vor, und die alte Tetzlaff war ganz verlegen und sagte gar nichts, sondern reichte uns nur stumm die Hand. Die Schwester hatte rote Flecken im Gesicht und Schwitzflecken unter den Armen und preßte ein heulendes Kind an ihren dicken Busen, das wohl schon ihr eigenes war, und die Männer grinsten blöd und sagten: »Angenehm«, als wir ihnen die Hand gaben.

Ich muß sagen, daß Gil die Situation gut im Griff hatte. Wenn es darauf ankommt, nimmt sie sich zusammen. Sie begrüßte die Familie, wie man alte Freunde begrüßt, auf deren Wiedersehen man sich seit Wochen gefreut hat, nahm freundlich vor sich hinplaudernd am Kaffeetisch Platz, und als sie merkte, daß niemand von den Tetzlaffs imstande war, die Unterhaltung zu führen oder auch nur ein Wort zu sagen, sondern alle nur merkwürdig steif und stumm hinter ihren Kuchentellern saßen, begann sie geduldig, die Einrichtung des Wohnzimmers zu loben. Sie lobte die mit Nadeln gesteckten Gardinen, die fürchterliche gold-weiß gemusterte Tapete, den komischen Kronleuchter, den erdrückenden Nußbaumschrank und das Porzellanpüppchen auf dem Fernseher, das Vater Tetzlaff sicher auf der Kirmes gewonnen hatte. Dann lobte sie den gedeckten Tisch, das Besteck, den Kuchen und das Sahnekännchen. Schließlich ging sie zu den blöden Blattpflanzen über, die die Aussicht verstellten.

Sie schöpfte Atem und zwang Christamaria, die neben ihr saß, das Blattpflanzenthema auf. Sie fragte nach der Herkunft jeder einzelnen Pflanze und nach deren Pflege, wie oft man sie gießen und düngen müsse, und fragte scherzhaft, wer denn in der Familie den »grünen Finger« habe. Bei ihr gingen immer alle Pflanzen auf der Stelle ein, einerlei, mit wieviel Liebe und Sorgfalt sie sich ihrer Pflege widme.

Bei diesem Thema tauten die Weiber endlich auf. Gil hatte es geschafft, sie konnte sich zurücklehnen und ausruhen, derweil Christamaria sich darüber ausließ, wo sie die einzelnen Pflanzen gekauft hätten, und Mutter Tetzlaff aufstand, um von jeder einzelnen einen Ableger abzuknipsen. Durch die Lobeshymnen war die Arme ganz aus dem Häuschen geraten und begann nun den Nußbaumschrank zu öffnen und präsentierte alles, was sich an Scheußlichkeiten darin befand, und

Gil mußte wieder mit der Loberei anfangen, obwohl ihr Enthusiasmus bereits merklich an Schwung verloren hatte.

Kaum war der Kaffeetisch abgedeckt, schlich sich Christamarias Mann heimlich davon, wahrscheinlich um in seiner eigenen Wohnung fernzusehen. Mac unterhielt sich derweil mit dem alten Tetzlaff über Fußball. Er schien sich ganz wohl zu fühlen, aber mit einem Bier in der Hand über Fußball zu reden war natürlich auch weit weniger anstrengend, als fünf verschiedene Torten auszuschlagen und mit nicht nachlassendem Eifer eine einfach gräßliche Wohnung zu loben, derweil die alte Tetzlaff ein scheußliches Kaffeegeschirr nach dem anderen aus dem Nußbaumschrank zerrte und die Junge über Blattpflanzen palaverte.

Nachdem Gil einmal damit angefangen hatte, wie besessen in der Gegend herumzuloben, konnte die alte Tetzlaff nicht mehr davon loskommen. Sie bekam nicht genug, und allmählich schwoll bei Gil die Halsschlagader, und man konnte richtig sehen, wie schwer es ihr fiel, nun auch noch die blöde Einbauküche samt Eckbank und Eckbankkissen zu loben. Nachdem sie auf dem Klo gewesem war, lobte sie mit heiserer Stimme die Frotteetücher, die sie im Bad hängen hatten, und die Alte zerrte sie vor den Schlafzimmerschrank, in dem weitere Stapel lagerten.

Bereits nach zwei Stunden waren wir alle vollkommen erschöpft, die Tetzlaffs vom Vorzeigen, wir vom Begutachten und Bewundern. Alexis war die einzige, die sich nicht an der Unterhaltung beteiligte. Sie allein hatte hier keine Rolle zu spielen, und ihr konnte es scheißegal sein, ob das Spiel mit Happy-End ausging oder nicht. Ich sah, wie sie mit dem kleinen Mädchen auf dem Schoß so dasaß, und beneidete sie, wie ich sie immer beneidet hatte: um ihre verdammte Selbstsicherheit und um ihre Stärke, die sie dazu befähigte, sich auf eigene Füße zu stellen und niemandes Anhängsel zu sein, weder das der eigenen Sippschaft, noch das einer anderen. Ich dagegen fühlte mich wie eingeschnürt. Ich konnte meine eigene Sippe nicht ausstehen, aber ich wollte sie auch nicht durch die Tetzlaffs ersetzen, die mir noch grausiger vorkamen. Und über all das konnte ich weder mit Gil noch mit Adrian sprechen.

Es schien, als ob Alexis meine Gedanken erraten hätte, denn plötzlich prustete sie los und lief hinaus.

Kurz darauf wurde Mac merklich nervös. Er konnte seine Unruhe ganz allgemein schlechter unterdrücken als Gil, und vielleicht wollte er es auch gar nicht. Entnervt begann er mit den Fingern auf den Sessellehnen herumzutrommeln und hörte den Ausführungen des alten Tetzlaff nur noch höchst desinteressiert zu. Der war jetzt endlich warm geworden, und der Alkohol gaukelte ihm vor, in Mac einen neuen Freund gefunden zu haben. Zutraulich bot er ihm seine Hilfe bei jeglicher Autoreparatur und die Benutzung der Berechtigungskarte irgendeines Großmarktes für Einzelhändler an, die er, dabei zwinkerte er Mac listig zu, hintenrum bekommen hatte.

Gil sprang plötzlich auf und sagte mit hoher, hektischer Stimme, daß man nun aber gehen müsse, und ich sah ihren herumirrenden Augen an, daß sie es keine Minute länger mehr aushielt. Die alte Tetzlaff merkte nichts von dem plötzlichen Stimmungswandel, sie rannte los und verpackte Ableger und die restlichen Tortenstücke zum Mitnehmen in Plastiktüten. Sie hatte kein Gespür dafür, daß Gil und Mac wirklich kurz davor waren, durchzudrehen, und ihnen jede Minute zur Qual wurde. Und ich mußte denken, daß Gil in diesem einen Punkt wirklich recht hatte, wenn sie von ihren Putzfrauen immer sagte, daß das Schlimmste an ihnen ihre Unfähigkeit sei, jemals etwas von selber zu merken, und daß man immer erst deutlich und richtig unhöflich werden müsse, bis sie schnallten, um was es ging.

Wir standen alle in der entsetzlich engen Diele, eingeklemmt zwischen dem Mantelständer und dem Telefontischchen, und jeder konnte sehen, daß Mac und Gil kurz vor dem Herzinfarkt standen. Aber die alte Tetzlaff hörte nicht auf, ihre Kuchenstücke aufeinanderzuschichten und umständlich zu verpacken, und als sie sie Gil endlich schnaufend vor Anstrengung in die Hand drückte, fing sie wieder mit den verdammten Frotteetüchern an und verfolgte uns mit dem Gesums bis an den Fahrstuhl, in den wir uns förmlich flüchteten, und in dem es widerlich nach Schweiß und Kinderpisse roch. Mac drückte einfach den Knopf, und die sich schließenden Türen schnitten ihr endlich das Wort ab, gerade als sie zu einem neuen Wortschwall anheben wollte.

Unten sprang Mac in den Karren und fuhr schon los, noch

ehe Gil die vielen Päckchen, die weichen mit dem Kuchen und die feuchten mit den Ablegern, auf den Rücksitzen verstaut hatte, so daß sie durcheinanderfielen und Mac und Gil sich tierisch anbrüllten. Gil war so entnervt, daß sie alles zu Hause sofort in den Mülleimer warf, die Ableger und die vielen Kuchenpäckchen gleich hinterher, und dann saßen sie sich total erschöpft in der Polstergrube gegenüber und rauchten und tranken Whisky. Als Gil sich beruhigt hatte, warf sie mir einen Blick zu und sagte, es sei ein reizender Nachmittag gewesen, nur ein bißchen zu ausgiebig vielleicht, im ganzen gesehen! Ich schrie sie an, daß es mir nichts ausmache, daß Adrian aus einer etwas bescheideneren Familie komme. Dafür seien sie herzlich und bemüht und nicht solche leeren Patronenhülsen wie ihre bekloppten Schicksen mit ihren Psychoticks unterm Pony, die nicht mal ihre Augendeckel hochklappen könnten, ohne gleich vor Erschöpfung ins Sanatorium zu müssen. Ich knallte die Tür zu, innerlich mit der Frage beschäftigt, warum ich mich eigentlich so aufregte! Schließlich hatte Gil doch gar nichts Nachteiliges über die Tetzlaffs gesagt, und ein bißchen zu ausgiebig *war* es im ganzen gesehen in der Tat gewesen. Verärgert zog ich mich aus und ging ins Bett. Gil kam noch einmal herein, setzte sich zu mir, sah mich an und sagte ganz sanft: »Aber Schätzchen, ich sage doch, daß es nette Leute sind, und daß ich diejenige war, die sich die meiste Mühe gegeben hat, kannst du doch wohl nicht abstreiten. Schließlich ist es für uns alle... nun, nicht ganz einfach gewesen!«

In den folgenden Wochen beobachtete sie mich aus den Augenwinkeln heraus und registrierte genau, ob und wie oft ich mich mit Adrian traf, wohl in der Hoffnung, daß der Kaffeeklatsch in der Öckheimer Straße unserer Beziehung einen Knacks verpaßt hätte. Aber sie hatte sich getäuscht. Es machte mir gerade Spaß, mich mit Adrian zu treffen und von unserer gemeinsamen Zukunft zu reden, die inzwischen in greifbare Nähe gerückt war.

Gil erwähnte den verunglückten Nachmittag niemals mehr und vermied es sogar, Adrians Eltern grüßen zu lassen, wenn sie ihn, was allerdings nur noch selten vorkam, bei uns zu Hause antraf. Dann, einige Wochen später, schlug sie mir plötzlich vor, gemeinsam nach Nizza zu fliegen. Sie gab sich nett und kumpelhaft und behauptete sogar, daß ich schließlich überaus anstrengende Wochen in dem Intensivkurs hinter mir und ein Erholungspäuschen wahrlich verdient hätte. Blaß und angestrengt sähe ich aus, und es sei dringend angezeigt, daß ich mich ein wenig erholte. Sie legte mir den Arm um die Schultern, zwinkerte mir komplizenhaft zu und meinte, daß »wir zwei Weiber« doch eigentlich mal gemeinsam »einfach abhauen, alles stehen und liegen lassen und uns ein paar gute Tage machen sollten«.

Ich teilte ihr mir, daß es noch genau acht Wochen waren, bis Adrian seine Arbeit bei der Kreditgesellschaft beenden, und noch mal acht Wochen, bis er sein Studium beginnen würde, und daß ich beschlossen hätte, mir die guten Tage mit meinem Freund zu machen. Ihr Angebot kam leider ein wenig zu spät. Gil hatte mehr als neunzehn Jahre lang Zeit gehabt, sich gute Tage mit mir zu machen, die Chance jedoch leider nicht wahrgenommen. Sie zuckte mit den Schultern, lachte und sagte: »Schade Schatz«, wohl um anzudeuten, daß es ihr nichts ausmache, und bemerkte leichthin, daß ihr Nizza durchaus auch gefalle, ohne eine maulige Tochter an der Seite zu haben, die an allem was auszusetzen fände.

Am nächsten Tag lud sie Tetzlaffs zum Tee ein.

Ich wurde sofort mißtrauisch. Sie hatte die Familie nach dem unglücklichen Kaffeeklatsch nie mehr erwähnt, und ich dachte, daß sie die Angelegenheit nun auf sich beruhen lassen würde und wir alle aufatmen könnten. Aber nun, wie aus heiterem Himmel, wünschte sie eine Wiederholung des Dramas.

Sie ließ die Einladung durch Adrian ausrichten, am Mittwoch für Sonntag, denn schnell mußte es sein, sie schien keine Zeit mehr zu haben.

Ich fragte sie, ob sie eigentlich Wert darauf lege, daß Tetzlaffs sich nun ihrerseits genötigt fühlten, wiederum zurückeinzuladen, und daß es zu einem ewigen Hin und Her käme, an dem doch niemand sonderlichen Gefallen fände. Sie sah mich schweigend an und sagte schließlich: »Eine Einladung hin, eine her.«

Bereits am Sonntagmorgen war mir klar, wohin Gil den Hasen zu jagen gedachte. Sie wollte die Sippe kaltkochen. Sie wollte ihnen Gelegenheit geben, sich ausgiebig zu blamieren, einmal für alle Zeiten im voraus. Sie sollten zeigen, wie und wer sie waren, hilflos sollten sie in Gils Netz zappeln, ohne daß sie ihnen auch nur die geringste Hilfestellung gewähren würde, die sie angesichts der bei uns herrschenden Pracht dringend nötig haben würden.

Natürlich wurde kein Kuchen gebacken oder wenigstens beim Bäcker gekauft. Es war bei uns nicht üblich. Die Schicksen bekamen auch immer bloß Tee und eventuell ein bißchen Gebäck zum Knabbern. Sie hatten es ja immer mit ihrer Figur, und überdies gehörte Gil ohnehin nicht zu jenen Leuten, die gern was auftischen. In der Regel war es ihr lästig. Einmal im Jahr gab es die Superparty für besondere Leute, eine Sache, die Wochen vorher geplant und vorbereitet wurde und für die sie sogar die Salatblätter aus Florida hätte einfliegen lassen, wenn es darum gegangen wäre. Aber wer bloß so unter der Woche mal vorbeikam, hatte von Gil nicht viel zu erwarten. Meist redete sie sich damit heraus, daß sie gerade wieder mal ohne Personal dastehe, daß irgendwer sie »im Stich« gelassen habe, und ließ sich bedauern. Und die Schicksen warteten sofort mit ähnlichen Erlebnissen auf, die davon handelten, daß irgendwann mal alles zusammengebrochen sei und sie ausgerechnet an diesem Tag ohne ihre Hilfe hatten auskommen müssen, weil die mit Schädelbasisbruch im Krankenhaus lag.

Ich wußte, daß es Tetzlaffs sicher als Beleidigung auffassen würden, wenn sie nichts angeboten bekamen außer Tee, den solche Leute sowieso nicht mögen, und machte Gil darauf aufmerksam. Sie entgegnete spitz, jedes Haus hätte eben seine eigenen Bräuche, und der Gast müsse sich anpassen oder wegbleiben. Im übrigen, fügte sie ironisch hinzu, dächte sie doch, daß das, was wir anzubieten hätten, für Tetzlaffs ausreichend sei.

Schon am Sonntagmorgen war mir klar, daß Gil etwas Böses ausbrütete. Den ganzen Vormittag saß sie scheinbar gelangweilt und ohne etwas zu tun auf der Terrasse herum, obwohl ideales Tenniswetter war und Mac sich bereits nach dem Frühstück verabschiedet hatte. Genau zwei Stunden vor Eintreffen der Gäste machte sie sich dann plötzlich fertig und zischte ab, und kurz vor vier ging ich ihr nach, um sie abzuholen, sonst wäre sie womöglich überhaupt nicht zurückgekommen.

Als wir in unsere Straße einbogen, sahen wir auch richtig die Sippe bereits vor dem Haus warten. Ich muß schon zugeben, daß sich in mir was verkrampfte, als ich sie so sitzen sah, in ihrem auf Hochglanz gewienerten Opel, mit dem behäkelten Püppchen am Spiegel und der Klorolle auf der Hutablage, die unter einem ebenfalls gehäkelten Hut verborgen war: orangefarben mit aufgestickten lila Blumen und Mäusezähnchenrand. Die Weiber wieder mit diesen gedrechselten Sonntagsfrisuren, die alte Tetzlaff darüber hinaus fast verdeckt von Geschenken, die sie unsicher gegen ihren gewaltigen Busen preßte.

Blöderweise mußten gerade jetzt auch noch unsere Nachbarn vorbeikommen, Malise und Gerald, die es Gils Einfluß zu verdanken haben, daß sie ohne lange Wartezeit in den Club aufgenommen wurden. Gil hielt sie an und warf mir einen schnellen Blick zu. Dann deutete sie auf die Familienkutsche. »Könnte heute etwas lebhafter werden bei uns«, rief sie Malise zu und hängte sich dann vertraulich bei ihr ein. »Wir haben Familientreff, die Sippe von Saras Freund stellt sich den Preisrichtern!« Sie sahen sich an und zwinkerten sich verständnisinnig zu, und Malise deutete mit betont herabgezogenen Mundwinkeln an, wie sehr sie diese Art von Schicksalsschlägen kenne.

Sofort, nachdem sich Tetzlaffs endlich und umständlich aus ihrem Opel gequält hatten, wußte ich, daß es schiefgehen würde. Ich sah es an der Art, in der Gil die in geblümtes Papier gewickelten Geschenke von Mutter Tetzlaff entgegennahm, und an der Art, in der sie die Sippschaft dann in den Garten dirigierte, gleichgültig, ohne jede Freundlichkeit, so, als ob es sich nicht um geladene Gäste, sondern um unerwünschte Eindringlinge handele, die zum wiederholten Male lästig fielen. Dann ging Gil nach oben, um sich umzuziehen. Mac tauchte kurz auf, begrüßte die Gäste, als ob er sie noch nie gesehen hätte, trank hastig seinen Tee und verschwand, ohne sich zu verabschieden.

Die Tetzlaffs saßen da wie ausgestopft. Sie wußten nicht, was sie tun sollten, was man von ihnen erwartete. Niemand erklärte ihnen die Regeln. Vollkommen hilflos starrte Frau Tetzlaff Frau Gerlach an. Sie hatte beim erstenmal die Regie übernommen, dank ihrer Spontaneität war alles glatt gegangen. Man hatte sich fast wie unter Freunden gefühlt. Nun saß dieselbe Gil da, ein wenig abseits, zurückgelehnt, ein Glas in der Hand, und schwieg. Sie gab das Schweigen der Tetzlaffs zurück, in gekonnter Manier, mit leiser Ironie vermischt, notenverteilend, und die Tetzlaffs schnitten saumäßig ab!

Ungenügend auf allen Kanälen.

Gil erhob sich und ging in den Salon, um einige Drinks zu mixen. Sie brachte ein Tablett mit mehreren hohen gefüllten Gläsern zurück und bot sie der Reihe nach an. Mutter Tetzlaff flüsterte verschreckt, daß sie keinen Alkohol vertrüge. Vater Tetzlaff wischte sich mit dem Taschentuch den Schweiß von der Stirn und nahm eines der Gläser in seine schwielige Pranke. »Prosit«, sagte er und kippte das Glas in einem Zug und das für seine Frau bestimmte Glas gleich hinterher. Anschließend saß er wie betäubt da und grinste dumm in die Runde. Niemand gab das Grinsen zurück. Gil stellte ein neues Glas vor ihn hin. Er trank auch dieses auf einen Ruck.

Die Szenerie bekam etwas Unwirkliches, so, als ob wir alle durch einen Fluch in einen Bann geraten wären und die Kulissen nicht zu dem Stück paßten, das wir aufführten. Die Mauer der Rhododendren schützte uns vor der Umwelt und schirmte uns ab. Die Vögel lärmten in den Büschen. Gil, als schöne Frau, die auch diese vom Schicksal auferlegte Qual mit Anstand und auf dekorative Weise hinter sich bringt. Mutter Tetzlaff und Christamaria, verzweifelt ihre fleischigen Finger knetend und mit den Füßen Löcher in den Kies scharrend. Rudi, der wie blöde in die Luft starrte, Adrian, verbissen in eine Zeitung verkrallt, die er glücklicherweise gefunden hatte und sich seit einer Stunde schützend vor das Gesicht hielt. Es war stickig heiß, alles schwieg. Ich spürte, wie mir der Schweiß den Nacken hinunterrann. Gil seufzte vernehmlich und sah zum soundsovielten Mal auf die Uhr. Plötzlich erhob sich der alte Tetzlaff, zupfte seine Hose auf und pißte, kaum zwei Meter von uns entfernt, gegen den Rhododendron. Es war furchtbar, das schlimme Finale eines entsetzlichen Nachmittags. Wir saßen wie festgenagelt auf unseren Stühlen, Mutter Tetzlaff mit vor Schreck geweiteten Augen, Gil mit einem etwas schiefgerutschten, verblüfften Lächeln auf dem Gesicht, Adrian und Christamaria mit sehr blassen, ausdruckslosen Gesichtern, unfähig, sich zu rühren oder irgend etwas zu sagen.

Schließlich stand Adrian auf und holte seinen Vater aus den Büschen, und ohne ein Wort zu verlieren, führte er ihn durch den Salon und hinaus auf die Straße, wo er ihn in dem Rücksitz des Opel verstaute. Wir anderen folgten, prozessionsartig, schweigend, so wie man einem Sarg folgt, der zu Grabe getragen wird. Adrian warf mir über das Autodach hinweg einen Blick zu, in dem ein Ekel glimmte, ohne daß ich wußte, wem der Ekel galt, ob seinem Vater, der gesamten Sippe, mir, oder uns allen zu gleichen Teilen.

Später lag ich im Bett und heulte und konnte nicht aufhören. Es war angenehm, so im Dunklen zu liegen und zu heulen und nie mehr aufzuhören, bis man sich schließlich in Nichts auflöste, eine Vorstellung, die mich auf wunderbare Weise beruhigte. Schließlich kam Gil, setzte sich zu mir und rauchte und sagte dann, es sei doch alles gar nicht so schlimm, wie es mir jetzt vorkomme, es sei nur die Anspannung, die über diesem unglücklichen Nachmittag gelegen habe. Kürzlich auf einer Party, da habe irgendwer, ein bekannter und sehr beliebter Arzt übrigens, um Mitternacht plötzlich vom Rand runter in den Swimmigpool gepinkelt, und alle hätten's saukomisch gefunden und gelacht. Also in angeheiterter Stimmung, da könne so etwas durchaus mal passieren, man müsse nur selbst genügend Humor besitzen, um lässig damit umzugehen.

Es war vollkommen klar, daß Tetzlaffs nicht damit umgehen konnten, und saukomisch war's auch nicht gewesen, und niemand hatte gelacht.

Gil steckte eine neue Zigarette an ihrer alten an und reichte sie mir, und die Geste hatte etwas Verbindendes und sogar Tröstliches. Sie sagte, ich solle mich nun mal wieder beruhigen, das Schwerste, nämlich die beiden gegenseitigen Einladungen, hätten wir ja nun hinter uns. Und von nun ab könnten Adrian und ich doch wie vorher mal hier und mal drüben sein, und ein-, zweimal im Jahr könnten sich die Familien ja dann mal wieder treffen, so wär' es doch für alle am angenehmsten. Bei allen größeren Anlässen wollten sie und Mac das Haus gern zur Verfügung stellen, und mit der Zeit würde sich alles entspannen.

Sie tröstete mich in einer sehr angenehmen, einlullenden Weise, und zum erstenmal fühlte ich mich ihr ein wenig verwandt. Und obwohl uns beiden klar war, daß es einen Unterschied macht, ob ein bekannter Arzt auf einer schicken Party im Kreise schicker Leute in einen Swimmingpool pinkelt oder ob ein Herr Tetzlaff sich an den Gartenbusch stellt, war es doch nett, daß sie so tat, als ob's dasselbe wär'.

Ich heulte beinahe die ganze Nacht, es war wie eine Erlösung, und am nächsten Morgen fühlte ich mich wie neugeboren und dachte, daß eigentlich kein Grund bestand, nicht mit Gil nach Nizza zu fahren. Wir waren beide ruhebedürftig und hatten uns ein bißchen Entspannung redlich verdient.

Am nächsten Morgen rief Gil ihre Freundinnen an und sagte, daß sie zur Zeit so »männermüde« sei und beschlossen habe, sich mit mir ein paar richtig gemütliche »Weibertage« in Nizza zu machen.

»Mal abhauen und dem ganzen Kram den Rücken kehren!«

Es war zur Zeit total »in«, mit großen Töchtern schwesterlich zu verkehren, dieselben Klamotten zu tragen und zum selben Friseur zu gehen. Weiberreisen lagen absolut im Trend, und Gil kam gut damit raus. Sie war bester Laune, als sie zur Bank ging, um Deutsche Mark in französische Francs zu tauschen.

Wir reisten am Montag darauf mit kleinem Gepäck.

Man kann sich in Nizza so viel schicker einkleiden als hierzulande.

Gleich am ersten Abend lernten wir an der Hotelbar Tilmann Gruzzius und Sohn kennen. Am nächsten Tag bereits wollte Tilmann Gil mit zu einer Vernissage nehmen, weil sie sich so wahnsinnig für Kunst interessierte und selbst mehrere Semester an der Kunstschule studiert hatte, was sie in einem Wahnsinnsanfall von Verliebtheit dann für einen Mann namens Mac aufgegeben hatte. Sie trug bis heute schwer an der Frage, ob sich das Opfer gelohnt hatte, aber immer packte sie die Leidenschaft aufs neue, wenn sie in Kunstausstellungen ging. Das waren unsere Frühstücksgespräche! Tilmann schlug daraufhin seinem Sohn Peer vor, mit mir einen nächtlichen Bummel durch die Discos von Nizza zu machen. Gil und ich kauften am Nachmittag ein und machten uns für den Abend schön. Alles in allem kein schlechter Anfang.

Am nächsten Tag bummelten Peer und ich im Wagen an der Côte entlang. Peer war seit seiner Kindheit regelmäßig hier gewesen und kannte den Mittelmeerraum ebensogut wie Adrian die Öckheimer Siedlung. Meine Gedanken bekamen, was diese Richtung betraf, einen Stich ins Gehässige. Aber Adrians Launen waren mir in der letzten Zeit wirklich auf den Geist gegangen. Man kann nicht immer auf Mimosen rumlaufen, ohne auch nur eine einzige der Blüten zu knicken. Irgendwann wird man vor lauter Vorsicht müde! Man wird ganz blöd davon.

Peer und Tilmann bewohnten eine eigene Villa am Meer und luden uns ein, nach Ablauf unserer Tage im Hotel noch eine Woche oder zwei bei ihnen zu verbringen. Sie hatten vier Gästezimmer mit eigenen Bädern, und von jedem konnte man hinaus auf die große Terrasse mit den Liegen und kleinen Tischchen rund um den Pool.

Alles war unheimlich großzügig, nicht so poplig wie bei uns. Ich merkte, wie Gil richtig zusammenzuckte, als Tilmann so halb im Scherz sagte, daß er mal bei uns vorbeikommen werde, wenn er in der Nähe zu tun habe. Man sah Gil förmlich an, wie unangenehm ihr der Gedanke war, unseren spießigen Schuppen vorzeigen zu müssen, denn natürlich hatte sie am allerersten Abend, als kein Mensch ahnte, wie sich alles entwickeln würde, gewaltig übertrieben und so getan, als ob wir echte Multis seien, und Tilmann hatte so getan, als ob er's glaube.

Aber wir beschlossen, uns diesbezüglich vorerst nicht zu sorgen und lieber das Leben zu genießen. Wenn es erst soweit war, würde Gil schon irgend etwas einfallen, da war ich ganz sicher.

Ich glaube, schon am ersten Abend habe ich mich dann in Peer verliebt. Der Junge verstand einfach zu flirten. Er nahm auch nicht alles so tierisch ernst wie James und Adrian. Ein Profi eben. Natürlich würden wir uns wiedersehen und so oft wie möglich ein Weekend in Nizza einschieben. Wie leicht war doch das Leben mit einem Mann an der Seite, der die Regeln verstand!

Nach fünf Wochen erhielt Tilmann plötzlich einen geschäftlichen Anruf, der ihn nach Hause rief. Wir bekamen noch Plätze in der nächsten Chartermaschine und starteten um neun Uhr zwanzig in Nizza. Peer schlug vor, die Sommerfähnchen, die wir an der Côte gekauft hatten, doch einfach dazulassen. Ich fand den Vorschlag toll, es klang so, als ob man nur mal eben in die alte Heimat flöge, um in der nächsten Woche bereits zurückzukehren. Auch die Rückreise erfolgte deshalb mit kleinem Gepäck. Der Flug selbst war fürchterlich. Rings um unsere Plätze gruppierte sich ein ausufernder Kegelclub, der eine Gemeinschaftsreise an die Côte angetreten hatte, um die Kegelkasse stilvoll zu versaufen. Die Typen taten so, als ob sie die gesamte Maschine samt dem dazugehörigen Luftraum für sich allein gepachtet hätten. Sie grölten laut herum und riefen sich über die Sitzreihen hinweg dreckige Witze zu. Ich zuckte zusammen, als sich eine dicke, schwitzende Fettmarie, behängt mit fünf zum Platzen vollgestopften Plastiktüten, an mir vorbeidrängte.

»Alles Tetzlaffs«, sagte Gil halblaut neben mir, »wie schön, daß sich heutzutage auch die einfacheren Leute die Côte leisten können.« Sie lächelte mich an. »Freust du dich auf Adrian?«

»Natürlich«, sagte ich.

Zwei Ansichtskarten hatte ich ihm geschrieben. In fünf Wochen. Aber natürlich freute ich mich auf ihn.

Natürlich! Natürlich! Natürlich...

Peer flog bereits zwei Tage nach unserer Ankunft in Deutschland weiter nach London, um in dem Werk eines Geschäftspartners seines Vaters ein Praktikum zu machen. »Hineinriechen«, nannte er es. Natürlich kam ich zum Flughafen. Wir waren beide von Nizza braungebrannt, heiter und sorglos. Alle guckten uns an, es war toll, so aufzufallen. Peer küßte mich. In vierzehn Tagen würde er mal auf ein Weekend vorbeikommen.

»Ich ruf' dich vom Flughafen dann gleich an.«

Ich nickte, und er lächelte und legte noch einmal beide Hände auf meine Schultern. Es hatte alles so viel Stil, was er tat, man fühlte sich irgendwie immer bestätigt.

Später sah ich der Maschine nach, die sich beinahe senkrecht in den Himmel schob und in den Wolken verschwand. Die Welt war groß, sie stand zur Verfügung. Das hatte ich mal irgendwo gelesen. An sich kam es nur darauf an, im richtigen Moment am richtigen Ort zu sein, nichts weiter, im Grunde ganz einfach.

Obwohl ich so lange gefehlt hatte, schloß ich den Intensivkurs doch mit Zertifikat ab. Nicht mit Note, aber doch mit Teilnahmebestätigung. Auslandskorrespondentin konnte ich damit natürlich nicht werden, aber im Grunde fehlte mir auch jegliche Lust dazu. Es war soviel lohnender, gleich einige Etagen höher einzusteigen, als sich vom Keller hochzurobben. In meiner Phantasie sah ich mich immer öfter mit Peer in Nizza. »Allée des Lucioles...« Die Adresse gefiel mir auch. Madame Sara Guzzius, 122 Allée des Lucioles, Nizza. – Schrieb sich gut.

Mac sagte mir einige Tage später, Adrian habe mehrmals angerufen, ich solle mich unbedingt sofort melden, wenn ich zurück sei.

Eine Woche nach unserer Rückkehr traf ich mich dann mit ihm. Er kam im neu erstandenen BMW, gebraucht gekauft, aber noch vorzeigbar. Er erzählte, daß er ihn habe spritzen lassen, und ich sah sofort, daß er sich für das falsche Rot entschieden hatte. Es gibt da so ein tolles Karminrot, gerade für größere Wagen, aber Adrian hatte natürlich das dunklere, gedeckte genommen. Er fand nie den wirklich richtigen Ton, wenn es um so was ging. Die Polsterung war auch etwas spießig, aber alles in allem war es für vier Mille ein guter Kauf.

Ich lobte und bewunderte den Wagen, obwohl es mir jetzt, nach Nizza, nicht mehr so leicht fiel, für so was noch groß Bewunderung aufzubringen, und dann saßen wir uns in dem kleinen Stammlokal gegenüber, das mir auch mieser erschien, als ich es in Erinnerung hatte.

Zwischen der Zeit vor Nizza und heute schienen Jahre zu liegen, und alles hatte sich in den wenigen Wochen total verändert. Mir schien, die vertrauten Plätze und Dinge waren zusammengeschrumpft.

Adrian saß mir gegenüber wie ein Tier auf der Lauer. Äußerlich cool, aber innerlich ganz angespannt. Man sah es seinen Augen an, in denen eine Menge Fragen standen.

Ich fühlte mich auch nicht richtig wohl und wußte nicht recht, wie ich es ihm sagen sollte. Schließlich erzählte ich ganz einfach, daß Gil und ich an der Côte sehr interessante Leute kennengelernt hätten und daß mir Nizza irre gefiele und ich daher beschlossen hätte, anschließend an mein Englischstudium noch Französisch zu lernen, am besten im Land selbst.

Ich griff zu meinem Glas und trank und wartete darauf, daß er antworten würde. Ich meine, es war ja am fairsten, ihm alles so schonend wie möglich zu sagen.

Adrian sah mich bewegungslos an, und dann lächelte er auf seine typisch ironische Art.

»Alles klar Baby!« sagte er.

Von Peer hörte ich nie wieder etwas!

Das Schwein schickte mir nicht mal die Klamotten, die ich auf seinen weisen Rat hin in der Villa zurückgelassen hatte, und um einiges tat es mir schon verdammt leid, vor allem weil man so etwas Schickes hier bei uns gar nicht kriegt. Aber der Aufenthalt in Nizza hatte mir offensichtlich doch ein gewisses Flair verliehen. Ich brachte es plötzlich fertig, ganz selbstverständlich und sogar ohne jegliche Begleitung das Clubhaus zu betreten, mich an die Theke zu hängen und lässig zu sagen: »Manni, mach mir doch 'n Whiskysoda, aber mit Eis bitte!« und die Blicke ringsum einfach zu ignorieren. Ich war ganz erheblich im Kurswert gestiegen! Kein Wunder, daß ich beim Abspielfest Winfried Roßbach kennenlernte.

Axel Roßbach, der Vater von Winfried, hatte das Clubhaus und die Umkleideräume gebaut und dem Verein die Tribüne und die Flutlichtanlage spendiert. Er konnte es sich leisten: Es gab kein größeres Bauvorhaben in der Stadt, an dem Axel Roßbach nicht beteiligt war. Er hatte, wie Gil das ausdrückte, *wirklich* Karriere gemacht.

Winfried war mit zehn Jahren in irgendeinem Internat verschwunden, und man hatte ihn jahrelang nicht zu Gesicht bekommen, die meisten im Club wußten gar nicht, daß Axel überhaupt einen Sohn hatte. Dann tauchte er kurz auf, spielte sich bei den Medenspielen ganz nach vorn, und verschwand für weitere drei Jahre im Ausland. Nun war er kürzlich zurückgekommen, um in dem Bauzirkus seines Vaters mitzumischen. Man sah ihn jetzt öfter. Das Dumme war nur, daß man sich sein Gesicht nicht merken konnte, und ihn beim nächstenmal prompt nicht wiedererkannte. Er war auf eine gewisse Weise nichtssagend und blaß und hatte nicht die Spur von dem, was seinen Vater auszeichnete. Axel Roßbach strahlte Siegesgewißheit und Optimismus aus, und wer ihn einmal gesehen hatte, vergaß ihn nie wieder.

Als Weekenddomizil besaßen Roßbachs ein entzückendes Bauernhaus im Voralpengebiet. Es war ein uraltes Haus mit kleinen unterteilten Fenstern und alten Balken unter den Stubendecken. Sie hatten alles möglichst so erhalten, wie es einmal gewesen war, nur in der Tenne, da hatten sie die Decke zur Hälfte herausgerissen, eine Treppe hinaufgebaut und oben alles mit warmen, weichen Fellen ausgelegt. Vom Fenster aus hatte man einen wundervollen Blick bis zu den Bergen hinüber, und wenn man sich langweilte, dann konnte man oben liegen und Musik hören oder Videofilme angukken. Winfried und ich fuhren oft übers Wochenende hin, und meist waren wir ganz allein dort und niemand störte uns, denn Axel Roßbach baute zur Zeit eine alte Fischerkate auf Sylt zum Weekendhaus um und hatte das Interesse an dem Bauernhaus ein bißchen verloren. Es hätte echt ein Traum sein können, ich meine mit Winfried in dem alten Haus zu sein, ganz allein in dieser Einsamkeit mit den hohen Tannen ringsum, die einen von der übrigen Welt völlig abschirmten, aber irgendwie langweilte man sich immer ein bißchen.

Ich konnte mich zum Beispiel mit Winfried über nichts unterhalten. Man merkte, daß er es einfach nicht gewöhnt war, Gespräche zu führen. Im Internat, da hatten sie ihn bis zum Abi gedrillt, und jede Minute war mit Sport oder sonst was ausgefüllt, und sie mußten kaum mal was alleine entscheiden. Und was mich dann noch an Winfried aufregte, war, daß er überhaupt keinen Alkohol vertrug, aber trotzdem dauernd Whisky soff und dann übergangslos einfach einpennte oder richtig blöd wurde und einem in den Hintern kniff oder so. Wie ein Vierzehnjähriger, der in der Pubertät steckengelieben war, aber echt!

Von seinem Alten, der eine richtige Stimmungskanone war und keine Bemerkung unerwidert ließ, hatte das Söhnchen nicht die Spur mitgekriegt. Man mußte die Sätze richtig aus ihm rausbaggern, und wenn er dann endlich irgendwas gesagt hatte, dann fragte man sich, ob sich die Mühe gelohnt hatte. Es war meist ganz einfach zu blöd. Wenn wir in dem Bauernhaus waren, krochen wir meist gleich auf die Tenne und legten eine Kassette ein. Ich dachte, daß wir eigentlich selbst unser Video machen könnten, aber meistens guckten wir bloß zu. Ich konnte es kaum erwarten, daß Winfrieds Alter endlich mit der Umbauerei an der Fischerkate fertig war und wir dann da mal hinfahren konnten. So schön das Bauernhaus auf den ersten Blick auch war, auf Dauer war's doch ziemlich eintönig. Länger als ein, zwei Tage hielt man's kaum aus. Es war einfach zu einsam.

Ich muß gestehen, daß Gil es verstand, mit Axel Roßbach umzugehen und sein Interesse auf unsere Familie zu lenken. Sie schäkerte mit ihm herum und ging auf jeden seiner Sprüche ein, und man konnte richtig sehen, wie es ihm gefiel. Er stand gern mit ihr an der Clubtheke und genoß es, wie sie über seine Witze lachte und die Aufmerksamkeit auf ihn zog. Er selbst war mit einer richtig spießigen Mutti verheiratet. Er nahm sie nie irgendwo mit hin und viele dachten, daß er Junggeselle sei und gar keine Frau habe. Aber jeder, der mit Frau Roßbach mal irgendwo zusammentraf, sagte hinterher, daß er es jetzt auch verstehen könne, denn so eine Mutti, die ließ man wirklich lieber zu Hause. Roßbachs hatten ganz jung geheiratet, und sie hatte seinen Aufstieg nicht richtig mitgekriegt. Sie war ganz einfach auf der Strecke geblieben.

Ich sah sie einmal kurz, als Winfried mich mit zu sich nach Hause nahm und mich vorstellte, und man konnte genau merken, daß es ihnen beiden peinlich war. Frau Roßbach hatte ein bißchen was von einer der besseren Siedlungsmuttis, sie war genauso klein und rund, steckte in einem unmöglich spießigen Kleid und hatte auf dem Kopf natürlich so eine nichtssagende kackbraune Dauerkrause. In diesem wirklich tollen Haus wirkte sie wie ihre eigene Haushälterin. Winfried zog mich mit hinaus, um mir den Park zu zeigen und das Treibhaus, das sie haben. Angeblich züchtete seine Mutter Orchideen, obwohl man sich so was schlecht vorstellen konnte. Jedenfalls wußte sie nichts zu ihrem Hobby zu sagen, denn als ich sie bei der Verabschiedung danach fragte, lächelte sie bloß einfältig und hob die Schultern so ein bißchen an, was ebensogut ja wie nein bedeuten konnte. Ich fragte Winfried ganz unverblümt, was er von ihr halte, und er sagte, ihm sei sie eigentlich ziemlich gleichgültig. Sie hätten ja nie viel miteinander zu tun gehabt, aber im Grunde wär's ihm schon lieb, wenn sich seine Eltern scheiden ließen. Ich konnte ihm da nur beipflichten, denn dann wär' für Axel Roßbach der Weg frei, eine Frau zu heiraten, die besser in sein Haus und in sein Leben paßte als dieses Lieschen, das er da hatte. Eine, die alles besser zu schätzen wüßte. Aber Winfried sagte, eine Trennung sei seinem Alten zu teuer, er bekomme auch so, was er brauche. Und die Mutti würde er eben im Hintergrund seines Hauses aufheben, wo sie vor sich hinleben und ihre Orchideen züchten konnte.

Beim Weihnachtsskat im Club, bei dem Axel und Gil des öfteren eine Partei gegen den armen Mac bildeten und ihn dabei ziemlich erledigten, sagte Axel dann wie nebenbei, daß er für seinen Teil nichts dagegen hätte, daß sie miteinander verwandt würden. Gil lachte und sagte, da gäbe es zwei Möglichkeiten, entweder daß sie beide sich scheiden ließen, und dann heirateten, oder aber daß sie die Kinder miteinander verkuppelten, was schneller gehe und das Verfahren vereinfache. Axel sagte, er sei immer für das Schnelle gewesen, langes Warten mache ihn nervös, und er persönlich sei dafür, Winfried mit mir zu verheiraten.

Winfried und ich saßen an der Theke und knobelten gerade mit dem Wirt eine Runde aus, und Axel sah zu uns herüber und rief, was wir denn von der Idee hielten. Ich entgegnete ganz cool, daß ich nichts dagegen hätte, ein Kandidat sei so gut und so schlecht wie der andere, und daß man heiraten könne, wen man wolle, am nächsten Morgen stelle man auf jeden Fall fest, daß es ein ganz Fremder sei.

Axel kam zu mir rüber, nahm mich in den Arm und schrie, Respekt, das Mädchen hat ja richtig was drauf, los jetzt, Champagner für alle. Heute wird hier ein Faß aufgemacht! Und er rief die Bedienung herbei und ließ auffahren, und alle stießen mit Gil an und lächelten so komisch, und man merkte genau, daß die meisten ihr ihr Glück nicht gönnten und sie für eine raffinierte Schlange hielten. Auf jeden Fall genoß sie den Abend sehr, und als bereits alle gegangen waren, saß sie noch immer mit Axel an der Theke und stieß mit ihm auf die neue Verwandtschaft an.

Die Hochzeitsreise ging an die Côte! Ich hatte mir das gewünscht, denn ich wollte die alten Spielplätze noch einmal sehen, wo ich mal mit Peer glücklich gewesen war, auch wenn ich von vornherein schon ahnte, daß sie jetzt, an Winfrieds Seite, erheblich an Zauber einbüßen würden. Gil hatte uns aufgetragen, bei Gruzzius vorbeizugehen und die Klamotten abzuholen, wahrscheinlich wollte sie ganz einfach, daß Winfried sah, mit welch tollen Leuten wir an der Côte verkehrt hatten und daß wir auch nicht zu denen gehörten, die gar nichts haben. Später erzählte ich ihr, daß wir dagewesen wären, es hätte aber leider niemand aufgemacht. In Wahrheit war es mir einfach unmöglich gewesen, mit Winfried im Schlepp bei Gruzzius aufzukreuzen. Zu Hause und vor allem im Club, da wirkte er ja noch so einigermaßen, man merkte, daß er da einfach hingehörte, und ich sah in ihm das, was alle in ihm sahen, den Sohn von Roßbach, *dem* Roßbach, aber hier an der Côte so ohne alles Drumherum... Also ich mußte mich wirklich manchmal zusammenreißen, daß es nicht allzusehr auffiel, wie er mir schon jetzt auf den Geist ging. Aber neben all den temperamentvollen Südländern mit ihrem angeborenen Talent für Frauen wirkte Winfried einfach gräßlich. Er war so komisch farblos, innen wie außen, ich meine, daß er im Wesen genauso blaß war, wie er aussah.

Ich war froh, als wir wieder zu Hause waren. Winfried gefiel mir sofort besser. Irgendwie paßte er gut in unser Kaff. Ich weiß auch nicht warum. Ich begann die Wohnung einzurichten, es machte mir Spaß, es rechtfertigte die ganze Heiraterei. Axel hatte im vergangenen Jahr mitten in der City einen großen Komplex gebaut, Wohn- und Geschäftsetagen, die Atelierwohnung unter dem Dach schenkte er uns. Es war eine tolle Bude, offner Grundriß mit Dachterrasse. Blick über die Stadt. Bloß die häßlichen Hochhausbuden der Öckheimer Siedlung, die wirklich längst abgerissen gehörten, störten den traumhaften Blick, vor allem weil man sie genau von den Wohnräumen aus deutlich sah. Wie angefressene Zahnstümpfe ragten sie aus der Landschaft. Ich fand es irgendwie nicht okay, daß die, die in diesen häßlichen Buden saßen, den schönen Blick zu uns rüber hatten, und wir, die so viel bezahlten, auf deren ungepflegte Drecksbunker glotzen mußten. Es war nicht gerecht. Winfried ging jetzt jeden Morgen ins Geschäft, um sich mit der Chose vertraut zu machen, denn eines Tages sollte er den ganzen Bauzirkus ja mal übernehmen. Wenn ich mir den Alten allerdings so ansah, dann schien mir dieser Tag unendlich fern. Irgendwie kam mir Axel immer jünger vor als sein Sohn. Abends trafen Winfried und ich uns dann im Club, oder wir organisierten Wochenendpartys in unserem Bauernhaus. Die Leute drängten sich richtig danach, bei uns eingeladen zu werden, und insofern machte es schon Spaß, zwei Wohnsitze zu haben.

Was das Einrichten der Stadtwohnung anging, da ließ Winfried mir völlig freie Hand, und ich war ihm dankbar dafür. Ich entschied mich für Weiß: weiße Böden, weiße Wände, weiße Möbel. Alles mit einer Spur Gold. Blöderweise paßte nun die Badezimmereinrichtung, die der Architekt uns verpaßt hatte, absolut nicht ins Farbkonzept. Ich überredete Winfried, den ganzen bunten Kram einfach rausreißen zu lassen und statt dessen weißen Marmor zu nehmen. Und die Wanne dann rund, auf einem weißen Stufensockel. Er willigte schließlich ein und schlug vor, die große Einweihungsparty auf Silvester zu legen. Aber ich hatte Angst, daß sie die Wanne bis dahin vielleicht nicht eingebaut hätten, und so, wie es jetzt war, wollte ich das Bad auf keinen Fall vorführen. Schließlich verschoben wir die Party auf Winfrieds Geburtstag im März.

Wenn du den Absprung von diesem
Scheißkarussell nicht im einzig
richtigen Moment schaffst, kann
es für immer zu spät sein.

Alexis

Am 2. November ist Mutter gestorben. Ein Unfall! Der Fahrer des Busses sagte aus, daß sie ihm mit ihren beiden Einkaufstüten direkt vor die Räder gelaufen sei, als er vom Grünetorplatz in die Öckheimer Straße einbiegen wollte. Sie lebte noch, und im Krankenhaus hieß es anfangs, daß sie sie sicher durchbringen würden. Ein paar Quetschungen und zwei Rippen gebrochen, sonstige Verletzungen: keine!

Als wir sie besuchten, lag Mutter allein in einem großen, sonnigen Dreibettzimmer und lächelte. Sie sah gut aus und erzählte aufgeregt von den Schwestern und den Ärzten und wie geduldig alle seien und wie sehr sie sich um sie bemühten. Sie bot von den Keksen und dem Saft an, den die Nachbarn ihr gebracht hatten, und forderte uns auf, die schöne Aussicht zu bewundern, die man vom Fenster aus hatte. Dann zählte sie auf, wer alles aus der Siedlung bereits dagewesen war und wer was mitgebracht hatte. Und Schwester Angelika und Schwester Annegret hatten gesagt, daß sie in der Siedlung wohl besonders beliebt gewesen sein müsse, bei dem vielen Besuch und den vielen Blumen, für die es auf der Station gar nicht genügend Vasen gab.

Mutter versuchte, sich trotz ihrer gebrochenen Rippen ein bißchen hochzustemmen, und wisperte uns mit vertraulich gesenkter Stimme zu, sie habe gehört, daß die anderen nicht allein in 'nem Dreibettzimmer lägen, in anderen Zimmern, da sei alles bis auf die letzte Ritze belegt, nur bei ihr, da werde eine Ausnahme gemacht, das habe sie Doktor Benrath zu verdanken, ja, eine Kapazität auf seinem Gebiet, das sehe man gleich, wenn er nur zur Tür reinkomme. Man könne da volles Vertrauen haben.

Die vier Wochen, die Mutter im Krankenhaus verbrachte, gehörten zu den schönsten in ihrem Leben. Nie zuvor habe ich sie so heiter und so entspannt gesehen – und so redselig! Sie wurde nicht müde, uns von der Station zu erzählen und von Schwester Angelika und Schwester Annegret und mit ganz glänzenden Augen jedes einzelne Wort zu wiederholen, das Doktor Benrath zu ihr gesagt hatte.

Je länger Mutter im Krankenhaus war, um so mehr entfernte sie sich von uns. Ich hatte manchmal den Eindruck, daß sie ihr Zuhause in der Öckheimer Straße, für das sie sich ein Leben lang abgestrampelt hatte, bereits vergaß, samt sämtlicher Klamotten, die darin waren. Man merkte es daran, daß sie die Geschichten, die ich ihr manchmal von zu Hause erzählte, gar nicht mehr richtig interessierten und daß ihr alles, was dort geschah, im Grunde genommen ganz egal war.

Dann kam der Morgen, an dem sie vom Krankenhaus anriefen, um zu sagen, daß sie gestorben sei. Ja, ganz plötzlich, eine Embolie. Nein, der Zustand habe sich nicht verschlechtert, gestern abend noch ruhig eingeschlafen und dann heute nacht ganz plötzlich... nein, gelitten habe sie nicht.

Die Beerdigung war sehr schön. Die ganze Siedlung war gekommen. Mutter hätte es gefallen zu sehen, wie voll die Trauerhalle geworden war und wie viele Blumen abgegeben wurden. Die Rede, die der Pfarrer hielt, kam auch ganz allgemein gut an. Er sprach von einem arbeitsreichen Leben, aus dessen Mitte sie ganz plötzlich und unerwartet herausgerissen worden sei. Nun, dagegen war nichts einzuwenden.

Zu Hause ging das Leben weiter wie zuvor. Während der langen Krankenhauszeit hatten wir uns schon an Mutters Abwesenheit gewöhnt, und da nun die ständigen Besuche wegfielen, ließ sich die Arbeit ganz gut organisieren. Der Alte aß jetzt unten bei Christamaria mit und kam nach dem Abendessen dann rauf, um fernzusehen. Das Schlafzimmer blieb unangetastet. Ich schlug vor, die Einrichtung wegzugeben oder doch wenigstens das zweite Bett abzuschlagen. Aber davon wollte der Alte nichts wissen. Er konnte Veränderungen ganz allgemein nicht ertragen. Auf seinem Nachtkonsölchen stand jetzt ein Foto von Mutter mit Nini auf dem Arm, das hatte Christamaria dort aufgestellt, und der Alte legte abends seine Brille und die Armbanduhr daneben, wenn er ins Bett ging. Ich hätte das Schlafzimmer gern für mich gehabt oder doch wenigstens einen Schreibtisch dort aufgestellt, wenn der

Alte eingewilligt hätte, Mutters Bett abzuschlagen, aber dann wurde Adrians Zimmer frei, weil er mit irgendeiner Schnalle aus der Siedlung in die Heckendornstraße zog. Die Schnalle war Bedienung in dem kleinen Schreibwarenladen am Grünetorplatz, und er ging mit ihr, seitdem Sara Gerlach ihn endgültig hatte sitzenlassen. Sie war mit einem aus ihrem Club verlobt, so einem Schniegeljahn. Seinem Alten gehörte eine Riesenbaugeschichte. Ich glaube, er war sogar beim Bau unserer Siedlung maßgeblich beteiligt gewesen, und so gesehen hatte sie den richtigen Fang gemacht.

Adrian hatte die Idee zu studieren aufgegeben, denn die Kreditgesellschaft, bei der er angefangen hatte, war bereit, ihn fest anzustellen. Er verdiente jetzt das Doppelte wie anfangs und hatte noch Aufstiegschancen, und alle fanden, daß er ja schön blöd wär', wenn er da nicht sofort zugreifen würde, und vielleicht hatten sie recht! Denn jetzt noch fünf oder zehn Jahre weiterlernen, immer dieses Büffeln, und nichts verdienen und am Ende dann doch auf der Straße stehen wie die meisten, also, der Gedanke konnte einen auch nicht gerade erheitern.

Ich hatte beschlossen, nach dem Abitur ein Jahr nach England zu gehen, und hatte mir die Papiere schon zuschicken lassen, aber dann wurde ich krank! Es war eine Magen-Darm-Geschichte, der Arzt sagte, es sei psychosomatisch, aber was immer es auch war, fest stand, daß ich dauernd nur schlafen wollte. Ich lag in Adrians Zimmer, das nun endlich mir gehörte, und schlief und schlief und schlief. Ich wollte weder essen noch trinken und nichts hören oder sehen, sondern immer und immer nur schlafen. Hin und wieder zwang ich mich, aufzustehen und irgend etwas zu tun, aber nach zehn Minuten fielen mir die Augen zu, und ich ging zurück in mein gutes weiches Bett und schlief weiter. Das schriftliche Abi habe ich so natürlich nicht gemacht, und zum mündlichen brauchte ich erst gar nicht zu erscheinen. Wenn ich's so recht bedachte, war es mir im Grunde auch egal, und ich beschloß, die Sache für immer aufzugeben. Ich hatte mich schon das ganze letzte Jahr über nicht mehr so richtig konzentrieren können, und deshalb würde ich sowieso nicht sehr gut abschließen. Ich hatte zuletzt einfach zu wenig Punkte gemacht.

Den Anmeldetermin für die Au-pair-Stelle verpennte ich dann natürlich auch, aber langsam ging es mir besser, und ich konnte aufstehen und wenigstens ein bißchen was im Haushalt tun. Im Grunde war es egal, was ich tat, und ich dachte, daß das Wichtigste, worauf es jetzt ankam, war, aufzupassen, daß ich den Absprung nicht verpaßte.

Wenn man den einzig richtigen Augenblick zum Absprung von diesem Scheißkarussell verpaßte, konnte es für immer zu spät sein.

Ein halbes Jahr nach Mutters Tod kam Rudi und sagte, daß die Firma, bei der er eingestellt war, dichtmache, aber wenn er sich jetzt gleich entschließen würde, könnten sie ihn ins Hauptwerk übernehmen.

»Was soll das bedeuten?« schrie Christamaria.

Was sollte es schon bedeuten?

Das Hauptwerk lag gute fünfhundert Kilometer von der Öckheimer Straße entfernt, aber sicher hatten sie da auch eine Siedlung mit einem Ladencenter und Wohnungen, die so waren, wie sie hier waren. Und da Mutter gestorben war, machte es im Grunde keinen Unterschied. So, es machte keinen Unterschied? Auf diese Weise ließ sie, Christamaria Kritz, sich nicht abspeisen. Wo sie alles gerade ganz frisch tapeziert und das Wohnzimmer neu ausgelegt hatten und auf der Liste für einen Schrebergarten standen. Und wo man noch gar nicht wußte, ob und wer einem eigentlich die Kosten ersetzte.

Rudi ließ sie reden und unterschrieb den Vertrag, und eines Morgens hielt dann der Möbelwagen vor dem Haus, und die Packer kamen und luden das alte Leben der Familie Kritz ein, um es fünfhundert Kilometer weiter unversehrt und genauso, wie es vorher gewesen war, wieder auszuladen.

Die neue Wohnung lag wieder in einer Hochhaussiedlung, nur diesmal in der zweiten Etage mit einem Zimmer mehr. Die Fenster hatten beinahe dasselbe Format wie vorher, und sie konnten die alten Gardinen sofort wieder aufhängen. Die Küche konnten sie auch gleich wieder aufstellen, die Schränke paßten bis auf den Besenschrank komplett hinein, und dafür gab es ja jetzt eine größere Abstellkammer. Also, so gesehen, hatten sie noch Glück im Unglück gehabt, und Christamaria war vorläufig zufrieden.

Am Abend desselben Tages kam dann der Alte, räusperte sich und sagte, er müsse mal mit mir sprechen. Ich sah ihn erstaunt an. Es war in all den Jahren wahrhaftig das erste Mal, daß er persönlich mit mir sprechen wollte, und ich war schon gespannt, was er wohl auf der Platte hatte.

Er räusperte sich noch einmal und sagte dann, wir beide, also er und ich, wir seien ja nun wohl hier übriggeblieben, und da müßten wir ja wohl oder übel jetzt mal zusammenhalten. Also er sei gekommen, um mir ein Angebot zu machen. Er habe sich nämlich überlegt, ob ich ihm nicht mal für 'n Jahr oder so den Haushalt machen wolle, jetzt, wo das mit dem Studium ja sowieso nichts mehr würde – und es wär' ja bloß mal für 'n Jahr, bis sich alles irgendwie zurechtgebogen und eingespielt hätte und bis man an den neuen Zustand gewöhnt wäre. Und nach der Pensionierung, da gehe er sowieso dann gleich in ein Altersheim, denn ganz allein und unversorgt in 'ner leeren Wohnung sitzen, das würde er sowieso nicht überleben. Und umsonst solle ich es natürlich nicht tun, nee, ordentlich Haushaltsgeld und noch was obendrauf für mich, und im nächsten Jahr, dann würde man halt weitersehen. Ich solle mir das Angebot doch mal ganz in Ruhe überlegen.

Was gab's da groß zu überlegen? Ich hing gerade sowieso ein bißchen durch. Schule, Studium und Au-pair-Stelle waren den Bach runter, und eine Stelle bekam ich auch nicht. Ich hatte auch absolut keine Lust, über so was jetzt nachzudenken, und den Haushalt machte ich sowieso.

Im Grunde kam's mir ganz zupaß, daß ich erst mal in Ruhe überlegen und einfach so weitermachen konnte und nicht gezwungen war, gerade jetzt große Entscheidungen zu treffen. So was hatte ich noch nie gut gekonnt, ich meine, Entscheidungen treffen. Und jetzt, wo ich endlich Adrians Zimmer für mich hatte und keiner es mir mehr wegnehmen konnte, war's im Grunde ganz erträglich, also auch nicht viel schlechter als vieles andere. Und dann gab's da ein verborgenes Gefühl, das mich über Wasser hielt. Es galt Martin Beisenköffer, dem höflichen jungen Mann, der manchmal hier bei uns am Postschalter Dienst tat. An dem Dienstschalter, an dem ich jetzt regelmäßig das Geld, das der Alte mir gab, auf mein Konto einzahlte. Martin nahm dann mein Postsparbuch, druckte die neue Zahl unter die alte und unterschrieb dann die ganze Aktion mit einem flotten Schnörkel, was dem Ganzen erst das gewisse Etwas gab. Und zu Hause, da schloß ich mich dann in meinem Zimmer ein und guckte mir mit einem ganz seligen Gefühl im Magen die Zahl und den Schnörkel an. Sie waren auf eine ganz wundersame Weise miteinander verbunden, und ich wußte ganz einfach von Anfang an, daß sie beide etwas mit meiner Zukunft zu tun hatten und ich dieser Zukunft entgegenlebte.

Genau an dem Tag, an dem mein Sparbetrag die Gesamtsumme von zweitausend Mark erreicht hatte, lud Martin mich zum erstenmal zum Essen ein. Er sah mich an, während er mir das Sparbuch zurückreichte, und fragte ganz einfach, ob ich Lust hätte, heute abend mit ihm in die neueröffnete Pizzeria in der Berliner Straße zu kommen.

Ob ich Lust hätte...

Ich rannte nach Hause und kaufte mir in der Boutique im Ladencenter die goldbestickte Jacke, die so lange im Fenster gelegen hatte und die jetzt um siebzig Mark runtergesetzt war, und zog den weiten langen Seidenrock dazu an, band mir ein Stirnband um und klemmte den einen Silberring ins Ohr. Man sah genau, wie Martin die Luft wegblieb, als er mich so in die Pizzeria kommen sah, und es war zu merken, wie eifersüchtig er schon jetzt war, bloß weil die italienischen Kellner so Glubschaugen machten.

Wie eine indische Prinzessin sähe ich aus, sagte er und lachte, und ich lachte auch, denn genauso fühlte ich mich. Wie eine indische Prinzessin! So kostbar und so reich!

Wir heirateten ein Jahr später, gerade zu der Zeit, als die ersten Häuser im Neubaukomplex »Berlinger Höhe« bezugsfertig wurden. Wir waren abends schon oft rübergeschlendert, es war ja nicht weit von der Öckheimer Straße entfernt, und hatten uns angesehen, wie die Bauerei voranging. Die Wohnungen waren zu mieten und zu kaufen, letzteres zu sehr guten Bedingungen, gerade für junge Paare, die noch am Anfang standen. Der Alte nahm uns zur Seite und sagte, daß er in all den Jahren was gespart habe, weil's irgendwann mal hieß, daß man eines Tages die Wohnung, in der wir wohnten, kaufen oder verlassen müsse. Daraus war dann aber doch nie etwas geworden, und jetzt stand er da, mit all dem Geld, das er dafür gespart hatte.

Er sagte, daß wir lieber gleich kaufen sollten, das Geld für das Anfangskapital war ja da, und später würden wir dann die Miete in die eigene Tasche zahlen. Und dann bekäme er ja auch eine sehr gute Rente.

Wir unterschrieben den Vertrag für eine der großen Wohnungen im H-Komplex, vier Zimmer, Südlage mit Balkon. Dem Alten würden wir das größere der beiden Kinderzimmer einrichten, Bett, Tisch und Sessel. Eigener Fernseher. Aber natürlich konnte er sich auch in den übrigen Räumen aufhalten, wenn er das wollte. Es war ja nur für den Übergang, nur für ein paar Jahre. Ich sagte mir das immer wieder, das ging wie ein Lied in meinem Kopf herum: ein paar Jahre, nur ein paar Jahre...

Zur Hochzeit kam die ganze Siedlung, und es wurde wirklich ein gelungenes Fest. Der Alte hatte tüchtig was springen lassen, nicht so geknausert wie damals bei Christamaria. Wir hatten diesmal im »Schützen« den großen Saal gemietet, nicht bloß den kleinen, und mein Hochzeitskleid war nicht »zweite Hand«, sondern ganz neu und extra für mich genäht. Ich hatte nicht vor, es jemals zu verkaufen, wie die meisten es hier taten, sondern wollte es aufheben und von Zeit zu Zeit anziehen und mich erinnern. Die Schneiderin hatte einen Kupferpfennig in den Saum genäht, wie sie's früher bei den Bräuten taten, damit Geld in die Kasse kommt und der Sparstrumpf immer gut gefüllt ist. Und das war auch nötig, denn Geld, um beim Einrichten so richtig zulangen zu können, hatten wir nicht übrig.

Küche und Schlafzimmer waren schon gekauft, in kleinen Raten, die man gut schaffen konnte, vor allem wenn ich dann ab Juni mitarbeitete, aber das Wohnzimmer mußte warten. Wir nahmen erst mal das alte von früher, es war ja fast wie neu, die Alten hatten es schließlich kaum benutzt, aber es sah einfach nach nichts aus. Also, mich wurmte das schon, daß wir nicht gleich ein neues hatten, ich hätte so gern eine Schrankwand aus heller Esche gehabt mit beleuchtetem Barfach und dazu passend dann eine beige Couchgarnitur und einen schönen Glastisch... aber wie gesagt. Und es war ja nur für ein paar Jahre, als Übergang, für ein paar Jahre... Dann würde sich sowieso einiges regeln. Wenn ich erst mal richtig eingearbeitet war, bekam ich in meinem neuen Job sicher auch ein bißchen mehr, und Martin hatte bei der Post eine sichere Stelle, das war auch etwas wert. Er verdiente nicht viel, aber das, was er bekam, das hatte er sicher. Es würde mit der Zeit alles in die Reihe kommen, das mit dem Alten und das mit den Raten, und ein neues Wohnzimmer würden wir auch kriegen. Es würde schon werden... irgendwie wurde es ja immer.